ব্যাঙ ও ডা[illegible]ন

কল্পবিজ্ঞানের [illegible]

মনোরঞ্জন ঘোষাল

মনোরঞ্জন ঘোষাল

This is a work of fiction. Names, characters, businesses, places, events, and incidents are either the products of the author's imagination or used in a fictitious manner. Any resemblance to actual persons, living or dead, or actual events is purely coincidental.

For rights and permissions inquiries, contact:
Author: Manoranjan Ghoshal
Email: ghoshal.manoranjan@gmail.com

সূচীপত্র

ব্যাঙ ও ডায়নোর ট্র্যান্সজেন

মনোরঞ্জন ঘোষাল

সারসংক্ষেপ

এক অনন্য বৈজ্ঞানিক রহস্য ও নৈতিক দ্বন্দ্বের কাহিনী, যেখানে বিজ্ঞান, ক্ষমতা, এবং মানবতার ভবিষ্যৎ এক সঙ্গে গাঁথা হয়েছে। এটি এক বিজ্ঞানের অভিযান, যা শুরু হয় এক নিঃসঙ্গ গবেষণাগার থেকে, পৌঁছায় বিশ্বমঞ্চ পর্যন্ত — এবং শেষ হয় ইতিহাসে লিপিবদ্ধ এক শিক্ষা হিসেবে।

গল্পের কেন্দ্রে রয়েছেন বিনি— এক প্রতিশ্রুতিবদ্ধ জেনেটিক গবেষক, যিনি প্রাণবিজ্ঞানে এক বিপ্লবী আবিষ্কারের পথে। তার গবেষণার বিষয় একটি রহস্যময় 'ট্রান্সজেনিক প্রোটোকল', যা জিন পরিবর্তনের মাধ্যমে প্রাণের সীমা অতিক্রম করতে পারে। এক অদ্ভুত প্রাণীর (মাঙ্কু) মাধ্যমে বিনি আবিষ্কার করেন জীবনের এমন একটি রূপ যা তার কল্পনার বাইরে ছিল — দ্রুত বৃদ্ধি, অতিমানবীয় শক্তি, এবং অজানা জৈবিক ক্ষমতা।

তবে, এই আবিষ্কার শুধু বৈজ্ঞানিক বিজয় নয় — এটি এক ভয়ঙ্কর বিপদের বীজ। বিনি যখন নিজের আবিষ্কারের সীমানা অন্বেষণ করেন, তখন আন্তর্জাতিক ও সামরিক গোপন চক্রগুলো তার অনুসরণে নেমে আসে। তার নিজের সহকর্মীরা দ্বন্দ্বে জড়িয়ে পড়ে, বন্ধু-বান্ধব বিভক্ত হয়, এবং আস্থা ও বিশ্বাসের প্রশ্ন উঠতে থাকে।

গল্পে দেখা যায় কিভাবে বিনি — এক বিজ্ঞানীর ইতস্তত ও দ্বন্দ্বের মধ্য দিয়ে — এক নৈতিক যুদ্ধে জড়িয়ে পড়েন। তাকে নির্বাচন করতে হয়: তার আবিষ্কারকে বিশ্বে ছড়িয়ে দেবেন

কি, নাকি সেটিকে ধ্বংস করে দেবেন যাতে এটি মানবজাতিকে বিপদের মুখে না ফেলে। এই সিদ্ধান্তের পথে গড়ে ওঠে বিশ্বরাজনীতি, গুপ্তচরবৃত্তি, জেনেটিক পাচার, এবং মানবাধিকার বিষয়ক বিশাল বিতর্ক।

অবশেষে, বিনি তার নিজের জীবনের সর্বোচ্চ আত্মত্যাগ করে। মাঙ্কুকে থামাতে গিয়ে নিজের জীবন বিসর্জন দেন। তার মৃত্যুর আগে একটি বার্তা রেখে যান — বিজ্ঞান শক্তি দেয়, কিন্তু নৈতিকতা সেই শক্তির পথ নির্ধারণ করে। তার গল্প হয়ে যায় একটি বিশ্বব্যাপী সতর্কবার্তা, যা ভবিষ্যতের বিজ্ঞানীদের কাছে চিরকাল একটি নীতি হিসেবে বেঁচে থাকে।

শেষ শিক্ষা:

"বিজ্ঞান শক্তি, নৈতিকতা পথ। শক্তি ছাড়া পথ হারায়, পথ ছাড়া শক্তি ধ্বংস হয়।"

বিনির মৃত্যু হল না। সমাজের কাছে তার মৃত্যু ঘটেছে তা দেখানো হল। সে গোপনে তার গবেষণার কাজ চালিয়ে যেতে থাকল।

পর্ব ১ : শেকড়

অধ্যায় ১ : বিনির নিঃসঙ্গ

গবেষণাগার

বাইরে তখন টানা বৃষ্টির শব্দ। আকাশের বজ্রচমক প্রতি কয়েক মিনিট অন্তর ঘর আলোকিত করে উঠছে। পুরনো দোতলা বাড়ির ভেতর, দ্বিতীয় তলার একটি ঘর যেন একান্ত এক পৃথিবী—অগোছালো, ভরা টেস্টটিউব, নোটবুক, তারের জট, আর ধুলোমাখা যন্ত্রপাতি। সেই ঘরের মাঝখানে একাকী বসে আছেন **বিঘ্ন নিবারণ ঠাকুর—বিনি**।

টেবিলের ওপর একটি পেট্রিডিশে নরম নীল আলো জ্বলজ্বল করছে। অচেনা এক অণুজীব, বৃষ্টির ছন্দের মতোই নিজের ছন্দে নড়ছে। বিনি গভীর মনোযোগে তাকিয়ে আছেন, চোখে যেন ক্লান্তি নেই, আছে একরাশ উন্মাদনা।

ঘড়ির কাঁটা মধ্যরাত ছুঁয়ে গেছে। চারপাশে কেউ নেই—কেবল বৃষ্টি, অন্ধকার, আর তার ভেতরে নিঃসঙ্গ এক বিজ্ঞানীর লড়াই।

হঠাৎ জানালায় বজ্রপাতের আলোয় ভেসে উঠল তার মুখ। তীক্ষ্ণ চোখ, ভ্রূ কুঁচকানো, ঠোঁটে একরকম গোপন হাসি। সে নিজের ডায়েরিতে লিখে রাখল—

"আজ রাতের পর্যবেক্ষণ সফল। মৃত কোষে আবার সাড়া দেখা যাচ্ছে। এটা অসম্ভব নয়—এটা কেবল শুরু।"

কিন্তু সেই হাসির আড়ালেই ছিল ভয়।

যদি সত্যিই সে যা করছে, তা প্রমাণিত হয়, তবে?

মানুষ তাকে গ্রহণ করবে?
না তাকে পাগল বলে নিন্দা করবে?
বাইরের ঝড় যেন সেই প্রশ্নের উত্তর দিতে গর্জে উঠল।
বিনি জানালার পাশে গিয়ে এক মুহূর্তের জন্য বাইরে তাকালেন। রাস্তা শূন্য, গাছপালা দুলছে।
তিনি ফিসফিস করে বললেন—
"এই পৃথিবী এখনও প্রস্তুত নয়... কিন্তু আমি প্রস্তুত।"
তারপর আবার টেবিলে ফিরে এলেন। সামনে রাখা ছোট্ট ইনকিউবেটরের দিকে তাকিয়ে হাত বাড়ালেন। ভেতরে কাচের পাত্রে কুয়াশার মতো ধোঁয়া জমে আছে, আর সেই কুয়াশার ভেতর লুকিয়ে আছে এক অদ্ভুত সৃষ্টি—যেন বৃষ্টির অন্ধকারের ভেতর জন্ম নিচ্ছে এক নতুন রহস্য।
এই নিঃসঙ্গ রাতেই শুরু হলো এক যাত্রা—যা বদলে দেবে বিজ্ঞান, মানুষ, আর সমগ্র পৃথিবীর ইতিহাস।
বৃষ্টির ঝনঝনানি এখনো থামেনি। ঘরের ভিতর টেবিলের ওপর ছড়িয়ে থাকা নোটবুকগুলোতে অজস্র সূত্র, আকারহীন ডায়াগ্রাম আর অদ্ভুত নামের অণুজীব লেখা। বিনি বসে আছেন, হাতে ধরা আছে একটি ছোট কাচের টিউব।
"এটাই কি, শেষ ধাপ?" তিনি ফিসফিস করলেন নিজের জন্য।
টিউবের ভেতর মৃত কোষের জিনোম সংরক্ষিত। স্বাভাবিক দৃষ্টিতে সব নিস্তেজ, প্রাণহীন। কিন্তু বিনি জানেন, এই জিনোমে লুকিয়ে আছে সম্ভাবনার অশেষ সমুদ্র।

তিনি ধীরে ধীরে ইনকিউবেটররের তাপমাত্রা নিয়ন্ত্রণ করলেন, জিনোমে হালকা উত্তেজনা সৃষ্টি করলেন। তখন, তার চোখের সামনে ছোট্ট কোষটি যেন হালকা দোল খেতে শুরু করল—নিঃশব্দে, অনিশ্চিত, কিন্তু জীবন্ত।

বিনি শ্বাস থামিয়ে তাকালেন। সে বুঝতে পারছিলেন—এটা শুধু জিনের পুনরুজ্জীবন নয়। এটা সম্ভাবনার পুনর্জন্ম। মানুষের ইতিহাসে এমন এক মুহূর্ত আসেনি, যেখানে মৃত জিন আবার নিঃশব্দে জীবন ফিরে পেয়েছে।

তিনি নোটবুকে লিখলেন—

"যদি এটা সফল হয়, তবে আমরা মৃতকেও জীবন্ত করতে পারব। কিন্তু ঝুঁকি? মানুষের নৈতিকতা কি সহ্য করবে?"

হঠাৎ একটা শব্দ—একটা ছোট্ট ফিসফিস—কোষের ভেতর থেকে। বিনি তাকালেন, কোষ যেন নিজের ইচ্ছায় অল্প অল্প নড়ছে। তাঁর হাত কাঁপতে লাগল, কারণ যা তিনি দেখছেন তা হয়তো ইতিহাসের প্রথম নিখুঁত পুনর্জীবন।

ঘরটি যেন নিজের অস্তিত্ব অনুভব করছে। বাতাসে ভেসে উঠল একটা অদ্ভুত গন্ধ, ধুলোমিশ্রিত কেমিক্যালের। বিনি বুঝলেন, এই রাত শেষ হবে না। রাত যত গাঢ় হচ্ছে, তাঁর গবেষণার পরিধি তত বিস্তৃত হচ্ছে।

একটি নতুন ধারণা জন্ম নিচ্ছে—একটি তত্ত্ব, যা মানুষকে চমকে দেবে, ভয় দেখাবে, কিন্তু যদি সঠিকভাবে ব্যবহার করা যায়, অমৃতের দ্বার খুলে দিতে পারে।

বিনি হাসলেন—হাসি কেবল উচ্ছ্বাসের নয়, ভয় আর উত্তেজনার মিশ্রণ।

"শুরু হলো নতুন অধ্যায়," তিনি বললেন।

"যে অধ্যায়ে বিজ্ঞানই হবে ঈশ্বর।"

বৃষ্টি অব্যাহত, কিন্তু গবেষণাগারের মধ্যে আলো ঝলমল করছে। বিনি বুঝতে পারছেন, তিনি শুধু একটি পরীক্ষায় বসেননি—তিনি একাকী একটি যাত্রায় পা রাখলেন, যেখানে সাফল্য বা ব্যর্থতার সিদ্ধান্ত কেবল তার হাতে।

তিনি ইনকিউবেটর থেকে কোষের টিউব তুলে নিলেন। ছোট্ট কোষটি যেন তাঁর চোখের দিকে তাকাচ্ছে। বিনি অনুভব করলেন, এই যাত্রা শুধু বিজ্ঞানিক নয়—এটা নৈতিকতার, সাহসের এবং বিশ্বাসের পরীক্ষা।

প্রথম ধাপ—জিনের পুনর্জীবিত কোষকে টেম্পারেচার ও লাইটের পরিবর্তনের সঙ্গে অভ্যস্ত করা। প্রতিটি ধাপে কোষটি অল্প অল্প প্রতিক্রিয়া দেখাচ্ছিল। এক মুহূর্তে মনে হচ্ছিল সব ঠিক আছে, পরের মুহূর্তে যেন কোষটির ভিতরে অস্থিরতা সৃষ্টি হচ্ছে।

বিনি ধীরে ধীরে মাইক্রোস্কোপের সামনে বসলেন। প্রতিটি ছোট্ট আন্দোলন তাঁর হৃদস্পন্দন বাড়াচ্ছিল। "এটা শুধু কোষ নয়, এটা সম্ভাবনা," তিনি ফিসফিস করলেন।

হঠাৎ, একটি ছোট শক—যন্ত্রের হালকা ঝনঝনানি। কোষটি হঠাৎ অন্যরকমভাবে প্রতিক্রিয়া দেখাতে শুরু করল। বিনি আতঙ্কিত হলেন, কিন্তু সরে যেতে পারলেন না। তাঁর মাথায় ঝাঁপ মারল নানা প্রশ্ন—

"আমি কি মানুষের সীমা অতিক্রম করছি? আমি কি জীবন ও মৃত্যু নিয়ন্ত্রণের চেষ্টা করছি?"

কিন্তু বিনি জানতেন, বিজ্ঞানই মানুষকে সীমা অতিক্রম করাতে পারে। ভয়, সংশয়, উত্তেজনা—সবই তাঁর সঙ্গে। তিনি ধীরে ধীরে টিউবের পাশের মনিটর চালু করলেন, জিনোমের কার্যকলাপ রেকর্ড করতে।

মুহূর্তের মধ্যে কোষটি স্থির হয়ে গেল। যেন পরীক্ষার প্রথম পর্যায় শেষ হয়েছে। বিনি জানলেন, এই যাত্রার প্রকৃত পরীক্ষা আসেনি। এটি কেবল শুরু।

তিনি হাত ধুয়ে নিলেন, গভীর শ্বাস নিলেন, এবং মনে মনে প্রতিজ্ঞা করলেন—

"আমি একা, কিন্তু এই যাত্রা শেষ না হওয়া পর্যন্ত থামব না।"

বৃষ্টির শব্দ বাইরে আরও জোরালো হয়ে উঠল। গবেষণাগারের মধ্যে অন্ধকার এবং আলো, একাকিত্ব এবং সম্ভাবনা, সব মিলেমিশে একটি রহস্যময় গাথা বুনি। বিনি বুঝলেন, রাত শেষ হলেও, তাঁর একাকী যাত্রা এখন থেকে সত্যিকারের শুরু হলো।

অধ্যায় ২ : বিজ্ঞান সমাজের অবিশ্বাস

বৃষ্টি থেমে গেছে, কিন্তু বিনির মন এখনও অন্ধকারে। সে ঘরে বসে তাঁর ল্যাপটপ খুললেন, যেখানে দীর্ঘ মাস ধরে কড়া পরিশ্রমের ফল—একটি গবেষণাপত্র, যা তিনি জানতেন যুগান্তকারী—আসন্ন প্রকাশনার জন্য আন্তর্জাতিক জার্নালে জমা দেওয়া হয়েছিল।

ক্লিক করেই সে মেসেজটি দেখলেন। শিরোনামটি পড়ে বিনি মুহূর্তের জন্য স্থির হয়ে গেলেন:

"We regret to inform you that your manuscript has not been accepted for publication."

বিনি প্রথমে বিশ্বাস করতে পারলেন না। কম্পিউটারের স্ক্রিন যেন অন্ধকারে ডুবে গেল। সমস্ত রাতের রাত জেগে করা পরিশ্রম, কোষের নিখুঁত পর্যবেক্ষণ, গ্রাফের প্রতিটি ছোটখাটো বিশ্লেষণ—সবই যেন বাতাসে মিলিয়ে গেল।

তারপর came reviewers' comments।

"Lacks sufficient experimental validation."

"The proposed theory seems speculative."

"Further replication required before acceptance."

বিনি চোখ বন্ধ করে পিছনে ল্যাপটপের কাঁপানো হাত ধুয়ে নিলেন। একাকীত্ব আবার কাঁধে চাপা দিয়ে বসেছিল। তিনি জানতেন, এই প্রত্যাখ্যান শুধু একটি জার্নালের সিদ্ধান্ত, কিন্তু তার গবেষণার মূল্য কমে যায়নি।

তবু, প্রথম ধাপের হতাশা ছিল চরম। বিনি নিজেকে জিজ্ঞেস করলেন,

"আমি কি যথেষ্ট ভালো? আমি কি সত্যিই নতুন কিছু উদ্ভাবন করতে পারব?"

মনে হচ্ছিল পৃথিবী যেন তার ওপর হেসেছে। কিন্তু বিনি জানতেন, প্রতিটি মহান বিজ্ঞানীর পথেই ছিল এমন মুহূর্ত। তিনি কম্পিউটারের স্ক্রিন থেকে চোখ সরালেন, lab-এর

দিকে তাকালেন, যেখানে তার একাকী রাতের গবেষণা সবসময় অপেক্ষা করছিল।

বিনি ধীরে ধীরে স্থির হলেন। তিনি জানতেন, প্রত্যাখ্যান মানেই শেষ নয়। বরং এটি একটি নতুন দিক নির্দেশনা— কোথায় ত্রুটি হয়েছে, কোথায় উন্নতি করা সম্ভব। তিনি নতুনভাবে কাগজ এবং কলম ধরলেন, মনস্থির করে প্রতিজ্ঞা করলেন—

"আমি ফিরে আসব। আরও শক্তিশালী। আরও নিখুঁত।"

বৃষ্টি ফেলে যাওয়া ছাদের শব্দ বাইরে মৃদু প্রতিধ্বনি তুলল। বিনি জানলেন, গবেষণার যাত্রা শুরু হয়েছে, এবং এই প্রত্যাখ্যান কেবল তার শক্তি পরীক্ষার প্রথম ধাপ।

বিনি সেই সকালে ল্যাবের দরজা খুলে প্রবেশ করলেন। চোখে অন্ধকার, মন ভারাক্রান্ত। আরেকটি বর্ষার দিন যেন তার মনকে আরও একা করে তুলল।

ল্যাবের অন্য গবেষকরা, যারা জানত তার আন্তর্জাতিক জার্নালে প্রবন্ধ জমা হয়েছে, এবার মৃদু হাসি আর উপহাসে ভরা চাহনি নিয়ে তার দিকে তাকাচ্ছিল।

"ওহো, বিনি! সেই 'বড়বড় জার্নাল' কী বলল?" – হালকা কণ্ঠে হেসে উঠল রবি, যিনি প্রায়শই বিনির কাজের ছোটখাটো ভুল খুঁজে বের করতে পছন্দ করতেন।

"প্রকাশিত হয়নি, তাই না? কী অবাক করা!" – সারা ল্যাবের কোণ থেকে কণ্ঠ উঠল।

বিনি শুধু মাথা নিচু করে থাকলেন। শব্দগুলো তার কানে যেন কাঁটা হয়ে ঢুকল। প্রতিটি শব্দ তার আত্মবিশ্বাসকে ছোট করে দিচ্ছিল।

কিছুক্ষণ নীরবতা, তারপর কেউ বলল,
"দেখো, কখনও কখনও সবাই ব্যর্থ হয়। হয়তো তোমার ধারণা সত্যিই অতিরিক্ত জটিল ছিল।"

বিনি তার মনকে শান্ত রাখার চেষ্টা করলেন। কিন্তু উপহাস আর ছোট করার এই অদ্ভুত অনুভূতি তাকে আরও একাকী করে তুলল। তিনি জানতেন, গবেষণার ক্ষেত্রে ভুল এবং প্রত্যাখ্যান স্বাভাবিক, কিন্তু সহকর্মীদের এই হাস্যরস মিশ্রিত উপহাস তার জন্য নতুন এক চ্যালেঞ্জ ছিল।

তবুও, বিনির চোখে এক ঝিলিক নতুন উদ্যমের জন্ম নিল। সে বুঝতে পারল—যারা হাসে, তারা হয়তো এখনও তাঁর সম্ভাবনার গভীরতা উপলব্ধি করতে পারেনি। তিনি ধীরে ধীরে ল্যাবের টেবিলের দিকে এগিয়ে গেলেন, জাগ্রত মন নিয়ে গবেষণার নোটবুক খুললেন।

"হাসুক তারা। আমি আমার পথ চলব।" – মনস্থির করে তিনি ভাবলেন।

বৃষ্টি আজ বাইরে থেমে গেল, কিন্তু বিনির ভিতরের অন্ধকার থেকে জন্ম নেওয়া অগ্নি আরও জ্বলতে লাগল। উপহাস, প্রত্যাখ্যান—সবই তাকে আরও শক্তিশালী করে তুলতে পারে। বৃষ্টি এখন ধীরে ধীরে থেমে এসেছে, কিন্তু বিনির মনে ঝড় এখনও অব্যাহত। আন্তর্জাতিক জার্নাল থেকে প্রত্যাখ্যান,

সহকর্মীদের উপহাস—সবই যেন তার মনোবল ভাঙার জন্য যথেষ্ট। কিন্তু তার ভেতরের আগুন আজ আরও তেজী।

বিনি তার ডেস্কে বসে নিজের নোটবুক খুললেন। প্রত্যেকটি ব্যর্থতা, প্রত্যেকটি সমালোচনা, সবই এখন তার জন্য একটি চ্যালেঞ্জ। তিনি গভীরভাবে চিন্তা করতে লাগলেন, কীভাবে তার গবেষণা আরও শক্তিশালী, আরও অনন্য হতে পারে।

"যদি পৃথিবী আমার ধারণা মানতে না চায়, তবে আমি পৃথিবীকে আমার যুক্তি দেখাব।" – নিজেকে নিজেই বললেন।

বিনির চোখে অদম্য জেদ স্পষ্ট হয়ে উঠল। তিনি প্রায়শই রাত জাগা বিজ্ঞানী, যিনি জটিল সূত্র আর পরীক্ষার মধ্যে হারিয়ে যান। আজ সেই অধ্যবসায় আরও দৃঢ়। তিনি বোঝেন, ব্যর্থতা অস্থায়ী, কিন্তু সত্যের অনুসন্ধান চিরস্থায়ী।

তিনি ল্যাবের চারপাশে হাঁটতে লাগলেন, বিভিন্ন যন্ত্রের দিকে চোখ বুলালেন। প্রতিটি যন্ত্র যেন তাকে ফিসফিস করে বলছে— *"তুমি পারবে।"* তিনি নোটবুকে নতুন ধারণা লিখতে লাগলেন, নতুন পরীক্ষা পরিকল্পনা করলেন, এবং পদ্ধতিগতভাবে সমস্যাগুলোর সমাধান বের করার চেষ্টা শুরু করলেন।

বৃষ্টি থেমে গেল, কিন্তু বিনির মনের মধ্যে ঝড় নতুন প্রজ্বলিত আলো নিয়ে এসেছে। তিনি জানতেন, এই জেদই তাকে একদিন বিশ্বমানের গবেষক হিসেবে প্রতিষ্ঠিত করবে। উপহাস, প্রত্যাখ্যান—সবই এখন তার জন্য শক্তি।

রাত্রি গভীর হচ্ছিল, কিন্তু বিনি ল্যাব ছাড়তে প্রস্তুত নয়। তার চোখে জেদ, মনোযোগে গভীরতা, এবং অন্তরে এক অদম্য

চেতনা—এটি শুধু আজকের রাত নয়, তার সমগ্র গবেষণাজীবনের প্রতীক।

"আমি হেরে যাব না। আমি চিরকাল চেষ্টা করব।" – নিজের স্বরেই তিনি বললেন, এবং ল্যাবের অন্ধকারে নতুন দিনের আলো খুঁজে পেলেন।

অধ্যায় ৩ : মৃত জিনের রহস্য

বৃষ্টি থেমে গেছে, কিন্তু বিনি ল্যাবের মধ্যে তার জেদ নিয়ে উদ্দীপ্ত। আজকের পরিকল্পনা – তার পুরনো ডিএনএ সংগ্রহ থেকে গুরুত্বপূর্ণ নমুনা খুঁজে বের করা। ল্যাবের এক কোণে অনেকগুলো ফাইল কেবিনেট এবং ফ্রিজে সংরক্ষিত ছোট ছোট টিউব, যেগুলোতে পূর্ববর্তী পরীক্ষার ডিএনএ নমুনা রাখা ছিল।

বিনি প্রতিটি টিউব খুলে দেখলেন, কিছু নমুনা ধুলোমাখা, আবার কিছু ছোট্ট ফ্রিজের মধ্যে জমে আছে। তাঁর চোখে প্রতিটি নমুনা যেন একটি নতুন গল্প বলছে। “এগুলো কেবল জৈব উপাদান নয়, এগুলো ইতিহাস, সম্ভাবনা আর জ্ঞানের খনি,” তিনি নিজেই মনে মনে বললেন।

তাঁর লক্ষ্য ছিল এই পুরনো ডিএনএ থেকে এমন একটি সিগন্যাল খুঁজে বের করা যা আগের ব্যর্থ গবেষণায় কেউ লক্ষ্য করেনি। তিনি সাবধানে টিউবগুলো পরীক্ষা করতে লাগলেন, প্রতিটি নমুনার বিবরণ নোটবুকে লিখলেন। তাঁর মনোযোগ এত গভীর যে ল্যাবের বাইরে রাত্রি কেমন চলছে, তিনি তা টেরই পেলেন না।

কিছুক্ষণ পর, তিনি একটি ছোট কিন্তু গুরুত্বপূর্ণ টিউব খুঁজে পেলেন। লেবেলটি অদ্ভুতভাবে মলিন, কিন্তু তার চোখে এটি একটি সম্ভাবনার আলোর ঝলক ছড়ালো। "এটা হতে পারে সেই ডেটা যা আমাদের পুরো গবেষণার দিশা বদলে দিতে পারে," বিনি ফিসফিস করে বললেন।

নমুনাটি যত্ন সহকারে পরীক্ষা করার জন্য তিনি বিশেষ যন্ত্রের দিকে এগোলেন। প্রতিটি পদক্ষেপে তাঁর অন্তরের উত্তেজনা বাড়ছে। আজকের রাত, বৃষ্টি থেমে যাওয়া রাতের পরও, বিনি বুঝলেন যে এই সংগ্রহের মধ্যে তার ভবিষ্যৎ গবেষণার চাবিকাঠি লুকানো।

বিনি জানতেন, এই সংগ্রহের মাধ্যমে তিনি শুধুমাত্র নিজের ব্যর্থতাকে অতিক্রম করবেন না, বরং এমন একটি আবিষ্কার করবেন যা আন্তর্জাতিক গবেষণার মানচিত্রে নতুন দিশা দেখাবে।

বিনির চোখে উদ্দীপনা বাড়ছে। পুরনো ডিএনএ নমুনাটি হাতে নিয়ে তিনি নিজেকে প্রস্তুত করলেন বিশেষ ট্রান্সজেনিক পদ্ধতির জন্য। এই পদ্ধতি ছিল তাঁর নিজস্ব আবিষ্কার – একটি প্রক্রিয়া যা জিনের কার্যকারিতা পরিবর্তন করে, নতুন বৈশিষ্ট্য যোগ করে, এবং সম্ভাব্য অদ্ভুত জৈব প্রতিক্রিয়া তৈরি করতে পারে।

ল্যাবের যন্ত্রপাতি সাজানো, পাত্রগুলো স্টেরাইল, আর মনোযোগ একেবারে কেন্দ্রীভূত। বিনি প্রতিটি ধাপ সাবধানে অনুসরণ করলেন – জেনেটিক ম্যাটেরিয়ালকে মিশানো,

নির্দিষ্ট এনজাইম যুক্ত করা, এবং একাধিক সূক্ষ্ম তাপমাত্রার নিয়ন্ত্রণে রাখার মাধ্যমে ট্রান্সজেনিক প্রক্রিয়া শুরু করলেন। ঘন্টাখানেকের পর, প্রাথমিক পর্যায়ে একটি অদ্ভুত প্রতিক্রিয়া লক্ষ্য করলেন। ন্যানো-মাত্রার পরিবর্তনগুলো চোখে না দেখলেও যন্ত্রের স্ক্রীনে স্পষ্টভাবে ধরা পড়ছিল। বিনির ধমকানো শ্বাস আর উত্তেজনা মিলেমিশে ল্যাবের নীরবতাকে ভেঙে দিল।

"এটা কাজ করছে... ঠিক যেন প্রত্যাশা করা হয়েছে," তিনি ফিসফিস করলেন। কিন্তু সঙ্গে সঙ্গে একটা অদ্ভুত চিন্তা তাঁর মনে এল – এমন শক্তিশালী পদ্ধতি যদি নিয়ন্ত্রণের বাইরে চলে যায়, তাহলে ফলাফল কতটা অনির্দেশ্য হতে পারে? বিনির হাতে ছিল কেবল বিজ্ঞানী হিসেবে কৌতূহল, কিন্তু তাঁর মনে ভয়ও ছিল – নীরব রাতের ল্যাবের মধ্যে এই ট্রান্সজেনিক প্রক্রিয়া তার গবেষণার ভবিষ্যৎ উন্মুক্ত করতে চলেছে, কিন্তু সঙ্গে সঙ্গে ঝুঁকির সীমানাও ছুঁয়ে যাচ্ছে।

প্রথম ধাপ সফলভাবে সম্পন্ন হয়েছে, কিন্তু বিনি জানতেন – আসল চ্যালেঞ্জ এখন শুরু হয়েছে।

রাত গভীর, ল্যাবের বাতি একটিমাত্র ফ্লুরোসেন্ট লাইটে আলোকিত। বিনি মনোযোগ দিয়ে স্ক্রীন দেখছিলেন, যেখানে বিশেষ ট্রান্সজেনিক প্রক্রিয়ার শুরু হওয়া কোষগুলো মনিটর হচ্ছিল। হঠাৎ, একটি ছোট কিন্তু স্পষ্ট সিগনাল ধরা পড়ল – কোষগুলো অদ্ভুতভাবে সক্রিয় হয়ে উঠছে।

বিনির হৃদস্পন্দন দ্রুত বেড়ে গেল। কোষগুলো যেন তাঁর নির্দেশে সাড়া দিচ্ছে, নীরব অথচ দৃঢ় সংকেত প্রেরণ করছে।

তিনি সাবধানে মাইক্রোস্কোপের মাধ্যমে কোষগুলো পর্যবেক্ষণ করলেন – অণুজীবের ভিতরে অনুপ্রবেশ করা জিন নতুন বৈশিষ্ট্য প্রকাশ করতে শুরু করেছে।

“এটা সম্ভব... সত্যিই সম্ভব,” বিনি ফিসফিস করলেন, কাঁপা হাতে নোটবুক খুলে বিস্তারিত তথ্য লিপিবদ্ধ করতে লাগলেন। প্রতিটি বিন্দু, প্রতিটি পরিবর্তন, যেন একটি রহস্যময় নৃত্য – যা তিনি প্রথমবারের মতো চোখে দেখছেন।

কিন্তু সেই সঙ্গে ভয়ও উঁকি দিতে শুরু করল। এই প্রক্রিয়া নিয়ন্ত্রণের বাইরে গেলে কি হবে? কোষগুলো যদি আরও অপ্রত্যাশিতভাবে বিকাশ করে, তাহলে শুধু ল্যাব নয়, সমগ্র জ্ঞানভাণ্ডারই ঝুঁকির মুখে পড়তে পারে।

বিনি স্থিরভাবে নিজের চিন্তা সামলালেন। বিজ্ঞানী হিসেবে কৌতূহল জয় পেল ভয়ের ওপর। তিনি জানতেন, এই সাড়া শুধুই শুরু – এর পর যা আসবে, তা তাঁর গবেষণার সীমা ও নৈতিকতার পরীক্ষা নেবে।

ল্যাবের নিঃশব্দে কোষগুলো শান্ত হলেও, বিনি জানতেন, এই প্রথম সাড়া একটি বিপ্লবের আভাস মাত্র।

অধ্যায় ৪ : প্রথম প্রাণ—মাঙ্কুর জন্ম

রাতের নিঃশব্দ ল্যাবে ইনকিউবেটরের ছোট ঘরে হালকা কাঁপন ধরা পড়ল। বিনি তা প্রথমে লক্ষ্য করেনি। তবে মাইক্রোস্কোপের পাশে দাঁড়িয়ে থাকা তাঁর তীক্ষ্ণ দৃষ্টি কোষগুলোতে অদ্ভুত নড়াচড়া ধরল।

নমুনাগুলি শান্ত থাকা উচিত, কিন্তু সেই ইনকিউবেটরের ভিতরে যেন একটি নিজস্ব জীবন্ত শক্তি কাজ করছে। কোষগুলো এক অদ্ভুত প্যাটার্নে স্থানান্তরিত হচ্ছে, যেন তারা বোঝাতে চাইছে – "আমরা তোমার পরীক্ষার অপেক্ষায় নেই, আমরা স্বাধীন।"

বিনি দ্রুত এগিয়ে গিয়ে ইনকিউবেটরের দরজা খুললেন। হালকা উষ্ণ বাতাসের সঙ্গে কোষগুলোর অদ্ভুত ল্যামিনার মুভমেন্ট স্পর্শ করল তাঁর হাতে। বিজ্ঞানী হিসেবে তাঁর প্রথম প্রতিক্রিয়া ছিল বিস্ময় এবং উত্তেজনা, কিন্তু মুহূর্তেই চিন্তা কাজ শুরু করল – এই অস্বাভাবিক নড়াচড়া কি বৈজ্ঞানিক ত্রুটি, নাকি তাঁর ট্রান্সজেনিক পদ্ধতির প্রকৃত সাড়া?

তাঁর হাতে নোটবুক, চোখে মাইক্রোস্কোপ – সমস্ত মনোযোগ এখন কোষগুলোর অদ্ভুত নৃত্যের দিকে। প্রতিটি নড়াচড়া নতুন প্রশ্ন জাগাচ্ছে: তারা কি শুধু রিঅ্যাকশন করছে, নাকি বোধে বা তথ্য প্রক্রিয়াতে সক্ষম?

বিনি বুঝতে পারলেন, এই প্রথমবারের মতো তিনি এমন কিছু দেখছেন যা কেবল তাঁর কল্পনার বাইরে নয়, বরং বৈজ্ঞানিক নিয়মকানুনকেও চ্যালেঞ্জ করছে। এক বিপ্লবের গন্ধ বাতাসে।

বিনি যখন ইনকিউবেটরের ভিতরে কোষগুলো পর্যবেক্ষণ করছিলেন, তখন একটি অদ্ভুত পরিবর্তন চোখে পড়ল। কোষগুলোর গঠন যেন অস্বাভাবিকভাবে জটিল হয়ে উঠছে, ছোট ছোট অঙ্গাণুর মধ্যে হঠাৎ ব্যাঙের এবং প্রাচীন ডাইনোসরের জেনেটিক প্রোটিনের সঙ্কেত ধরা পড়ল।

বিনি অবাক হয়ে বললেন, “এটা কিভাবে সম্ভব?” তাঁর ট্রান্সজেনিক পদ্ধতিতে কখনো এমন ফলাফলের প্রত্যাশা ছিল না। মাইক্রোস্কোপে বড় করে দেখার চেষ্টা করলেন, এবং প্রতিটি কোষ যেন জীবন্ত রূপান্তরের প্রক্রিয়া শুরু করেছে। ব্যাঙের কোষে ডাইনোসরের ডিএনএ মিশ্রিত হয়ে একটি অদ্ভুত সংমিশ্রণ তৈরি হচ্ছে।

কয়েক মিনিটের মধ্যেই তিনি বুঝতে পারলেন, এটি আর শুধু একটি পরীক্ষামূলক কোষ নয়। এটি একটি নতুন জীব, এক প্রাচীন রহস্যময় সত্তা, যা কেবল তাঁর ল্যাবেই জন্ম নিতে চলেছে। শরীরের অঙ্গ-প্রত্যঙ্গের সঙ্কেত কৌশলে ব্যাঙের ঝাপসা প্রক্রিয়ার সঙ্গে ডাইনোসরের শক্ত কাঠামোর মিল তৈরি করছে।

বিনি কাঁপতে কাঁপতে বললেন, “এটা শুধু জিন নয়... এটা জীবন। এবং এটা আমার হাতের স্পর্শেই নিজেকে প্রকাশ করছে।” তাঁর হৃদয়ে উত্তেজনা আর ভয় একসাথে প্রবাহিত হচ্ছিল। এই আবিষ্কার বৈজ্ঞানিক দুনিয়াকে চমকে দেবে, কিন্তু একই সঙ্গে বিপদও বয়ে আনতে পারে।

বিনি বুঝলেন, এক অদ্ভুত, অজানা প্রাণের সাথে তিনি প্রথম সংযোগ স্থাপন করছেন – এটি শুধু একটি পরীক্ষা নয়, বরং এক নতুন যুগের সূচনা।

বিনি ল্যাবের ইনকিউবেটরের দিকে তাকিয়ে ছিলেন, যেন সময় থেমে গেছে। কোষগুলোর সংমিশ্রণ ধীরে ধীরে এক অদ্ভুত প্রাণের আকার নিতে শুরু করল। ছোট ছোট

অঙ্গাণুগুলো ক্রমে সংযুক্ত হয়ে একটি সুনির্দিষ্ট প্রাণী রূপ ধারণ করল – ব্যাঙ-ডাইনোসরের মিশ্রণ।

হঠাৎই একটি নরম, শ্বাসের মতো কম্পন অনুভূত হলো ইনকিউবেটরের অভ্যন্তরে। বিনির হৃদয় দৌড়ে উঠল। তিনি দেখলেন, ছোট্ট প্রাণীটি প্রথমবারের মতো নিশ্বাস নিচ্ছে। তার অঙ্গ-প্রত্যঙ্গগুলো যেন নতুনভাবে জীবন্ত হয়ে উঠেছে। চোখ খুলে সে ল্যাবের আলোতে তাকাল।

বিনি স্তম্ভিত, অবাক, আর উত্তেজিত – তিনটি অনুভূতি একসাথে তার মনে ভাসছিল। "এটা... সত্যিই জীবন্ত!" তিনি ফিসফিস করে বললেন। প্রথম নিশ্বাস শুধু শারীরিক নয়, বরং এটি একটি নতুন সম্ভাবনার প্রতীক।

প্রাণীটি নিজের ছোট ছোট পা দিয়ে অদ্ভুতভাবে স্থিতি নিল। ব্যাঙের লাফের প্রক্রিয়া আর ডাইনোসরের শক্তি মিলে একটি ভিন্ন রূপের সৃষ্টিকে সামনে আনল। বিনির মনে আশঙ্কা আর উত্তেজনা মিশ্রিত হয়ে উঠল – তিনি জানতেন, এই সৃষ্টির ভবিষ্যৎ কেবল তাঁর নিয়ন্ত্রণে নয়।

ল্যাবের চারপাশে একটি নীরবতা নেমে এলো, যেন প্রতিটি কোষ এই নতুন জীবনের স্বীকৃতি জানাচ্ছে। বৃষ্টি এখনও বাইরে ঝরছে, কিন্তু ভিতরে ল্যাবের চারপাশে এক অদ্ভুত, নতুন জীবনের শক্তি প্রবাহিত হচ্ছে। বিনির হাত কেঁপে গেল, কিন্তু মুখে অসীম আনন্দের ছাপ।

এ প্রথম নিশ্বাস শুধু একটি বৈজ্ঞানিক সাফল্য নয়, বরং এক নতুন যুগের সূচনা – ট্রান্সজেনিক জীবনের অজানা রহস্যের প্রথম আলোকরেখা।

মনোরঞ্জন ঘোষাল

অধ্যায় ৫ : সীমাহীন শক্তির আভাস

বিনির চোখের সামনে ছোট্ট ব্যাঙ-ডাইনোসর, যাকে তিনি নাম দিয়েছিলেন **মাঙ্কু**, এক অদ্ভুত গতিতে বৃদ্ধি পাচ্ছিল। ইনকিউবেটরের অন্দরমহলে তার পায়ের লম্বা অঙ্গগুলি দ্রুত বড় হতে লাগল। প্রতিটি লাফে মাঙ্কুর শক্তি ও চঞ্চলতা যেন বেড়ে চলল।

বিনি প্রথমে হতবাক, তারপর বিস্ময়কর উত্তেজনায় দম্ভিত হয়ে উঠলেন। তিনি তার নোটবুকে দ্রুত অঙ্কন করতে লাগলেন, প্রতিটি বৃদ্ধি, প্রতিটি কোষের পরিবর্তনকে চিহ্নিত করতে। মাঙ্কু যেন শুধু শারীরিক নয়, বুদ্ধিমত্তার দিক থেকেও বিকশিত হচ্ছিল।

ল্যাবের বাতাসে যেন তার হাড় হঠাৎ টান অনুভব করল। মাঙ্কুর পা মাটিতে ধাক্কা দিচ্ছিল, চোখগুলো শানিত হয়ে ল্যাবের চারপাশে নজর দিচ্ছিল। ব্যাঙের চঞ্চলতা আর ডাইনোসরের শক্তিশালী মাংসপেশির মিশ্রণ তাকে এক অদ্ভুত গতিশীল প্রাণে রূপান্তরিত করেছিল।

বিনি অনুভব করলেন, এই বৃদ্ধির হার নিয়ন্ত্রণের বাইরে চলে যাচ্ছে। তিনি দৌড়ে গিয়ে ইনকিউবেটরের তাপমাত্রা ও পুষ্টি মান ঠিক করতে লাগলেন। কিন্তু মাঙ্কু এমন দ্রুত বিকশিত হচ্ছিল যে, বিনির সকল পূর্ব অভিজ্ঞতাকেই ছাড়িয়ে যাচ্ছিল। মাঙ্কুর চোখে কৌতূহল ও বুদ্ধিমত্তা প্রতিফলিত হচ্ছিল। সে শুধু ল্যাবের চারপাশে ঘোরাফেরা করছিল না, বরং যে কোনো নির্দেশকে দ্রুত বুঝতে পারছিল। বিনির মনে একটা মিশ্র

অনুভূতি জেগে উঠল – উচ্ছ্বাসের সঙ্গে সতর্কতা। তিনি জানতেন, এই দ্রুত বৃদ্ধির সঙ্গে নতুন ঝুঁকিও আসছে।

বৃষ্টি এখন ল্যাবের জানালা থেকে ঝরে পড়ছে, আর প্রতিটি ফোঁটা যেন মাঙ্কুর শক্তি আরও বাড়াচ্ছে। বিনি বুঝতে পারলেন, তিনি শুধু একজন বিজ্ঞানী নন; এখন তিনি একটি নতুন, অপ্রত্যাশিত জীবনের সম্ভাবনার স্রষ্টা।

মাঙ্কু দিনদিন কেবল বড় হচ্ছিল না, বরং তার শক্তি এবং গতি এতটাই অস্বাভাবিক রূপ নিচ্ছিল যা বিনি কল্পনাও করতে পারেননি। ল্যাবের মেঝে থেকে শুরু করে ইনকিউবেটরের চারপাশে প্রতিটি পদক্ষেপে মাঙ্কুর শক্তির কম্পন অনুভূত হচ্ছিল।

একদিন, বিনি যখন পরীক্ষা করতে বসেছিলেন, মাঙ্কু হঠাৎ তার আসন থেকে লাফ দিয়ে ল্যাবের এক প্রান্ত থেকে অন্য প্রান্তে পৌঁছে গেল। বিনি চমকে গেলেন—ল্যাবের মাপ ছিল মাত্র কয়েক মিটার, কিন্তু মাঙ্কুর গতি এমন যে সময়ের স্বাভাবিক ধারাকে যেন টানছিল।

মাঙ্কুর পেশিতে দৃশ্যমান শক্তি ফুটে উঠছিল। প্রতিটি লাফে মাটি কম্পিত হচ্ছিল, ল্যাবের নলগুলো নড়ছিল। কিন্তু সবচেয়ে বিস্ময়কর বিষয় হল, মাঙ্কুর বুদ্ধি ও প্রতিক্রিয়া—বিনি যেকোনো জটিল নির্দেশ দিলেন, মাঙ্কু তা প্রায় সঙ্গে সঙ্গে অনুকরণ করতে পারছিল।

বিনি তখন লক্ষ্য করলেন, মাঙ্কুর অস্থিরতা শুধু শারীরিক নয়, তার গতি এবং শক্তি প্রায় অতিপ্রাকৃত মাত্রা পেয়েছে। ব্যাঙের লাফের স্বাভাবিকতা আর ডাইনোসরের শক্তিশালী পেশির

সমন্বয় তাকে এমন এক প্রাণীতে রূপান্তরিত করেছে যা প্রায় অপ্রতিরোধ্য মনে হচ্ছিল।

একবার মাঙ্কু ল্যাবের একটি ছোট কাঠের টেবিলের উপর লাফ দিল, আর টেবিল পুরো ল্যাব জুড়ে স্থির থাকতে পারল না—মাঙ্কুর ওজন এবং শক্তি একসাথে মিলিত হয়ে তা হঠাৎ ছটফট করতে লাগল। বিনির মনে আনন্দ আর ভয়—দুইয়েরই মিশ্র অনুভূতি—জাগল। তিনি বুঝতে পারলেন, এই শক্তি নিয়ন্ত্রণে না থাকলে, এটি একদিন ল্যাবের সীমানার বাইরে বিপদ ডেকে আনতে পারে।

বৃষ্টি এখন আরও ঝরছে, আর প্রতিটি ফোঁটা যেন মাঙ্কুর শক্তিকে আরও বাড়াচ্ছে। বিনি বুঝলেন, তিনি কেবল একটি নতুন জীবনের স্রষ্টা নন; তিনি এমন একটি শক্তির সাক্ষী, যা স্বাভাবিক প্রাকৃতিক নিয়মকেই অতিক্রম করতে পারে।

মাঙ্কুর অস্বাভাবিক শক্তি আর দৃষ্টিকোণহীন গতিবেগ দেখতে দেখতে বিনি ক্রমেই আতঙ্কিত হচ্ছেন। ল্যাবের চারপাশে প্রতিটি পদক্ষেপে মাঙ্কুর শক্তির প্রভাব স্পষ্ট—ছোট যন্ত্রপাতি কেঁপে উঠছে, পেপারগুলি উড়ছে, আর ইনকিউবেটরের হালকা আলো যেন তার অনিয়ন্ত্রিত শক্তির সঙ্গে নাচছে।

বিনি তখন বুঝতে পারলেন, যে মাঙ্কু এখন আর সাধারণ কোনো জীব নয়। ব্যাঙের নমনীয়তা, ডাইনোসরের পেশিশক্তি, এবং ল্যাবের মধ্যকার তার অদ্ভুত গতিশীলতা—সবকিছু একত্রে এমন এক প্রাণী সৃষ্টি করেছে, যার সম্ভাবনা সীমাহীন। তিনি নিজের হাতে সৃষ্ট এই জীবের দিকে তাকিয়ে বিস্ময়ে হতবাক, কিন্তু সেই বিস্ময়ের সাথে ভয়ও যুক্ত।

ভয়ের মূল কারণটি হল—যতই মাঙ্কু বড় হচ্ছে, তার শক্তি ততই বেড়েই চলেছে। যদি এই শক্তি নিয়ন্ত্রণের বাইরে চলে যায়, তবে ল্যাবের দেয়াল ভেঙে যেতে পারে, পরীক্ষাগারের সমস্ত যন্ত্রপাতি ধ্বংস হতে পারে, আর সবচেয়ে বড় কথা, মাঙ্কুর শক্তি যদি বাহিরের জগতে ছড়িয়ে পড়ে, তা অজানাকে বিপদে ফেলতে পারে।

বিনি চেষ্টা করলেন মনকে শান্ত করতে, কিন্তু প্রতিটি মুহূর্তে মাঙ্কুর চোখে যেন বন্যপ্রাণীর উন্মাদ দৃষ্টি ফুটে উঠছিল। সে যেন বলছে—"আমি জানি, আমি শক্তিশালী, আর আমি স্বাধীন।" বিনির শরীরে শিহরণ কাটছিল, সেই সাথে নতুন উদ্দীপনাও জেগে উঠছিল—এখন তিনি জানতেন, যে প্রজন্মের বিজ্ঞান তার কল্পনাকে ছাপিয়ে গেছে।

বৃষ্টি বাইরে আরও প্রবল হচ্ছে, আর বিনি জানতেন, এই ঝড় শুধু আকাশের নয়, তার নিজের গবেষণাগারের মধ্যেও শুরু হয়েছে। মাঙ্কুর অদ্ভুত শক্তি এবং গতি তাকে এক অজানা ভবিষ্যতের মুখোমুখি দাঁড় করিয়েছে। তিনি বুঝলেন—যে খেলাটা শুরু করেছেন, তার পরিণতি কেবল গবেষণার নয়, বাস্তবের জন্যও বিপজ্জনক হতে পারে।

বিনির মনে একটাই সিদ্ধান্ত স্পষ্ট—তিনি যত দ্রুত সম্ভব মাঙ্কুর শক্তি ও আচরণের ব্যাখ্যা খুঁজতে হবে, নয়তো তার সৃষ্টি নিজেই একদিন তার নিয়ন্ত্রণের বাইরে চলে যাবে।

অধ্যায় ৬ : ৩১ মিনিটের সীমারেখা

পরীক্ষাগারের বাতাসে এখন এক অদ্ভুত নীরবতা। মাঙ্কু তার নতুন দেহের সাথে মানিয়ে নিতে চেষ্টারত, আর বিনি একাগ্রচিত্তে লক্ষ্য করছিল প্রতিটি নড়াচড়া। তিনি জানতেন, মাঙ্কুর শক্তি যতই বিস্তৃত হোক, প্রথমে তার "স্থিতিশীল সময়"—অর্থাৎ কতক্ষণ সে কোনো বাহ্যিক বাধা ছাড়াই শান্তভাবে থাকতে পারে—মাপা অত্যন্ত জরুরি।

বিনি এক সিরিজ পরীক্ষার প্রস্তুতি নিলেন। ইনকিউবেটরের ল্যাম্পের তাপমাত্রা ঠিক রাখা হলো, এবং ফ্লোরে বিশেষ ম্যাট বসানো হলো, যা মাঙ্কুর পদচিহ্ন এবং ভারনিরোধ করতে সাহায্য করবে। তিনি একটি টাইমার প্রস্তুত করলেন।

মাঙ্কু প্রথমবারের মতো স্থির হয়ে দাঁড়ালো। বিনির চোখ অতি সতর্ক, যেন এক মুহূর্তও চোখ সরিয়ে রাখা যায় না।

"এবার শুরু," বিনি বললেন নিজের জার্নালে টাইমার অন করে।

মাঙ্কু প্রথম কয়েক সেকেন্ড স্থির থাকল, তারপর হালকা দোলা দিল। বিনি নোট করলেন: **প্রথম স্থিতিশীল সময় = 12 সেকেন্ড**। তিনি দ্রুত লিখে রাখলেন।

পরবর্তী ধাপে তিনি মাঙ্কুর স্থিতিশীল সময় বাড়ানোর চেষ্টা করলেন—মৃদু নির্দেশ, হাতের সংকেত, এবং কিছু আচরণগত উৎসাহ দিয়ে। মাঙ্কু প্রথমে হেলাফেলা করল, কিন্তু দ্রুত প্রতিক্রিয়া শিখল। দ্বিতীয় পরীক্ষা হলো **20 সেকেন্ড**, তৃতীয় হলো **35 সেকেন্ড**।

বিনি ধীরে ধীরে বুঝতে পারছিলেন—মাঙ্কু প্রতিদিনের প্রশিক্ষণে আরও দীর্ঘ সময় স্থির থাকতে পারবে। কিন্তু সবচেয়ে গুরুত্বপূর্ণ তথ্য হলো, স্থিতিশীলতার সীমা নির্ণয় করলে, তিনি মাঙ্কুর শক্তির ব্যবহার ও সম্ভাব্য বিপদ পর্যবেক্ষণ করতে পারবেন।

বৃষ্টি এখনও পরছে বাইরে। ল্যাবের ভিতরে এই ছোট ছোট "স্থিতিশীল মুহূর্তগুলো" যেন বিনির জন্য এক নতুন ধাঁধার মতো। তিনি জানতেন, প্রতিটি সেকেন্ডের হিসাব মাঙ্কুর ভবিষ্যতের শক্তি নিয়ন্ত্রণের চাবিকাঠি হতে পারে।

বিনির মনে একটাই সিদ্ধান্ত স্পষ্ট হলো—মাঙ্কুর স্থিতিশীলতা বোঝার পরেই তিনি পরবর্তী পর্যায়ে যাবেন, যেখানে পরীক্ষাগারে মাঙ্কুর প্রতিক্রিয়াশীলতা আরও গভীরভাবে পর্যবেক্ষণ করা হবে।

পরীক্ষাগারের আলো হালকা জ্বলজ্বল করছিল। মাঙ্কু আগের দিনের তুলনায় আরও চঞ্চল হয়ে উঠেছে। বিনি তার চোখে চোখ রেখে দেখছিলেন—কিছুই এখন তার নিয়ন্ত্রণে নেই। মাঙ্কুর কোষের অভ্যন্তরে যে জিনগত পরিবর্তন ঘটেছে, তার প্রভাব স্পষ্ট হতে শুরু করল। কোষগুলি স্বাভাবিক নিয়ম মেনে বিভাজন করছে না; এক ধরনের অচেনা, দ্রুত এবং অনিয়ন্ত্রিত বর্ধন। বিনি মাইক্রোস্কোপে নজর রাখছিলেন, আর প্রতিটি বিভাজন নোটবুকের পাতায় খতিয়ে লিখছিলেন।

"এটি কোনো সাধারণ ট্রান্সজেনিক প্রভাব নয়," তিনি নিজেই মৃদু আওয়াজে বললেন। "মাঙ্কুর কোষে শক্তি এতই দ্রুত ছড়াচ্ছে যে, নিয়ন্ত্রণ হারানো শুরু করেছে।"

মাঙ্কু হঠাৎ করেই অদ্ভুতভাবে দৌড়াতে শুরু করল, আর তার গতিবেগের অনিয়ম বিনি হতবাক করে দিল। পরীক্ষা বোঝালো, কোষের এই অপ্রাকৃতিক বিভাজন শুধু শক্তি বৃদ্ধির জন্য নয়, এটি মাঙ্কুর শরীরের কার্যকারিতার নতুন মাত্রা খুলছে। কিন্তু একই সাথে, এটি বিপজ্জনকও—যদি এই বিভাজন নিয়ন্ত্রণহীনভাবে চলতে থাকে, মাঙ্কুর শরীরের অভ্যন্তরীণ স্থিতিশীলতা ভেঙে যেতে পারে।

বিনি দ্রুত একটি বিশেষ সলিউশন প্রস্তুত করলেন, যা কোষ বিভাজনের গতি কিছুটা ধীর করতে সাহায্য করবে। তিনি মাঙ্কুর কাছে এসে ধীরে ধীরে বললেন, "এটি করতে হবে, নয়তো পরিস্থিতি আমাদের নিয়ন্ত্রণের বাইরে চলে যাবে।"

মাঙ্কু যেন বুঝল। তার শরীর সামান্য স্থিতিশীল হলো। বিনি তার নোটবুকে লিখলেন—**প্রথম কোষ বিভাজন নিয়ন্ত্রণপদ্ধতি সফল হয়েছে, তবে সম্পূর্ণ স্থিতিশীলতা এখনও দূরের কথা**।

বৃষ্টি এখনও ঝরছে বাইরে। ল্যাবের ভিতর অদ্ভুত এক শক্তি ঘনাচ্ছে, যা প্রমাণ করছে—মাঙ্কু কেবল একটি পরীক্ষা নয়, বরং একটি নতুন জীবনের শুরু। কিন্তু এই নিয়ন্ত্রণহীনতা শুধুমাত্র প্রথম সতর্কবার্তা; এর পর আরও বড় চ্যালেঞ্জ আসছে।

বৃষ্টি ঢালিয়ে যাচ্ছে বাইরে। ল্যাবের কাচের জানালা ঠান্ডা জল দিয়ে ভিজে গেছে। বিনি মাইক্রোস্কোপের সামনে মনোযোগী হয়ে কাজ করছিলেন, কিন্তু হঠাৎ একটি শক্তিশালী কম্পন অনুভব করলেন।

মাঙ্কু, যে এখনই স্থিতিশীল বলে মনে হচ্ছিল, হঠাৎ করেই অস্থির হয়ে উঠল। তার শরীরের কোষগুলির নিয়ন্ত্রণহীন বিভাজন ফের উত্থিত হলো। ল্যাবের বিভিন্ন যন্ত্র কেঁপে উঠল। শীতল মেঝেতে কিছু গ্লাস ভেঙে গেল।

"না... না, এটা হতে পারে না!" বিনি চিৎকার করলেন, কিন্তু তার শব্দও ঝড়ের তালে হারিয়ে গেল।

মাঙ্কু হঠাৎ নিজেই ভারসাম্য হারাল। তার পায়ের তল ছেড়ে যাওয়া অনুভূতি হল—ল্যাবের মধ্যেই যেন মাটির নিচের শক্তি তার শরীরকে টেনে নিচ্ছে। সে ধীরে ধীরে ঝুঁকতে লাগল, এবং কয়েক সেকেন্ডের মধ্যেই মাঙ্কু মাটিতে ধসে পড়ল।

বিনি তড়িঘড়ি এগিয়ে গেলেন। মাঙ্কু নিঃশ্বাস তীব্রভাবে নিচ্ছিল, কিন্তু চোখে অদ্ভুত এক উজ্জ্বলতা। বিনি বুঝলেন— এটি শুধুমাত্র শারীরিক ধস নয়। মাঙ্কুর শরীরের ভিতরে এমন শক্তি সৃষ্টি হয়েছে যা তার নিয়ন্ত্রণের বাইরে চলে গেছে।

বৃষ্টি আর ঝড়ের শব্দ মিলেমিশে একটি ভয়ঙ্কর পরিবেশ তৈরি করছে। বিনি দ্রুত মাঙ্কুর কাছাকাছি এসে সলিউশন প্রয়োগ করলেন, যা কোষ বিভাজনের গতি সামান্য ধীর করতে সাহায্য করল। মাঙ্কু ধীরে ধীরে শ্বাস নিতে শুরু করল।

বিনি নোটবুকে লিখলেন—**মাঙ্কুর কোষে শক্তির অস্থিরতা বিপজ্জনক পর্যায়ে পৌঁছেছে। নিয়ন্ত্রণহীন বিভাজনের ফলে শারীরিক স্থিতিশীলতা হুমকির মুখে। অতর্কিত ধস শুধুমাত্র সতর্কবার্তা, এটি চরম বিপদের পূর্বাভাস।**

বৃষ্টি থামছে না, ল্যাবের মধ্যে উত্তেজনা ছড়িয়ে আছে। বিনি জানেন, এটি কেবল শুরু; মাঙ্কুর সম্পূর্ণ নিয়ন্ত্রণ অর্জন না হওয়া পর্যন্ত বিপদ চলতেই থাকবে।

অধ্যায় ৭ : বিমল ও জয়ন্তর বিস্ময়

বৃষ্টি থেমে গেছে, কিন্তু ল্যাবের মধ্যে এখনও উত্তেজনা আর অস্থিরতার অদ্ভুত পরিবেশ বিরাজ করছে। মাঙ্কু স্থিতিশীল হলেও তার শরীরের ভিতরে এখনও কিছু অস্থিরতা লুকিয়ে আছে।

বিনি পরীক্ষার জন্য একটি নতুন পদক্ষেপ নিতে যাচ্ছিলেন। তিনি বিমল নামের আরেকটি ট্রান্সজেনিক নমুনা আনলেন, যার ডিএনএ মাঙ্কুর মতো প্রাথমিকভাবে সংমিশ্রিত করা হয়েছে। বিমল খুবই শান্ত এবং স্থিতিশীল মনে হলেও, বিনি জানতেন—প্রতিটি কোষে লুকানো শক্তি বিপজ্জনক হতে পারে।

“যদি এটি নিয়ন্ত্রণের বাইরে যায়, আমরা যা দেখব তা ভয়ঙ্কর হতে পারে,” বিনি নিজের ভেতর কণ্ঠে বললেন। তিনি ইনকিউবেটরের ঢাকনা ধীরে ধীরে খুললেন।

বিমলের চোখ খুলতেই বিনি হঠাৎ একটি অদ্ভুত কম্পন অনুভব করলেন। নমুনার শরীর থেকে অদ্ভুত আলো বের হচ্ছে, এবং সে স্থির থাকলেও তার অঙ্গভঙ্গি একটু অস্বাভাবিক।

বিমল হঠাৎ করেই একটি ছোট আওয়াজ করল—এক ধরণের হুমকির মতো। বিনি তার দিকে তাকালেন, এবং মনে হলো,

এই শান্ত নমুনা যেন তার মন পড়তে পারছে। হঠাৎ বিমলের শরীর হালকা কাঁপতে লাগল, এবং ল্যাবের যন্ত্রপাতি অদ্ভুতভাবে প্রতিক্রিয়া দেখাচ্ছে।

"নাকি... ও হঠাৎ সক্রিয় হয়ে উঠছে?" বিনি আতঙ্কিত কণ্ঠে বললেন।

বিমল স্থির মনে হলেও তার চোখের ভিতরে এক অদ্ভুত জ্বালা দেখা যাচ্ছে, যা মনে করাচ্ছে—যে শক্তি মাঙ্কুতে ছিল, তার একটি সংস্করণ বিমলেও লুকিয়ে আছে। বিনি বুঝলেন—নিয়ন্ত্রণহীন কোষ বিভাজন বা শক্তি বৃদ্ধির ক্ষেত্রে এটি বড় বিপদের চিহ্ন।

বিনি দ্রুত বিমলকে স্থিতিশীল করার জন্য প্রস্তুতি নিলেন, কিন্তু ল্যাবের মধ্যে কেবল ভয় আর উত্তেজনা ছড়িয়ে আছে। এই আতঙ্ক বিনি জানাচ্ছে—এটি আর কেবল পরীক্ষা নয়, এটি একটি যুদ্ধ, যেখানে প্রতিটি পদক্ষেপে বিপদের সম্ভাবনা রয়েছে।

বিনির ল্যাবের বাইরে, সহকর্মী জয়ন্ত শান্তভাবে দাঁড়িয়ে ছিল। সে সাধারণত উদাসীন এবং নিরপেক্ষ, কিন্তু আজ তার কৌতূহল কিছুতেই দমন করতে পারছিল না। বিমলের দিকে তাকিয়ে সে নিজের ভেতর অদ্ভুত উত্তেজনা অনুভব করল।

"বিমল... এটি কি মাঙ্কুর মতোই?" জয়ন্তের কণ্ঠে প্রশ্নের ছাপ ছিল। সে জানত না, এই নমুনা তার আগের গবেষণার সঙ্গে কতটা বিপজ্জনকভাবে সম্পর্কিত।

বিনি তাকে সতর্কভাবে তাকিয়ে বললেন, "যতটা সম্ভব ওর সঙ্গে সরাসরি যোগাযোগ থেকে বিরত থাকো। এটি নিয়ন্ত্রণহীন হলে, আমাদের জন্য বড় ঝুঁকি হতে পারে।"

কিন্তু জয়ন্ত কৌতূহল দমন করতে পারল না। সে বিমলের ইনকিউবেটরের কাছে গিয়ে ধীরে ধীরে দৃষ্টি নিক্ষেপ করল। বিমল হঠাৎ তার চোখ তুলে জয়ন্তের দিকে তাকাল। জয়ন্ত কেঁপে উঠল—কেননা সে অনুভব করল যেন বিমল তার ভেতরের ভাবনা পড়ছে।

বিনি ব্যস্ত হয়ে গেলেন ল্যাবের যন্ত্রপাতি পরীক্ষা করতে। জয়ন্ত নিজের কৌতূহলকে সামলে রাখা চেষ্টা করল, কিন্তু মনের মধ্যে একটি প্রশ্ন বার বার ঘুরপাক খাচ্ছিল—বিমল কি সত্যিই কেবল একটি নমুনা, নাকি তার ভেতরে আরও কিছু আছে যা জানার আগে তাকে সতর্ক হতে হবে?

জয়ন্তের কৌতূহল এবং বিমলের রহস্যময় দৃষ্টি এক অদ্ভুত উত্তেজনা তৈরি করল। এই মুহূর্তে বিনি জানতেন—শুধু জ্ঞান অর্জনের জন্য নয়, এই পরীক্ষাগুলো এমন এক সংকট তৈরি করতে পারে যা কেউ আগে ভেবেও দেখেনি।

ল্যাবের বাতাসে এখন অদ্ভুত উত্তেজনা। বিমল তার পরীক্ষায় পুরো মনোযোগ দিয়ে ব্যস্ত, কিন্তু জয়ন্ত অন্যদিকে এক অদ্ভুত অনিশ্চয়তার মধ্যে ঘুরপাক খাচ্ছিল।

বিমল শান্ত, দৃঢ়, এবং নিজস্ব নিয়ন্ত্রণে ছিল। সে জানত যে মাঙ্কুর পরীক্ষা বিপজ্জনক হতে পারে, কিন্তু তার চোখে থাকত গবেষণার অদম্য আগ্রহ। "যে কোনো ঝুঁকি স্বীকার করতে

হবে, যদি সত্যিই নতুন জ্ঞান খুঁজতে চাই," বিমল মনে মনে বলল।

অন্যদিকে জয়ন্ত... সে নিজের কৌতূহল আর ভয় নিয়ে দ্বিধায় থাকল। তার মনে হচ্ছিল—এই অনিয়ন্ত্রিত জীবটি কোনো মুহূর্তে তাদের নিয়ন্ত্রণ ছাড়িয়ে যেতে পারে। "বিমল, তুমি কি সত্যিই জানো তুমি কী করছি?" জয়ন্ত হুঁশিয়ারী স্বরে বলল।

বিমল শুধু হাঁটুরেখা নাড়ল, আর উত্তর দিল, "এটি আমাদের অজানা জগৎ। কৌতূহল ছাড়া আমরা কিছুই শিখতে পারব না।"

জয়ন্তের চোখে আতঙ্ক, বিমলের চোখে অনবদ্য উৎসাহ। দুই বন্ধুর মধ্যে এক অদৃশ্য ফাটল তৈরি হলো—একজন ঝুঁকি নিয়ে নতুন দিগন্তে পা রাখছে, আর একজন ভয়কে মেনে চলার চেষ্টা করছে।

এই বিপরীত প্রতিক্রিয়া ল্যাবের পরিবেশকে আরও চাপের মধ্যে ফেলল। মাঙ্কুর অস্বাভাবিক আচরণ দুই বন্ধুর মধ্যে এক নতুন পরীক্ষা ও দ্বিধার সূচনা করল।

বিমল জানল—জ্ঞান অর্জনের জন্য এই বিপরীতমুখী প্রতিক্রিয়া নিয়ন্ত্রণ করতে হবে, আর জয়ন্তও বুঝল, কখনও কখনও ভয়ই মানুষকে নিরাপদ রাখে। কিন্তু এই দ্বন্দ্ব আরও বড় ঝুঁকি এবং অজানা সম্ভাবনার দ্বার খুলে দিচ্ছিল।

অধ্যায় ৮ : ব্যর্থ পেপার ও প্রত্যাখ্যান

বিমল দীর্ঘ রাত জাগার পর তার গবেষণাপত্রটি পুনর্লিখিত ও সম্পূর্ণ করে ফেলল। বারবার প্রত্যাখ্যান এবং সহকর্মীদের উপহাসের পরও তার আগ্রহ ম্লান হয়নি; বরং আগুনের মতো জেগে উঠেছিল জ্ঞান অর্জনের তীব্র ইচ্ছা।

সকালের প্রথম রোদ ল্যাবের কাচের জানালায় পড়ে তখন বিমলের চোখে স্বপ্নময় প্রতিফলন। তিনি গভীর নিঃশ্বাস নিলেন এবং ধীরগতিতে কম্পিউটারের সামনে বসে ফেললেন। পেপারটি আবার সংশোধিত, আরও শক্তপোক্ত এবং যুক্তিসঙ্গত। প্রতিটি ডাটা পয়েন্ট, প্রতিটি ছবি, প্রতিটি ব্যাখ্যা—সবকিছু নিখুঁতভাবে সাজানো।

"এবার দেখ, তুমি কি আমাকে প্রত্যাখ্যান করতে পারবে," বিমল একাকী হাসি মুখে বলল।

তিনি জার্নালের সাবমিশন পোর্টালে গিয়েছিলেন। মাউসের কের্সর কাঁপছিল যেন নিজেই উত্তেজিত। Submit বোতামে ক্লিক করার সঙ্গে সঙ্গে একটি নতুন অধ্যায় শুরু হলো—একটি অধ্যায় যেখানে তার গবেষণা বিশ্বব্যাপী বিজ্ঞানীদের সামনে আসবে।

এই মুহূর্তে জয়ন্ত পাশে দাঁড়িয়ে বিমলকে দেখছিল, তার চোখে এখনও অনিশ্চয়তার ছায়া, কিন্তু সম্মান ও মুগ্ধতাও ছিল। তিনি জানতেন—বিমলের অদম্য জেদ এবং অধ্যবসায়ই তাকে এ ধাপ পর্যন্ত পৌঁছে দিয়েছে।

কম্পিউটারের স্ক্রিনে ছোট্ট একটি বার্তা এসেছে:

"Submission Successful."

বিমল হালকা শ্বাস ফেলল। প্রথমবারের মতো মনে হলো—সম্ভাবনার দরজা খুলে গেছে। কিন্তু তিনি জানতেন, যাত্রা এখানেই শেষ নয়। মাঙ্কুর অস্বাভাবিক বৃদ্ধি, তার ক্ষমতা এবং অজানা বিপদ—সবই এখনও অপেক্ষা করছে।

বিমলের মন বলছিল: “আমরা জানি না ভবিষ্যতে কী আসছে, কিন্তু আমরা প্রস্তুত।”

এই এক ক্লিকে শুরু হলো এক নতুন অধ্যায়—জ্ঞান, বিপদ, এবং অদ্ভুত জৈবিক রহস্যের যাত্রা।

সাবমিশনের মাত্র কয়েক সপ্তাহের মধ্যেই বিমল একটি ইমেইল পেলেন। তাঁর হৃৎপিণ্ড দ্রুত ধড়াধড় করছিল। সাবধানভাবে ইমেইল খুলে তিনি পড়া শুরু করলেন।

“Dear Dr. Bimal,

After careful review, we regret to inform you that your manuscript does not meet the rigorous standards required for publication in our journal. The methodology is interesting, but the conclusions drawn are speculative and unsupported by the data provided...”

বিমলের চোখে ঝলসানি পড়ল। সমালোচনা কাঁচা এবং কঠিন। প্রতিটি শব্দ যেন তার গবেষণার উপর ছুরির মতো আঘাত করছে। বিশেষ করে সেই অংশ যেখানে বলা হচ্ছে, “conclusions are speculative”—এটি বিমলের সবচেয়ে বড় দাগ।

জয়ন্ত পাশে এসে দাঁড়াল। তার চোখে সমবেদনা ও চিন্তার মিশ্রণ।

"এটাই প্রকৃতির নিয়ম, বিমল। যারা নতুন চেষ্টা করে, তারা প্রথমে ঘেঁষে ঘেঁষে ধ্বংস হয়। কিন্তু যারা হাল ছাড়ে না, তারা ইতিহাস গড়ে," জয়ন্ত বলল।

বিমল হালকা নিঃশ্বাস ফেলল। তার মনও ভেঙে গিয়েছিল, কিন্তু ভেঙে পড়ার সঙ্গে সঙ্গে জেদ আরও প্রবল হয়ে উঠল। তিনি জানতেন—মাঙ্কুর অদ্ভুত বৃদ্ধি, কোষের অস্বাভাবিক আচরণ, সবই প্রমাণের অপেক্ষায়।

"যে কোনও সমালোচনা মোকাবিলা করা যায়, যদি আমাদের হাতে শক্তিশালী ডাটা থাকে," বিমল নিজের কাছে বলল। "আমরা শুধু আরও পরীক্ষা করব, আরও যাচাই করব। এবার কেউ আমাদের থামাতে পারবে না।"

এই কঠিন সমালোচনা বিমলকে ভয় দেখায়নি; বরং একটি নতুন চ্যালেঞ্জ হিসেবে তাকে আরও দৃঢ় করেছে। বিজ্ঞানী হিসেবে তাঁর পথ শুধু কাগজে নয়, বাস্তবের পরীক্ষা-নিরীক্ষায়ও প্রমাণিত হতে হবে।

বিমল তার ডেস্কে বসে ভাবছিলেন। ইমেইলটি বারবার পড়ছে, কিন্তু মনে হচ্ছিল—প্রতিটি বার পাঠ করার পর হতাশা আরও ঘন হচ্ছিল। কয়েক মাসের কষ্ট, রাতভর গবেষণা, নীরব পরীক্ষাগার—সব যেন এক মুহূর্তে বৃথা হয়ে গেল।

জয়ন্ত চুপচাপ পাশে বসে ছিল। সে বোঝে যে, বিমলের জন্য এটি শুধু গবেষণার ব্যর্থতা নয়, নিজের প্রতিভার উপর আঘাত। "বিমল, কখনও কখনও প্রকাশনা মানেই সবকিছু

নয়। সত্যিই গুরুত্বপূর্ণ কাজগুলো প্রায়শই প্রথমবারে স্বীকৃতি পায় না," জয়ন্ত বলল।

কিন্তু বিমল শুনতে পাচ্ছিল না। তার মনে শুধু প্রশ্ন বাজছিল—"আমি কি ঠিক পথে আছি? আমার গবেষণা কি সত্যিই অপ্রকাশযোগ্য?"

বৃষ্টি শুরু হল জানালার বাইরে। প্রতিটি ফোঁটা যেন তার মনকে আরও ভেঙে দিচ্ছিল। চোখের সামনে শুধু মাঙ্কুর সেই অদ্ভুত বৃদ্ধি, কোষের অস্বাভাবিক আচরণ—সব কিছু কেবল তার স্বপ্নের মতো ফিকে হয়ে যাচ্ছিল।

কিন্তু ভেতরে এক অদ্ভুত শক্তি কাজ করছিল। হতাশার মাঝে, বিমল নিজেকে ধাক্কা দিলেন। "না, এই কাজ আমি থামাতে পারব না। প্রকাশ না হলেও সত্য আমি জানি, এবং আমি এটা প্রমাণ করব।"

হতাশা, ব্যর্থতা—সব মিলিয়ে একটি নতুন অধ্যায়ের সূচনা হলো। বিমল বুঝতে পারলেন, কখনও কখনও প্রকৃত বিজয় আসে ধৈর্য্য ও দৃঢ়তার মাধ্যমে, একবারের প্রার্থনার মধ্যে নয়।

অধ্যায় ৯ : গোপন ডায়েরি

বিমল প্রতিদিন সকালে তার ছোট্ট নোটবুক খুলে বসে পরীক্ষাগারের কোণায়। মাঙ্কুর প্রতিটি অদ্ভুত আচরণ, কোষ বিভাজনের নতুন ধাপ, এবং তার অস্বাভাবিক শক্তি—সব কিছু পুঙ্খানুপুঙ্খভাবে লেখা শুরু করলেন।

আজও একই রুটিন: ইনকিউবেটররের পাশে দাঁড়িয়ে, তার নজর রাখছিল মাঙ্কুর প্রতিটি নড়াচড়ার দিকে। কিন্তু আজ তিনি লক্ষ্য করলেন, মাঙ্কুর চোখে এক অদ্ভুত ঝলক, যা আগের দিনগুলোতে ছিল না। প্রতিদিনের নোট তাকে দেখাচ্ছিল, কিভাবে ছোট ছোট পরিবর্তন ধীরে ধীরে বড় রূপ নিচ্ছে।

বিমল প্রতিটি পর্যবেক্ষণ লিখছিল—রঙের পরিবর্তন, ত্বকের অস্বাভাবিক নমনীয়তা, অঙ্গপ্রত্যঙ্গের দ্রুত সংযোগ। প্রতিটি নোটে তিনি নিজের ভাবনা যোগ করছিলেন: কোন পরিবর্তন স্বাভাবিক, কোনটি ট্রান্সজেনিক প্রভাব।

যতই তিনি লিখছিলেন, ততই তার ভিতরে কৌতূহল ও উত্তেজনা বেড়েছিল। মাঙ্কু যেন তার নোটবুকের প্রতিটি শব্দের সঙ্গে কথা বলছে—প্রতিটি নতুন আচরণে বিমল নতুন রহস্যের দরজা খোলার সুযোগ পাচ্ছিল।

শেষে, তিনি নিজের নোটে লিখলেন:

"প্রত্যেকটি ক্ষুদ্র পরিবর্তনই বড় রহস্যের ইঙ্গিত দিচ্ছে। মাঙ্কুর মধ্যে যা ঘটছে, তা কেবল বৈজ্ঞানিক পরীক্ষা নয়—এটি নতুন জীবনের সম্ভাবনার খোঁজ।"

নোটগুলি এখন শুধু তথ্যের সংকলন নয়, বরং বিমলের নিজের গবেষণার পথপ্রদর্শক। প্রতিদিনের পর্যবেক্ষণ তাকে এক ধাপ আরও কাছে নিয়ে যাচ্ছে, মাঙ্কুর অদ্ভুত এবং রহস্যময় আচরণের সত্য খুঁজে বের করার দিকে।

বিমল আজ সকাল থেকেই লক্ষ্য করছিল মাঙ্কুর আচরণে কিছু অদ্ভুত পরিবর্তন। মাঙ্কু তার খাঁচার এক কোণ থেকে অন্য

কোণে দ্রুত চলাচল করছিল, কিন্তু এবার তার গতিতে যেন এক ধরণের পরিকল্পিততা দেখা যাচ্ছিল—কোনো অগোছালো বা আকস্মিক নড়াচড়া নয়, বরং লক্ষ্যভিত্তিক।

বিমল নোটবুক খুলে এক এক করে পর্যবেক্ষণ লিখতে লাগলেন। মাঙ্কু যখন খাবার খাচ্ছিল, তখন সে কিছু অংশ মিস করছিল না, বরং খুঁটিনাটি জিনিসও নিয়ে যাচ্ছিল। কখনো কখনো মাঙ্কু তার চোখে বিমলকে যেন পরীক্ষা করছে—তার প্রতিক্রিয়া দেখছে। বিমল নিজেকে অবাক ও কিছুটা ভীত অনুভব করছিল।

সবচেয়ে অদ্ভুত ব্যাপারটি ঘটল ইনকিউবেটরের পাশে। মাঙ্কু হঠাৎ থেমে গেল, কিছুক্ষণের জন্য সম্পূর্ণ স্থির, তারপর ধীরে ধীরে তার মাথা ঘুরিয়ে কোণার একটি ছোট আলো নির্দেশ করল। বিমল লক্ষ্য করল, মাঙ্কু যেন তার নিজের আগের পরীক্ষার ফলাফল জানে, আর সেই অনুযায়ী আচরণ করছে।

বিমল নোটে লিখলেন:

"মাঙ্কু শুধু অস্বাভাবিক শক্তি বা গতি প্রদর্শন করছে না, এটি বুঝতে পারছে এবং পরিবেশের সঙ্গে খাপ খাইয়ে নিচ্ছে। এটি অজানা বুদ্ধি বা নতুন ট্রান্সজেনিক প্রভাবের প্রমাণ হতে পারে।"

বিমলের মনে হঠাৎ একটা শীতল আতঙ্ক ছড়িয়ে গেল। মাঙ্কুর এই নতুন আচরণ শুধু বৈজ্ঞানিক কৌতূহলের বিষয় নয়—এটি তাকে হুঁশিয়ার করছিল যে, সৃষ্ট জীবটি আরও জটিল ও অনিশ্চিত। প্রতিদিনের নোটগুলিই এখন এক ধরনের সতর্কবার্তা হয়ে উঠছিল, যা তাকে দেখাচ্ছিল মাঙ্কুর ক্ষমতা

শুধু শারীরিক নয়, মানসিক এবং বুদ্ধিবৃত্তিকভাবেও অপ্রত্যাশিত দিক খুঁজে পেতে সক্ষম।

মাঙ্কুর আচরণের অজানা দিকগুলি পর্যবেক্ষণের পর বিমলের মনে এক ভয়াবহ ধারণা জন্ম নিল। প্রতিদিনের নোট, মাঙ্কুর গতিবিধি, অস্বাভাবিক শক্তি, এবং আচরণের সূক্ষ্ম পরিবর্তন—সবই এক জটিল ছবি আঁকছিল, যা তাকে সতর্ক করে বলছিল যে মাঙ্কু আর শুধুই একটি পরীক্ষামূলক প্রাণী নয়।

বিমল একা বসে দীর্ঘক্ষণ চিন্তায় ডুবে থাকলেন। তিনি বুঝতে পারলেন, মাঙ্কুর ক্ষমতা ও বুদ্ধিমত্তা প্রতিদিন বেড়েই চলেছে। প্রতিটি আচরণ, প্রতিটি পর্যবেক্ষণ একটি বার্তা বহন করছে—ভবিষ্যতে এটি কেবল শারীরিক বিপদই নয়, বরং নৈতিক ও বুদ্ধিবৃত্তিক ঝুঁকিও তৈরি করতে পারে।

বিমল তার নোটবুকে লিখলেন:

"মাঙ্কুর বিকাশের গতিবিধি আমাদের নিয়ন্ত্রণের বাইরে চলে যেতে পারে। এটি আমাদের সতর্ক করছে যে, সৃষ্ট জীবের শক্তি এবং জ্ঞান আমাদের কল্পনার চেয়ে অনেক বেশি জটিল। ভবিষ্যতের জন্য প্রস্তুতি নিতে হবে, কারণ এক অপ্রত্যাশিত মুহূর্তে সব পরিস্থিতি পরিবর্তিত হতে পারে।"

তিনি জানতেন, এই সতর্কবার্তা শুধু বৈজ্ঞানিক নোট নয়, একটি সম্ভাব্য বিপদের পূর্বাভাস। মাঙ্কুর অদ্ভুত বুদ্ধি ও আচরণ যেন বলছিল—বিজ্ঞান আমাদের সীমাবদ্ধ করতে পারবে না, কিন্তু আমাদের বুদ্ধি ও নৈতিকতা এই সীমারেখা ঠিক করতে পারবে।

বিমলের মনে এক মিশ্র অনুভূতি জন্ম নিল—বিস্ময়, কৌতূহল এবং ভয়। তিনি বুঝতে পারছিলেন, এই সতর্কবার্তা শুধু প্রাথমিক পর্যবেক্ষণ নয়, বরং ভবিষ্যতের জন্য এক অদৃশ্য বার্তা, যা তাকে এবং মানবজাতিকে সতর্ক রাখবে।

মাঙ্কু তার খাঁচায় শান্ত, কিন্তু বিমলের চোখে সে যেন এক অজানা বিপদের প্রতীক। ভবিষ্যতের পথে এই সতর্কবার্তা ছাড়া আর কোনো আশ্রয় নেই।

অধ্যায় ১০ : মাঙ্কুর প্রথম হিংস্রতা

রাতের গভীরতা নেমে এসেছে, আর গবেষণাগারটিতে শুধু ল্যাম্পের হালকা আলোর ছায়া ভেসে যাচ্ছে। বিমল তার নোটবুক খুঁজে খুঁজে মাঙ্কুর প্রতিদিনের আচরণ বিশ্লেষণ করছিলেন। হঠাৎ, অদ্ভুত নীরবতা যেন পুরো কক্ষে নেমে এলো।

এক মুহূর্তে মাঙ্কু তার খাঁচার মধ্যে অশান্ত হয়ে উঠল। তার চোখে অদ্ভুত আভা, নড়াচড়ার ছন্দ যেন পরিবর্তিত। বিমল সামনের দিকে ঝুঁকলেন, বোঝার চেষ্টা করলেন কী হলো। হঠাৎ, মাঙ্কুর খাঁচা নড়ে উঠল। তার অস্বাভাবিক শক্তি, গতিশীলতা—সবই একসাথে প্রকাশ পেল। খাঁচার দরজা শক্তভাবে ধাক্কা খেয়ে খুলে গেল, আর মাঙ্কু গবেষণাগারের মধ্যে ঢুকে পড়ল।

বিমল অশ্চর্য এবং আতঙ্কিত। তিনি যত দ্রুত সম্ভব মাঙ্কুকে শান্ত করার চেষ্টা করলেন, কিন্তু মাঙ্কুর আচরণ নিয়ন্ত্রণের

বাইরে চলে গিয়েছিল। ইনকিউবেটর, যন্ত্রপাতি—সব কিছু ধ্বংস হওয়ার উপক্রম।

বিমল বুঝতে পারলেন, এটি শুধু একটি পরীক্ষা বা একটি দৈনন্দিন পর্যবেক্ষণ নয়। মাঙ্কুর আচরণে এক অজানা শক্তি প্রকাশ পাচ্ছে, যা হয়তো তার কল্পনার বাইরে। প্রতিটি ধাক্কা, প্রতিটি নড়াচড়া যেন একটি সতর্কবার্তা: **বিজ্ঞান কখনোই পুরোপুরি নিয়ন্ত্রণ করতে পারবে না, এবং সৃষ্ট জীব কখনোই শুধু পরীক্ষার বস্তু নয়।**

মাঙ্কুর আকস্মিক আক্রমণ বিমলকে এক কঠিন সিদ্ধান্তের মুখোমুখি দাঁড় করাল—এই শক্তি নিয়ন্ত্রণ করার চেষ্টা করা হবে কি না, নাকি তাকে আলাদা পরিবেশে পাঠানো হবে, যেখানে তার প্রভাব সীমিত থাকবে।

গবেষণাগারের বাতাসে এখন শুধু আতঙ্ক নয়, একটি গভীর সম্ভাব্য বিপদের আভা।

বিমল দ্রুত পেছনে সরে গেলেন, কিন্তু মাঙ্কু তার গতিশীলতা রোধ করতে পারছিল না। খাঁচার লোহার লাঠি ধাক্কা খেয়ে ছিঁড়ে গেল, আর ভাঙার শব্দ গবেষণাগারের চুপচাপ রাতকে কেঁপে দিল।

কাচের ধারালো টুকরোগুলো উড়ে বেড়াচ্ছিল। বিমল ঝুঁকলেন এক টুকরো এড়াতে, কিন্তু ছোটখাটো আঘাত এড়ানো গেল না। তার হাত ও মুখে ক্ষত দেখা দিল, রক্তপাত নীরবে ল্যাম্পের আলোতে ঝলমল করছিল।

মাঙ্কু যেন আরও উত্তেজিত হয়ে উঠল। তার অস্বাভাবিক শক্তি এখন কেবল শারীরিক নয়, বরং তার ইন্দ্রিয় ও বুদ্ধি একই

সাথে বিকশিত হচ্ছে। সে যেকোনো উপাদানকে ধাক্কা দিয়ে সরাতে পারছে। গবেষণাগারের যন্ত্রপাতি, টেবিল, চেয়ার—সবই এক মুহূর্তে উল্টে পড়ল।

বিমল চিৎকার করে তার সহকর্মীদের সাহায্য চাইলেন, কিন্তু রাতের এই নির্জন সময়ে কেউ উপস্থিত নেই। আতঙ্কের মধ্যে তিনি একমাত্র জোরালো শক্তি এবং ধৈর্য নিয়ে মাঙ্কুর আচরণ পর্যবেক্ষণ করতে থাকলেন।

ক্ষতবিক্ষত গবেষণাগারের মধ্যে, প্রতিটি ভাঙা কাচ, প্রতিটি উল্টে যাওয়া যন্ত্র যেন এক সতর্কবার্তা দিচ্ছিল—বিজ্ঞান কখনোই পুরোপুরি নিয়ন্ত্রণ করতে পারবে না, বিশেষ করে যখন প্রাকৃতিক নিয়ম ও মানুষের সৃষ্টি একত্রে সংঘর্ষে আসে। বিমল বুঝতে পারলেন, মাঙ্কুর আচরণ শুধু অনিয়ন্ত্রিত নয়, বরং এটি তাকে নিজস্ব স্বাধীনের পথে এগিয়ে নিয়ে যাচ্ছে। এই মুহূর্তে তাকে সিদ্ধান্ত নিতে হবে—মাঙ্কুকে সংযমে আনা সম্ভব কি না, নাকি তাকে আলাদা পরিবেশে নিয়ে যাওয়া উচিত।

গবেষণাগারের কাচ ভেঙে পড়া এবং যন্ত্রপাতির ক্ষতবিক্ষত অবস্থা একটি নতুন অধ্যায়ের সূচনা করছে—একটি অধ্যায় যেখানে বিজ্ঞান, নিয়ন্ত্রণ এবং জীবনের সীমারেখা পরীক্ষা হবে।

গভীর নিশ্বাস নিয়ে বিনি খাঁচার পাশে এগিয়ে এলেন। মাঙ্কু এখনও উত্তেজিত, লাফাচ্ছিল, আর কাচের টুকরোতে খেলছিল। বিমলের হাত কাঁপছিল, কিন্তু তার মনোবল অপরিবর্তিত। তিনি জানতেন, এই মুহূর্তে ধৈর্যই প্রধান অস্ত্র।

"মাঙ্কু, আমি তোমার বন্ধু," বিনি কণ্ঠে নরম অথচ দৃঢ় নির্দেশ দিলেন। "ভয় পেও না, কিছু হবে না। শুধু আমাকে দেখো।" মাঙ্কুর চোখে প্রথমবারের মতো বিভ্রান্তির ছায়া দেখা দিল। তার অস্বাভাবিক শক্তি ধীরে ধীরে শান্ত হতে শুরু করল। সে বিমলকে আক্রমণ না করে কেবল বিনির দিকে তাকাল। বিনি তার হাত বাড়ালেন, মাঙ্কুর কাছে আসার জন্য প্রলোভন দেখালেন। মাঙ্কু ধীরে ধীরে এগোল, কাঁপা চোখে বিনিকে দেখল। গবেষণাগারের ভাঙাচোরা পরিবেশে এই দৃশ্য যেন শান্তির এক নিদর্শন হয়ে উঠল।

বিমল দ্রুত খাঁচার দরজা ধরে তাকে ধরে রাখলেন। "ধীরে ধীরে, মাঙ্কু। তুমি শক্তিশালী, কিন্তু তুমি নিরাপদ। তুমি ক্ষতি করবে না।"

মাঙ্কু হঠাৎ তার পেছনের দিকে তাকাল, তারপর আবার বিনির দিকে। তার শ্বাস কষ্টসাধ্য, কিন্তু সে অবশেষে বিনির আদেশ মেনে চলল।

বিমল বুঝতে পারলেন, নিয়ন্ত্রণ কেবল বাহ্যিক শক্তি নয়—এটি সম্পর্ক, বোঝাপড়া, এবং বিশ্বাসের ওপর নির্ভর করে। মাঙ্কুর উত্তেজনা কমে যাওয়ায়, গবেষণাগারের পরিবেশও ধীরে ধীরে শান্ত হল। ভাঙা কাচ আর উল্টে যাওয়া যন্ত্রপাতি যেন নিঃশব্দে বিনির শান্তি উদযাপন করল।

এই রাতটি বিনির জীবনে এক নতুন অধ্যায়ের সূচনা করল—একটি অধ্যায় যেখানে জ্ঞান, ধৈর্য এবং সহানুভূতি মিলিত হয়ে প্রকৃত শক্তিকে নিয়ন্ত্রণে আনে।

পর্ব ২ : আহ্বান

অধ্যায় ১১ : অচেনা ইমেল

পরবর্তী সকালে, বিনি তার ডেস্কে ফিরে এলেন। ভাঙা কাচের ঝলসানো গন্ধ এখনও বাতাসে থমথমে ভেসে ছিল। বিমল তার পাশে দাঁড়িয়ে চুপচাপ পরিস্থিতি পর্যবেক্ষণ করছিলেন। হঠাৎ কম্পিউটারের স্ক্রিনে একটি নতুন ইমেল এসেছে। প্রেরক—প্রফেসর ট্যালি, একজন প্রখ্যাত বিদেশি জৈব প্রযুক্তি বিশেষজ্ঞ।

বিনি ইমেলটি খুললেন। স্ক্রিনে দৃঢ় হাতের লেখা টাইপ করে লেখা বার্তা পড়তে পড়তে তাদের চোখ বড় হয়ে গেল।

"ডঃ বিনি, আমি আপনার সাম্প্রতিক গবেষণার খবরে গভীরভাবে উদ্বিগ্ন। আপনি যে ট্রান্সজেনিক প্রজাতি নিয়ে কাজ করছেন, তার সম্ভাব্য বিপদ আমি অনুমান করতে পারি। কিন্তু আপনার গবেষণার লক্ষ্য অত্যন্ত গুরুত্বপূর্ণ। আমি চাই, আমরা যৌথভাবে কিছু নিরাপত্তা প্রটোকল এবং পর্যবেক্ষণ প্রণালী স্থাপন করি। আপনার সঙ্গে আলোচনার জন্য আমি আগামী সপ্তাহে ভার্চুয়াল বৈঠক রাখব।"

বিনি বার্তাটি একাধিকবার পড়লেন। তাঁর মনে নানা অনুভূতি জেগে উঠল—উদ্দীপনা, সতর্কতা, এবং সামান্য ভয়।

"ট্যালি জানে, আমি একা কাজ করছি," বিনি বিমলকে বললেন। "এটা ভালো, কারণ তার অভিজ্ঞতা আমাদের কাজকে আরও নিরাপদ করে তুলতে পারে।"

বিমল হালকা মাথা নাড়লেন, “কিন্তু বিনি, আমরা মাঙ্কুর নিয়ন্ত্রণে আছি। তার শক্তি এখনো অনিশ্চিত। এমন বার্তা আসলে আমাদেরকে আরও সতর্ক হতে হবে।”

বিনি কম্পিউটারের পাশে বসে ভাবতে লাগলেন। প্রফেসর ট্যালির সাহায্য একদিকে আশ্বাস দিল, অন্যদিকে মাঙ্কুর জটিলতা এবং অনিয়ন্ত্রিত ক্ষমতা নিয়ে তাঁর মনের ভয় আরও বাড়ল।

পরবর্তী সপ্তাহে অনুষ্ঠিত ভার্চুয়াল বৈঠকের পরিকল্পনা করার সময়, বিনি বুঝলেন—এই গবেষণা শুধুই বৈজ্ঞানিক নয়; এটি এখন নিরাপত্তা, কৌশল, এবং আন্তর্জাতিক নজরের মধ্যে প্রবেশ করেছে।

প্রফেসর ট্যালির বার্তার পর বিনি আরও জোরালোভাবে গবেষণায় মনোনিবেশ করলেন। তবে মনের মধ্যে একটি অদৃশ্য চাপ কাজ করছিল—মাঙ্কুর অস্বাভাবিক আচরণ এবং তার শক্তি যে সময়মতো নিয়ন্ত্রণে রাখা না গেলে বিপদ ডেকে আনতে পারে।

একদিন বিনি একটি নতুন ইমেল পেলেন, diesmal আন্তর্জাতিক জৈব প্রযুক্তি কনফারেন্স থেকে। ইমেলের বিষয়: **“বিশ্বমানের বৈজ্ঞানিকদের আমন্ত্রণ – ট্রান্সজেনিক গবেষণায় অগ্রগতি”**।

ইমেলটি পড়ে বিনি অবাক হয়ে গেলেন। তাঁর নাম, তাঁর সম্প্রতি প্রাপ্ত গবেষণার সাফল্য এবং তাঁর প্রজেক্টের উল্লেখ কনফারেন্সে করা হয়েছে। বার্তায় বলা হয়েছে, “ডঃ বিনি, আপনার কাজ আন্তর্জাতিক বৈজ্ঞানিক সম্প্রদায়ের জন্য অত্যন্ত

গুরুত্বপূর্ণ। আমরা চাই আপনি সামনের মাসে আমাদের কনফারেন্সে উপস্থিত থাকুন এবং আপনার আবিষ্কারের বিষয়বস্তু শেয়ার করুন।”

বিমল সতর্কভাবে বললেন, “বিনি, এটা খুশির খবর। কিন্তু মনে রাখুন, আন্তর্জাতিক নজর মানেই আমাদের গবেষণার ভুল ধরা পড়ার সম্ভাবনাও বেশি। মাঙ্কুর ক্ষমতা যদি সঠিকভাবে নিয়ন্ত্রণ না হয়, তাহলে কেবল আমাদেরই নয়, অন্যেরও জন্য বিপদ।”

বিনি স্থিরভাবে উত্তর দিলেন, “আমি জানি, বিমল। কিন্তু এটা আমাদের গবেষণার জন্য বড় সুযোগ। আমি প্রফেসর ট্যালির সঙ্গে যোগাযোগ করে নিরাপত্তা ব্যবস্থা আরও শক্ত করব। আমরা মাঙ্কুর প্রভাব পরীক্ষা না করে কনফারেন্সে যাব না।”

এই ডাক বিনি ও তাঁর দলের জন্য একদিকে সাফল্যের স্বীকৃতি নিয়ে এলো, অন্যদিকে অজানা ঝুঁকির বার্তা ছড়িয়ে দিল। আন্তর্জাতিক মঞ্চে উপস্থিত হওয়া মানে শুধুই বৈজ্ঞানিক স্বীকৃতি নয়; এটি ছিল একটি পরীক্ষা—বিনির জেদ, সাহস, এবং সতর্কতার।

পরবর্তী কয়েক সপ্তাহে বিনি কনফারেন্সের জন্য প্রস্তুতি শুরু করলেন। নোট, ডেটা, এবং মাঙ্কুর আচরণের নিয়ন্ত্রণ প্রোটোকল সবকিছু নতুনভাবে সাজানো হলো। প্রতিটি পদক্ষেপে যেন প্রয়োজনীয় সতর্কতা বজায় থাকে, যাতে মাঙ্কুর শক্তি আন্তর্জাতিক মঞ্চে বিপদ ডেকে না আনে।

কনফারেন্সে ডাক পাওয়ার খবরে বিনি একদিকে আনন্দে উল্লসিত, অন্যদিকে মনেই যেন অদ্ভুত সন্দেহ কাজ করছিল।

নিজের গবেষণার আন্তর্জাতিক স্বীকৃতি পাওয়া সত্যিই আশ্চর্য, তবে মনের গহীনে একটি ভয়ও লুকিয়ে ছিল।

বিমল বললেন, "বিনি, এই সুযোগ একবারই আসে। তবে মনে রাখো, যত বড় মঞ্চ, তত বড় নজর। কেউ যদি আমাদের কাজের সাফল্য বা মাঙ্কুর অস্বাভাবিক ক্ষমতা দেখে অপ্রত্যাশিত প্রতিক্রিয়া দেখায়, আমরা প্রস্তুত থাকব কি?"

বিনির উত্তেজনা চূড়ান্ত পর্যায়ে। "বিমল, এটা আমাদের স্বপ্নের মুহূর্ত! আমরা এত দিন চেষ্টা করেছি, এই মুহূর্তের জন্যই তো আমরা কাজ করেছি।" কিন্তু মনেই একটা ছায়া—প্রফেসর ট্যালির বার্তা এবং আন্তর্জাতিক দুনিয়ার আগ্রহ কি শুধু স্বীকৃতি, নাকি কোনো [illegible]য়া উদ্দেশ্যও আছে?

মাঙ্কুর কথা মনে পড়ল—তার শক্তি নিয়ন্ত্রণের বাইরে গেলে যে বিপদ ঘটতে পারে, তা কনফারেন্সের মতো আন্তর্জাতিক মঞ্চে আরও বড় হতে পারে। বিনি ভাবলেন, "আমরা কি সত্যিই প্রস্তুত? যদি কেউ জানার চেষ্টা করে মাঙ্কুর প্রকৃত ক্ষমতা, তখন কি আমাদের হাতে কোনো নিয়ন্ত্রণ থাকবে?"

এই দ্বন্দ্ব তাকে ঘুমানোর সুযোগ দেয়নি। একদিকে উচ্ছ্বাস, অন্যদিকে সন্দেহ—দুটোই তাকে নতুন উচ্চতায় নিয়ে যেতে চায়। বিনি বুঝতে পারছিলেন, কনফারেন্স শুধুই বৈজ্ঞানিক স্বীকৃতি নয়; এটি এক পরীক্ষা—নিরাপত্তা, নৈতিকতা, এবং সাহসের।

পরবর্তী সপ্তাহগুলো বিনি কাটালেন প্রস্তুতিতে, মাঙ্কুর আচরণ নিবিড়ভাবে পর্যবেক্ষণ করতে করতে। উচ্ছ্বাসের সঙ্গে সন্দেহ তাকে সতর্ক করছিল—প্রতিটি পদক্ষেপ পরিকল্পনা অনুযায়ী

হতে হবে, যাতে সাফল্য ও বিপদ একই সাথে হাতছাড়া না হয়।

অধ্যায় ১২ : প্রফেসর ট্যালির ডাক

কনফারেন্সের আমন্ত্রণপত্র হাতে পেয়ে বিনি গভীর রাতে গবেষণাগারের টেবিলে একা বসেছিলেন। ঝকঝকে কাগজের সেই চিঠি তাঁর কাছে যেন ভবিষ্যতের এক নতুন দরজা খোলার প্রতীক। কিন্তু সেইসাথে স্মৃতির দরজাও খুলে গেল— অতীতের মুখগুলো, যাদের সান্নিধ্যে তিনি বিজ্ঞানপথে প্রথম পা রেখেছিলেন।

তিনি মনে করলেন কোলকাতার সেই দিনগুলো— বিশ্ববিদ্যালয়ের ল্যাবে একদল তরুণ গবেষকের সাথে তাঁর প্রথম কাজ। সবারই স্বপ্ন ছিল কিছু নতুন আবিষ্কার করার। তাদের মধ্যে একজন, রোহিত, তাঁর গবেষণার প্রতি প্রবল আস্থা রাখতেন। রোহিত প্রায়ই বলতেন, *"বিনি, একদিন তোমার কাজ পৃথিবী বদলে দেবে।"*

কিন্তু বাস্তবতা ছিল ভিন্ন। বিদেশে যাওয়ার সুযোগ না পেয়ে, আর্থিক সংকটে পড়ে রোহিত একসময় গবেষণা ছেড়ে দেন। অন্যরা ভালো সুযোগের খোঁজে ছড়িয়ে পড়েছিল পৃথিবীর নানা প্রান্তে। আর বিনি থেকে গিয়েছিলেন এই নির্জন শহরের কোণে, নিজের ছোট্ট ল্যাবটিকে আঁকড়ে ধরে।

চিঠির আলোতে বসে বিনি মনে মনে ভাবলেন—"যদি আজ রোহিত বেঁচে থাকত, সে হয়তো আমার এই সাফল্যে

সবচেয়ে বেশি খুশি হতো।” চোখের কোণে হালকা আর্দ্রতা জমে উঠল।

তবে এই স্মৃতির মধ্যে লুকিয়েছিল আরেকটি তিক্ত সত্য—অনেকেই তাঁকে ব্যর্থ ভেবেছিল, উপহাস করেছিল, এমনকি বলেছিল তাঁর জীবন নষ্ট হচ্ছে। আজ তাঁদের সামনে দাঁড়ানোর সুযোগ আসছে, তবে সেই পথও ঝুঁকিপূর্ণ।

বিনি নিঃশ্বাস ফেললেন। অতীতের স্মৃতিই তাঁকে আজকের বিনি বানিয়েছে—নিঃসঙ্গ, জেদী, কিন্তু স্বপ্নে অনড়।

কনফারেন্সে যাওয়ার প্রস্তুতির প্রথম পদক্ষেপ নিতে গিয়ে তিনি প্রতিজ্ঞা করলেন, *“আমি আমার কাজ দিয়ে উত্তর দেব, কোনো শব্দে নয়।”*

চিঠিটা আবার পড়তে গিয়ে বিনির চোখ আটকে গেল কয়েকটি অদ্ভুত লাইনে।

কনফারেন্সের স্থান উল্লেখ করা হয়েছিল—*“জেনেভার আন্তর্জাতিক জেনেটিক্স সেন্টার”*—কিন্তু তারিখ আর সময়ের সাথে জুড়ে ছিল একটি আলাদা নোটিশ: *“বিশেষ সেশন: মানব বিবর্তনের ভবিষ্যৎ।”*

বিনি ভুরু কুঁচকালেন। “মানব বিবর্তনের ভবিষ্যৎ?”—এমন সেশনের নাম তিনি আগে কখনো শুনেননি। বৈজ্ঞানিক আলোচনায় এ ধরনের শব্দ ব্যবহার খুবই বিরল। যেন কারো বিশেষ পরিকল্পনার আভাস।

চিঠির নিচে প্রফেসর ট্যালির সই ছিল, কিন্তু বিনি লক্ষ্য করলেন স্বাক্ষরের সাথে একটি প্রতীক আঁকা আছে—বৃত্তের মধ্যে জটিল ডাবল হেলিক্সের মতো চিহ্ন। এই প্রতীক তিনি

একবার পুরনো একটি গবেষণা পত্রিকায় দেখেছিলেন, যেখানে একটি গোপন জেনেটিক্স সংগঠনের কথা উল্লেখ ছিল—"নেক্সাস গ্রুপ।" সংগঠনটি নিয়ে অনেক গুজব শোনা যেত, তারা নাকি গোপনে ট্রান্সজেনিক গবেষণা চালায়, আর সামরিক কাজে জীবন্ত অস্ত্র তৈরি করতে চায়।

বিমল চিঠিটা হাতে নিয়ে বলল,

—"তুমি কি খেয়াল করেছ, তারা মাঙ্কুর কথা সরাসরি লেখেনি, কিন্তু প্রতিটি লাইনে যেন ইঙ্গিত আছে? এটা হয়তো কাকতালীয় নয়।"

জয়ন্ত আরও সন্দিহান হয়ে উঠল।

—"যদি ওরা আমাদের কাজ দখল করতে চায়? কিংবা মাঙ্কুকে নিয়ে নিজেদের মতো কিছু করতে চায়?"

বিনি চুপ করে বসে রইলেন। উচ্ছ্বাসের ভেতর ধীরে ধীরে ভয়ের শীতল স্রোত বইতে লাগল। আমন্ত্রণটা হয়তো শুধু সম্মানজনক মঞ্চ নয়—এটা হতে পারে একটা ফাঁদও। তবু মনের গভীরে কৌতূহল আর স্বপ্ন তাঁকে টানছিল। প্রস্তাবের ভেতরে রহস্য থাকলেও, হয়তো এটাই তাঁর জীবনের সবচেয়ে বড় সুযোগ।

চিঠি নিয়ে দীর্ঘ সময় নীরব থাকার পর বিনি অবশেষে তাঁর দুই ঘনিষ্ঠ সঙ্গীকে ডেকে পাঠালেন। গবেষণাগারের টেবিলে রাখা চিঠিটা তিনজনের মাঝখানে পড়ে ছিল, যেন সেটাই সব উত্তেজনা আর দ্বিধার কেন্দ্র।

প্রথমে কথা বলল বিমল। কণ্ঠে গাম্ভীর্য—

—"বিনি, এটা নিঃসন্দেহে বড় সুযোগ। কিন্তু মনে রেখো,

প্রতিটি সুযোগের আড়ালে ঝুঁকিও থাকে। আমি চিঠিতে ব্যবহৃত প্রতীকটা চিনতে পেরেছি। নেক্সাস গ্রুপের সাথে এটার যোগ আছে। এরা বিজ্ঞান নয়, ক্ষমতার রাজনীতি চায়। তুমি গেলে হয়তো তারা তোমার গবেষণা ছিনিয়ে নিতে চাইবে।"

জয়ন্ত ভিন্ন মত দিল। চোখে কৌতূহল আর খানিকটা রোমাঞ্চ—

—"কিন্তু ভাই, এটা ভেবে দেখো তো! যদি সত্যিই নেক্সাস গ্রুপের সাথে যোগাযোগ হয়, তবে তাদের অজানা প্রযুক্তির দরজা আমাদের জন্য খুলে যেতে পারে। আমরা যেটা ল্যাবের সীমায় করতে পারছি, তারা হয়তো আমাদের সাহায্যে সেটাকে বিশ্বব্যাপী ঘটনার রূপ দিতে পারবে।"

বিমল তৎক্ষণাৎ প্রতিবাদ করল—

—"জয়ন্ত, তুমি বুঝতে পারছ না। ওরা মাঙ্কুর মতো প্রাণীকে অস্ত্র বানাতে চাইবে। এটার বৈজ্ঞানিক সম্ভাবনা যতই বড় হোক, নৈতিকতার সীমা অতিক্রম করবে।"

জয়ন্ত হেসে বলল—

—"নৈতিকতা দিয়ে কি বিশ্ব চলে? দেখো, তোমার কাজ ইতিমধ্যেই অনেকের নজর কেড়েছে। এখন যদি পিছিয়ে যাও, তোমার নাম কেউ মনে রাখবে না। কিন্তু সামনে এগোলেই তুমি ইতিহাসের পাতায় থাকবে।"

বিনি দুই দিকেই কান দিলেন। বিমলের সতর্কতা তাঁর হৃদয়ে ভয় জাগাচ্ছিল, আবার জয়ন্তর উচ্চাকাঙ্ক্ষা তাঁকে টানছিল স্বপ্নের দিকে। সিদ্ধান্ত যেন তাঁর হাত থেকে ফসকে যাচ্ছিল।

চুপচাপ জানালার বাইরে তাকিয়ে বিনি ভাবলেন—
“আমি যদি যাই, সামনে কী আছে জানি না। আর না গেলে হয়তো এই সুযোগ আর ফিরে আসবে না।”
দুই বন্ধুর বিপরীত মতামত তাঁকে দ্বিধায় ফেললেও, এক জিনিস স্পষ্ট হলো—এই যাত্রা শুধু বৈজ্ঞানিক কনফারেন্স নয়, বরং ভাগ্যের এক মোড়।

অধ্যায় ১৩ : দ্বিধা ও স্বপ্নের দ্বন্দ্ব

রাত গভীর। গবেষণাগারের আলো আধো অন্ধকারে ম্লান হয়ে আসছিল। বিনি জানালার পাশে দাঁড়িয়ে ছিলেন। বাইরে টিপটিপ বৃষ্টির শব্দ, কিন্তু ভেতরে তাঁর বুক কাঁপছিল এক অজানা আশঙ্কায়।
প্রতিটি পদক্ষেপ যেন তাঁকে এমন এক ভবিষ্যতের দিকে ঠেলে দিচ্ছে, যেখানে নিরাপত্তার নিশ্চয়তা নেই। কনফারেন্সে গেলে তিনি স্বীকৃতি পাবেন ঠিকই, কিন্তু যদি সত্যিই নেক্সাস গ্রুপ জড়িত থাকে, তবে তাঁকে আর তাঁর সৃষ্টি—মাঙ্কুকে—কখনো স্বাভাবিক জীবনে ফিরতে দেওয়া হবে না।
তিনি হঠাৎ মনে করলেন, আগের ব্যর্থ পরীক্ষার সময় কীভাবে মাঙ্কুর নিয়ন্ত্রণহীন শক্তি ল্যাবের কাঁচ ভেঙে দিয়েছিল। যদি সেই ঘটনা আবার বড় পরিসরে ঘটে? কনফারেন্সের ভিড়ে? তাহলে শুধু তাঁর গবেষণাই নয়, শত শত মানুষের জীবনও বিপন্ন হতে পারে।
বিমলের সতর্ক বাণী কানে বাজছিল—
“তারা মাঙ্কুকে অস্ত্র বানাতে চাইবে।”

আবার জয়ন্তর রোমাঞ্চকর কথাও মাথায় ঘুরছিল—

"নৈতিকতা দিয়ে কি বিশ্ব চলে? ইতিহাস তৈরি করতে চাইলে ঝুঁকি নিতেই হবে।"

এই দুই দিকের টানাপোড়েনে বিনির চোখ ভারী হয়ে এলেও ঘুম এল না। তিনি অনুভব করলেন, মাঙ্কু শুধু এক পরীক্ষামূলক প্রাণী নয়, বরং ভবিষ্যতের প্রতীক—যে হয়তো মানুষকে নতুন যুগে নিয়ে যাবে, আবার হয়তো ধ্বংসের অন্ধকারে ঠেলে দেবে।

নিজের ডায়েরিতে লিখলেন—

"আমার ভবিষ্যৎ নিরাপদ নয়। কিন্তু হয়তো ঝুঁকি নিয়েই ইতিহাস লেখা হয়।"

বাইরে বিদ্যুতের ঝলকানি হঠাৎ আকাশ ছিঁড়ে ফেলল। বিনি বুঝলেন—এখন আর ফিরে যাওয়ার উপায় নেই।

ভোরের আলোয় গবেষণাগারের জানালা দিয়ে সূর্যের প্রথম রশ্মি ঢুকে পড়ল। টানা নির্ঘুম রাতের পরও বিনির চোখে অদ্ভুত ঝিলিক। ভয়, সন্দেহ, আশঙ্কা—সবকিছুর মাঝেও এক প্রবল আকাঙ্ক্ষা তাকে এগিয়ে নিচ্ছিল।

তিনি টেবিলে ছড়িয়ে রাখা কাগজের ওপর হাত বুলালেন—নোট, গ্রাফ, ডিএনএ সিকোয়েন্সের খসড়া। এগুলো শুধু পরীক্ষার হিসেব নয়; এগুলো ছিল তাঁর জীবনের গল্প। আর সেই গল্প এবার আন্তর্জাতিক মঞ্চে ছড়িয়ে পড়তে চলেছে।

বিমল তখনো সন্দিহান। সে ধীরে বলল,

—"তুমি জানো না ওরা আসলে কী চায়, বিনি। কিন্তু তাও তুমি যেতে চাইছ?"

বিনি মৃদু হেসে উত্তর দিলেন,
—"হ্যাঁ, কারণ এটাই আমার স্বপ্ন। আমি চাই আমার কাজ কাগজের ভাঁজে লুকিয়ে না থেকে পৃথিবীর মানুষ জানুক। আমি চাই একদিন বিজ্ঞানীর নাম শুধু তত্ত্বে নয়, বাস্তবেও বেঁচে থাকুক।"

জয়ন্ত উচ্ছ্বসিত হয়ে যোগ করল,
—"ভাবতে পারছো? একদিন তোমার নাম নোবেল পুরস্কারের তালিকায় আসতে পারে। মিডিয়ায় প্রচার হবে, গবেষণার ইতিহাসে লেখা থাকবে *বিনি*—যিনি মানুষ আর বিবর্তনের সম্পর্ককে নতুন সংজ্ঞা দিয়েছিলেন।"

এই কথাগুলো শুনে বিনির চোখে অশ্রু জমে উঠল। তিনি স্মরণ করলেন শৈশবের সেই দিনগুলো, যখন বিজ্ঞান তাঁর কাছে ছিল নিছক কৌতূহল, আর আজ তা পরিণত হয়েছে এক জীবনের মিশনে।

তবু অন্তরের গভীরে ভয় ঠিকই রয়ে গেল—"এই স্বপ্ন কি আলো নিয়ে আসবে, নাকি আগুন?"

বাহিরে ভোরের পাখিরা ডাকতে শুরু করেছে। বিনি জানলেন, ভয় থাকলেও থামার সময় এখন নয়। বিশ্বমঞ্চ তাঁকে ডাকছে।

সন্ধ্যার নরম আলোয় গবেষণাগারের ভেতরটা এক অদ্ভুত আবহ তৈরি করেছিল। টেবিলে রাখা আন্তর্জাতিক কনফারেন্সের আমন্ত্রণপত্র এখন আর নিছক একটি চিঠি ছিল না—এটি যেন তিন বন্ধুর ভাগ্য নির্ধারণের প্রতীক হয়ে দাঁড়িয়েছে।

বিমল আবারও সাবধান করল,

—"বিনি, আমি জানি তুমি বড় স্বপ্ন দেখো। কিন্তু মনে রেখো, যদি নেক্সাস গ্রুপ সত্যিই এর সাথে জড়িত থাকে, তাহলে আমাদের গবেষণা আমাদের হাত থেকে চলে যাবে। মাঙ্কু আর তোমার জীবনের নিরাপত্তা কেউ নিশ্চিত করতে পারবে না।"

জয়ন্ত উত্তেজিত কণ্ঠে প্রতিবাদ করল,

—"কিন্তু যদি এটাই আমাদের সুযোগ হয়? আমরা কি সারা জীবন এই ছোট ল্যাবের ভেতরেই পড়ে থাকব? ইতিহাস লিখতে হলে ভয়কে পেছনে ফেলতেই হবে।"

দু'জনের মধ্যে উত্তপ্ত তর্ক চলতে থাকল। বিনি চুপ করে বসে রইলেন, কাগজের দিকে তাকিয়ে। তাঁর মনের ভেতরেও একই সংঘর্ষ।

হঠাৎ তিনি কলম তুলে নিলেন, নিজের ডায়েরির শেষ পাতায় লিখলেন—

"ভবিষ্যৎ অজানা। তবু আমি পিছিয়ে যাব না। বিজ্ঞান শুধু গবেষণাগারে বন্দি থাকার জন্য নয়, বিশ্বকে জানানোর জন্যও।"

তিনি মাথা তুলে শান্ত স্বরে বললেন,

—"আমি যাচ্ছি। এই কনফারেন্সে আমার স্থান আছে। ঝুঁকি থাকলেও, আমি আমার কাজকে লুকিয়ে রাখতে পারব না। তবে প্রতিটি পদক্ষেপে আমরা সতর্ক থাকব।"

বিমল গভীর শ্বাস ফেলল, চোখেমুখে দুশ্চিন্তার রেখা, তবে বন্ধুর সংকল্প ভাঙতে পারল না। জয়ন্ত উচ্ছ্বাসে হাত চাপড়াল টেবিলে।

চূড়ান্ত সিদ্ধান্ত নেওয়া হয়ে গেছে।

গবেষণাগারের দেয়ালে প্রতিধ্বনিত হলো সেই শব্দ—এক অনিশ্চিত ভবিষ্যতের দিকে এগিয়ে যাওয়ার ঘোষণা।

অধ্যায় ১৪ : অতীতের বিজ্ঞানীদের পরিণতি

যাত্রার প্রস্তুতি শুরু করার আগের রাতে বিনি একা বসে ছিলেন তাঁর ল্যাবে। জানালার বাইরে অন্ধকার আকাশে মাঝে মাঝে বিদ্যুতের ঝলকানি, আর ভেতরে এক অদ্ভুত নিস্তব্ধতা। টেবিলের ওপরে খোলা ছিল তাঁর ডায়েরি, পাশে কিছু পুরনো বই।

বিনি ভাবতে লাগলেন—ইতিহাসে কত বিজ্ঞানীই তো একই দ্বন্দ্বের ভেতর দিয়ে গেছেন।

তাঁর মনে পড়ল **লুই পাস্তুরের** কথা। একসময় গোটা বৈজ্ঞানিক সমাজ তাঁর "জীবাণু তত্ত্ব"কে কুসংস্কার ভেবে প্রত্যাখ্যান করেছিল। কিন্তু দৃঢ় বিশ্বাস আর একাগ্রতায় পাস্তুর প্রমাণ করেছিলেন—অদৃশ্য জীবাণুই রোগের কারণ। আজ পৃথিবীর চিকিৎসা তাঁর কাছে ঋণী।

এরপর ভেসে উঠল **গ্যালিলিও গ্যালিলির** মুখ। যিনি বলেছিলেন, পৃথিবী সূর্যের চারপাশে ঘোরে। গির্জার ভয়ঙ্কর প্রতিক্রিয়ার মুখোমুখি হতে হয়েছিল তাঁকে। কারাগারের অন্ধকার ঘরে বসেও তিনি সত্যের প্রতি আস্থা হারাননি। ইতিহাস শেষে প্রমাণ করেছে—গ্যালিলিও-ই সঠিক ছিলেন।

সবশেষে বিনি ভাবলেন **নিকোলা টেসলার** কথা। বিদ্যুতের ব্যবহার নিয়ে তাঁর উদ্ভাবন পৃথিবী বদলে দিয়েছিল, কিন্তু তাঁর জীবন ভরে ছিল একাকিত্ব, উপহাস আর অপমান। মৃত্যুর পরেই মানুষ বুঝতে পেরেছিল, টেসলা কতটা সময়ের আগেই ভবিষ্যৎ দেখতে পেয়েছিলেন।

এই তিনজনের গল্প বিনির বুকের ভেতর শক্তি জাগাল। তিনি ফিসফিস করে বললেন,

—"যদি ওরা পারেন, তবে আমিও পারব। সমালোচনা, ভয়, ব্যর্থতা—এসব বিজ্ঞানীর পথেরই অংশ।"

মাঙ্কুর দিকে তাকালেন তিনি। ট্যাঙ্কের ভেতর অদ্ভুত প্রাণীটি শান্ত ঘুমাচ্ছিল। বিনি জানলেন—আগামী দিনগুলো সহজ হবে না। কিন্তু এই পথেই হয়তো তাঁর নাম লেখা হবে ইতিহাসে।

পরদিন সকালে বিমল গবেষণাগারের পুরনো বুকশেলফ থেকে কিছু ফাইল বের করল। হলদেটে কাগজে ভরা মোটা ফাইলগুলো দেখে বিনি অবাক হলেন।

—"এগুলো কী?" তিনি জিজ্ঞেস করলেন।

বিমল চশমা ঠিক করে উত্তর দিল,

—"এগুলো ভুলে যাওয়া আবিষ্কারের গল্প। ইতিহাসে অনেক বৈজ্ঞানিক এমন সব কাজ করেছিলেন, যেগুলো সময়ের অভাবে, রাজনৈতিক চাপে কিংবা সমাজের অবজ্ঞায় হারিয়ে গেছে। আমি চাই তুমি এগুলো জানো। কারণ আজ তুমি যে পথে হাঁটছ, সেটা নতুন নয়—এ পথ আগেও কেউ কেউ হেঁটেছিল।"

বিমল প্রথম ফাইল খুলে দেখালেন একজন বাঙালি গবেষকের কথা—**জগদীশচন্দ্র বসু**।

তিনি রেডিও তরঙ্গ নিয়ে এমন এক পরীক্ষা করেছিলেন, যা পরবর্তীতে ওয়্যারলেস যোগাযোগের ভিত্তি হয়ে দাঁড়ায়। কিন্তু তাঁর নাম চাপা পড়ে গেল বিদেশি বিজ্ঞানীদের খ্যাতির নিচে।

এরপর আরেকটি গল্প শোনালেন বিমল—**ইগনাজ সেমেলভাইস** নামে এক চিকিৎসকের।

উনবিংশ শতাব্দীতে তিনি প্রমাণ করেছিলেন, হাত ধোয়া মাতৃত্বজনিত মৃত্যুহার কমায়। অথচ চিকিৎসক সমাজ তাঁকে পাগল বলেছিল, তাঁর পরামর্শ মানেনি। মৃত্যুর বহু বছর পর পৃথিবী তাঁর আবিষ্কারের গুরুত্ব বুঝতে পেরেছিল।

সবশেষে বিমল বললেন এক বিজ্ঞানীর কথা, যিনি ট্রান্সজেনিক ধারণার প্রাথমিক সূত্র ধরতে পেরেছিলেন। কিন্তু অর্থাভাবে আর রাজনৈতিক চাপে তাঁর গবেষণা থেমে গিয়েছিল। তাঁর নাম আজ প্রায় কেউ জানে না।

বিনি স্তব্ধ হয়ে শুনছিলেন। এই সব গল্প যেন একটাই শিক্ষা দিল—*সত্যিকার আবিষ্কার কখনো সহজে জায়গা করে নেয় না। প্রথমে উপহাস হয়, তারপর অবহেলা, শেষে যদি টিকে থাকে তবে ইতিহাস তাকে স্বীকৃতি দেয়।*

বিমল গম্ভীর কণ্ঠে বলল,

—"তোমার পথও একই রকম। তাই সাবধান থেকো। বড় স্বপ্ন দেখা জরুরি, তবে সেই স্বপ্নের মূল্য দিতে হয়।"

বিনির চোখে মুহূর্তের জন্য ভয় ভেসে উঠল, কিন্তু ভেতরে ভেতরে আরও দৃঢ় হয়ে উঠলেন তিনি।

বিনি তার ঘরে বসে টেবিল ল্যাম্পের নরম আলোয় পুরোনো কাগজপত্র উল্টে-পাল্টে দেখছিল। ইতিহাসের পাতায় ভেসে উঠছিল অদ্ভুত এক মিশ্র অনুভূতি। একদিকে অনুপ্রেরণা—পাস্তুর, গ্যালিলিও, টেসলা—যারা সময়ের সীমা ভেদ করে মানুষের সভ্যতাকে নতুন পথে এগিয়ে দিয়েছেন। তাদের ত্যাগ, সংগ্রাম, একাগ্রতা তাকে আন্দোলিত করছিল। মনে হচ্ছিল, সেও যেন তাদের কাতারে দাঁড়িয়েছে, যেখানে সত্যের জন্য লড়াই করা ছাড়া আর কোনো বিকল্প নেই।

কিন্তু সেই আলোয় অন্ধকারও ছিল। প্রতিটি আবিষ্কারের পেছনে ছিল ভাঙা স্বপ্ন, বিশ্বাসঘাতকতা, নির্যাতন, কিংবা অকাল মৃত্যু। গ্যালিলিওকে ঘরবন্দি হতে হয়েছিল, টেসলা দারিদ্র্যের অন্ধকারে শেষ নিঃশ্বাস ফেলেছিলেন, পাস্তুরকেও ভুল বোঝাবুঝির শিকার হতে হয়েছিল। ইতিহাস যেন তাকে সতর্ক করে দিচ্ছিল—"তুমি যদি সত্যের পথে এগোও, তবে শত্রুরাও ছায়ার মতো ঘিরে ধরবে।"

বিমল আর জয়ন্তর কথাগুলোও কানে বাজছিল। তারা সবসময় বলেছে, "বিজ্ঞান শুধু আবিষ্কার নয়, এর সঙ্গে জড়িয়ে থাকে ক্ষমতা, রাজনীতি, অর্থনীতি।" বিনি ভাবছিল—তার গবেষণা যদি ভুল হাতে পড়ে? যদি একদিন সে নিজেই তার সৃষ্টি দিয়ে বন্দি হয়ে যায়?

তার বুকের ভেতর যেন দুই বিপরীত শক্তি লড়াই করছিল। একদিকে দমবন্ধ করা ভয়—ভবিষ্যতের অন্ধকার, অনিশ্চয়তা, বিশ্বাসঘাতকতার আশঙ্কা। অন্যদিকে এক আলোকিত স্বপ্ন—

একদিন হয়তো তার নামও উচ্চারিত হবে টেসলা বা গ্যালিলিওর মতো।

অবশেষে সে জানালার পাশে গিয়ে দাঁড়াল। রাতের আকাশে তারারা জ্বলজ্বল করছে। সে ফিসফিস করে বলল,

"আমি ভয়কে ভয় পাব না। ইতিহাস যদি আবার আমাকে ভুলে যায়, তবু আমি থামব না। কারণ স্বপ্নের আলো নিভতে নেই।"

কিন্তু সেই কথার সঙ্গে সঙ্গে বুকের ভেতর দোলা দিলো অদ্ভুত আতঙ্ক—কে যেন অন্ধকার থেকে তাকিয়ে আছে তার দিকে, নীরবে, নিঃশব্দে।

অধ্যায় ১৫ : বিমল স্যান্যালের সতর্কতা

আন্তর্জাতিক কনফারেন্সে ডাক পাওয়ার পর থেকে বিনির মনের ভেতর এক অদৃশ্য ঝড় বয়ে যাচ্ছিল। একদিকে উত্তেজনা—বিশ্বমঞ্চে দাঁড়ানোর সুযোগ, নিজের গবেষণাকে মানুষের সামনে তুলে ধরার সুযোগ। অন্যদিকে এক অদৃশ্য ভয়—এই আবিষ্কার যদি মানবতার ক্ষতির জন্য ব্যবহার হয়?

রাত গভীর হলে সে একা বসে ডায়েরিতে লিখতে লাগল—

"আমি কি কেবল একজন বিজ্ঞানী? নাকি একজন দায়িত্বশীল মানুষও? যদি আমার গবেষণা মানুষের জন্য অমঙ্গল ডেকে আনে, তবে এই আবিষ্কারের কোনো মূল্যই থাকবে না। ইতিহাসে অনেকেই আবিষ্কার করেছেন, কিন্তু তাদের সৃষ্টি যুদ্ধ

আর ধ্বংসের হাতিয়ার হয়েছে। আমি কি সেই একই ভুল করতে যাচ্ছি?”

ডায়েরির পাতায় সে টেনে দিল একটি দাগ, যেন মনের দ্বন্দ্বকেই কেটে ফেলতে চাইছে। কিন্তু উত্তর মিলল না।

পরদিন সকালে জয়ন্ত এসে বলল,

— “তুই কি ভেবেছিস, বিনি? গবেষণাটা তুই একদিন বিশ্বকে দেখাবি, এটা তো ঠিক। কিন্তু আগে ঠিক কর—তুই কোন পথ বেছে নিবি। মানুষের কল্যাণ, নাকি ক্ষমতার বাজার?”

বিমল আরও যোগ করল,

— “নৈতিকতা ছাড়া বিজ্ঞান মানে হলো হাতবোমা তুলে দেওয়া এক শিশুর হাতে। তুই যদি নিজের আবিষ্কারকে নিয়ন্ত্রণ করতে না পারিস, তবে অন্যরা সেটা করবে। আর তারা তোর মতো ভাববে না।”

বিনির মাথা ঝিমঝিম করতে লাগল। এতদিন সে ভেবেছিল, বিজ্ঞান কেবল যুক্তি আর সমীকরণের খেলা। কিন্তু এখন বুঝতে পারছে, প্রতিটি সমীকরণের আড়ালে লুকিয়ে আছে মানুষের ভবিষ্যৎ, সমাজের নিরাপত্তা, আর হাজারো জীবনের ভাগ্য।

সে জানালার বাইরে তাকাল—আলো ঝলমল শহর, যেখানে কোটি কোটি মানুষ অজান্তে চলাফেরা করছে। মনে হলো তাদের প্রত্যেকের ভাগ্যের সঙ্গে তার আবিষ্কারের সুতোর টান জড়িয়ে গেছে।

সে নিজের মনে বলল,

“নৈতিকতার প্রশ্ন এড়িয়ে যাওয়া মানে হলো নিজের প্রতি

প্রতারণা। যদি আমি সত্যিই বিজ্ঞানের পথে হেঁটে যাই, তবে এই প্রশ্নের উত্তর দিতেই হবে।”

কিন্তু উত্তরটা তখনও অজানা থেকে গেল, যেন অন্ধকারে ঢাকা এক দ্বার—যা তাকে অচিরেই পেরোতে হবে।

বিনি নীরবভাবে পরীক্ষাগারের প্যাটেন্ট নথি ও গবেষণার নোটগুলি দেখছিল। কাগজে-কলমে সব নিখুঁত, কিন্তু মনের ভেতর এক অদৃশ্য ভয় বেড়ে চলেছে। জয়ন্তর কথাগুলো বারবার ফিরে আসছে—“অন্যরা তোর আবিষ্কারকে নিজের স্বার্থে ব্যবহার করতে পারে।”

রাত গভীর, এবং বাতাসের হাওয়া জানালার ফাঁক দিয়ে আসছে, যেন সতর্কবার্তা শুনাচ্ছে। বিনির চোখে ভয়ের দাগ পড়ল—মাঙ্কুর মতো ট্রান্সজেনিক প্রাণীটি শুধু ল্যাবেই সীমাবদ্ধ নেই। যদি এটা কারও হাত দিয়ে বাইরে চলে যায়, বিশ্বকে অজানার বিপদে ফেলে দিতে পারে।

বিমল সতর্ক করে বলল,

— “বিনি, তুই কি বুঝছিস না? যদি এই আবিষ্কার ভুল হাতে যায়, আমরা শুধু জ্ঞান হারাব না—মানবতা ঝুঁকিতে পড়বে।”

বিনি মাথা নাড়ল, কিন্তু ভেতরের ভয় তাকে থামাতে পারল না। সে জানত, কনফারেন্সে যেতে হবে, বিশ্বকে দেখাতে হবে তার সাফল্য। কিন্তু যদি কেউ এই তথ্য চুরি করে? যদি কেউ মাঙ্কুর শক্তি ব্যবহার করে বিশ্বকে হুমকির মুখে ফেলে?

মন ভাঙতে লাগল। একদিকে স্বপ্ন, সম্মান, বিশ্বমঞ্চে দাঁড়ানোর আনন্দ। অন্যদিকে, সম্ভাব্য বিপদ—যুদ্ধ, ভয়ঙ্কর

ক্ষমতার অপব্যবহার, মানুষ ও প্রকৃতির উপর ভয়ানক প্রভাব।

বিনি বুঝতে পারল, তার হাতে শুধু জ্ঞান নয়, একই সঙ্গে দায়িত্বও রয়েছে। এবার যে যাত্রা শুরু হতে চলেছে, তা শুধু বিজ্ঞানী হিসেবে নয়—একজন রক্ষকের ভূমিকায়ও।

সে নিঃশ্বাস নিয়ে বলল,

“আমি সতর্ক থাকব। আমার আবিষ্কারকে শুধুমাত্র নিরাপদ পথে এগোতে দেব। অন্যদের হাতে চলে গেলে, এর ফল ভয়ঙ্কর হবে। আমি প্রস্তুত, কিন্তু বিপদের জন্যও।”

মনের ভেতর ভয় ও উত্তেজনা একসাথে ঘুরপাক খাচ্ছে। স্বপ্ন ও ভয়—দুটোই এই রাতে বিনিকে অচেতন করে দিচ্ছে। তবে এক জিনিস নিশ্চিত: সে আর পিছনে ফিরে তাকাবে না।

পরীক্ষাগারের আলো নিভে আসছিল, আর তিন বন্ধু—বিনি, বিমল, জয়ন্তর—একটি করিডোরে দাঁড়িয়ে একে অপরের দিকে তাকাচ্ছিল। প্রতিটি চুপচাপ মুহূর্তে মনে হচ্ছিল, বাতাসের সঙ্গে ঝাপসা ভয়ও প্রবাহিত হচ্ছে।

বিমল সতর্ক করল,

— “বিনি, তুই যদি একাই সব নিয়ন্ত্রণ করতে চাস, তো জয়ন্তর ঠিক বলছে—আমাদের মধ্যে বিশ্বাসের অভাব হতে পারে। এটা একক অভিযান নয়। আমরা একে অপরের ওপর নির্ভরশীল।”

জয়ন্তর কিছুটা বিরক্ত হয়ে বলল,

— “আমি শুধু চাই এ গবেষণার ফল সঠিক পথে ব্যবহার

হোক। কিন্তু বিনি, তুই নিজেকে এতটাই একা রাখছিস যে আমাদের সতর্কবার্তাগুলোও উপেক্ষা করছিস। এটা ঠিক না।"

বিনি, যিনি এতদিনই নিজের একান্ত প্রজেক্টে গভীর, এবার হালকা কণ্ঠে বলল,

— "আমি বুঝতে পারছি, তোমরা উভয়ই চিন্তিত। কিন্তু আমি চাই আমার আবিষ্কার যেন কোনো ভুল হাতে না যায়। আমি শুধু চাই সবার নিরাপত্তা। এটা বন্ধুত্বের ব্যাপার নয়, দায়িত্বের বিষয়।"

বিমল গভীর নিশ্বাস নিয়ে বলল,

— "ঠিক আছে, কিন্তু দায়িত্ব ভাগাভাগি করলে ভয় কমে। একা সব বোঝার চেষ্টা করলে আমরা সবাই ঝুঁকিতে থাকব।"

জয়ন্তর মাথা নেড়ে বোঝার চেষ্টা করল। "ঠিক আছে, বিনি। তবে আমাদের কাঁধে কাঁধ মিলিয়ে কাজ করতে হবে। আমরা একে অপরের সতর্কবার্তা অবহেলা করতে পারব না।"

বিনিও অবশেষে সম্মতি দিল। "ঠিক আছে, আমি এখন জানি—আমাদের বন্ধুত্বই আমার প্রকল্পের নিরাপত্তা নিশ্চিত করবে। একা চেষ্টা করলে বিপদ বাড়বে, সঙ্গে থাকলে সব সমাধান সম্ভব।"

সেই রাতে তিন বন্ধু বুঝল যে, বিজ্ঞান শুধু জ্ঞান নয়, বরং বন্ধুত্ব, বিশ্বাস ও সহযোগিতারও পরীক্ষা। যেখানেই বিপদ হোক, তারা একে অপরের পাশে থাকলেই সব সমস্যা মোকাবেলা করতে পারবে।

অধ্যায় ১৬ : জয়ন্তর অনুপ্রেরণা

কনফারেন্সের আমন্ত্রণপত্র টেবিলে রাখা। সোনালি অক্ষরে লেখা নামটা বারবার চোখে পড়ছে—"ড. বিনি রায়।" এত বড় স্বীকৃতি, এত বড় সুযোগ! কিন্তু এর মধ্যেও বিনির মন চলে গেল অতীতে, অনেক দূরের ছেলেবেলার দিনে।

ছোট্ট বিনি তখন গ্রামের স্কুলের ছাত্র। কাদামাটির মাঠে দাঁড়িয়ে আকাশের দিকে তাকাতো। ঝড়-বৃষ্টির রাতে যখন সবাই ঘরে লুকিয়ে থাকত, সে মোমবাতির আলোয় বই পড়ত। মাঝে মাঝে মায়ের কণ্ঠস্বর ভেসে আসত—

— "এত রাত জেগে কী করছিস, বিনি?"

সে হেসে উত্তর দিত,

— "মা, আমি একদিন এমন কিছু করব যা সবাইকে অবাক করে দেবে।"

স্কুলের বইয়ের বাইরে বিনি সবচেয়ে বেশি টান অনুভব করত পুরনো বিজ্ঞান ম্যাগাজিনের প্রতি। ধুলো ধরা পৃষ্ঠাগুলো উল্টিয়ে দেখত গ্যালিলিও, নিউটন, আর ডারউইনের ছবি। অঙ্ক কষে, আঁকিবুঁকি করে, আর গাছপালা কেটে টুকরো করে সে তৈরি করত ছোট্ট পরীক্ষা।

একবার স্কুলে বিজ্ঞান প্রদর্শনীতে সে বানিয়েছিল একটা অদ্ভুত যন্ত্র—পুরনো ঘড়ির কাঁটা আর ভাঙা ব্যাটারি জুড়ে বানানো ছোট্ট মোটর। সেদিন সহপাঠীরা হেসেছিল, কেউ কেউ উপহাসও করেছিল। কিন্তু তার শিক্ষক মৃদু হেসে বলেছিলেন,

— "তুই যদি চালিয়ে যাস, একদিন তোর এই কৌতূহলই তোর সবচেয়ে বড় শক্তি হবে।"

আজকের এই মুহূর্তে, কনফারেন্সের সামনে দাঁড়িয়ে, বিনি বুঝতে পারল সেই শিক্ষকের ভবিষ্যদ্বাণী সত্যি হতে চলেছে। ছেলেবেলার স্বপ্ন, মায়ের স্নেহ, স্কুলের সেই প্রদর্শনী—সব মিলিয়ে তাকে এই জায়গায় এনে দাঁড় করিয়েছে।

কিন্তু সেই সঙ্গে এক অজানা ভয়ও গোপনে জেগে উঠল—

"যদি এই স্বপ্ন অন্যের হাতে ভয়াবহ রূপ নেয়?"

শৈশবের স্মৃতি তাকে শক্তি দিল, আবার সতর্কও করল। বিনি একা বসে ছেলেবেলার স্মৃতি ভেবে আবেগে ভেসে যাচ্ছিল। এমন সময় দরজায় হালকা টোকা। ভেতরে ঢুকল জয়ন্ত, হাতে এক কাপ কফি। তার মুখে এক ধরনের শান্ত ভরসার ছাপ।

জয়ন্ত চেয়ার টেনে বসল, তারপর বলল—

— "তুই জানিস, বিনি, ছোটবেলা থেকেই তোর মধ্যে এক ধরনের জেদ দেখেছি। সবাই যখন খেলাধুলায় মেতে থাকত, তুই কাগজ-কলমে অঙ্ক কষে যেতিস। আমরা মজা করতাম, কিন্তু ভেতরে ভেতরে বুঝতাম—তুই আলাদা।"

বিনি নীরবে তাকিয়ে রইল। জয়ন্তর কণ্ঠে কোনো অভিযোগ নেই, বরং অদ্ভুত এক আন্তরিকতা।

— "আজ তুই বিশ্বমঞ্চে যাচ্ছিস। আমি জানি, অনেক সমালোচনা হবে, অনেক মানুষ তোর ওপর আঙুল তুলবে। কিন্তু আমি বিশ্বাস করি, তুই ঠিক জায়গায় আছিস। আমাদের

মধ্যে যতই মতভেদ হোক না কেন, আমি জানি তুই ভুল পথে হাঁটিস না।"

বিনি ধীরে ধীরে কফি নিল হাতে। তার ঠোঁটে হালকা হাসি ফুটল।

— "তুই সত্যিই মনে করিস, আমি এত বড় দায়িত্ব সামলাতে পারব?"

জয়ন্ত দৃঢ় কণ্ঠে বলল—

— "হ্যাঁ, আমি নিশ্চিত। তুই একা নোস, আমরা আছি তোকে ঘিরে। তুই শুধু তোর মনের ভয়কে জয় কর, বাকি সব আমরা সামলাব।"

সেই মুহূর্তে বিনি অনুভব করল, এই যাত্রা শুধু তার নয়। বন্ধুত্বের ভিত আর বিশ্বাসই তাকে এগিয়ে নিয়ে যাচ্ছে। কনফারেন্সে যাওয়া শুধু বৈজ্ঞানিক স্বীকৃতির জন্য নয়, বরং এই বিশ্বাসের প্রতিদান দিতেও হবে।

জয়ন্তর চোখের দৃঢ়তা যেন এক অদৃশ্য শক্তি হয়ে বিনির ভেতরে প্রবেশ করল। সে বুঝল, তার পাশে এখনো অটলভাবে দাঁড়িয়ে আছে সত্যিকারের এক বন্ধু।

জয়ন্তর কথাগুলো বিনির ভেতরে এক অদ্ভুত আলো জ্বালিয়ে দিল। এতদিন সে দ্বিধার ভেতরে ছিল—কখনো স্বপ্নের দিকে টান, কখনো ভয় আর দায়িত্বের ভার। কিন্তু এবার যেন ভেতর থেকে এক শক্তিশালী স্বর উঠে এল—**"আমাকে এগোতেই হবে।"**

সে জানালার বাইরে তাকাল। শহরের আলো ঝলমল করছে, দূরে আকাশের তারাগুলো জ্বলজ্বল করছে। ছোটবেলায় যেমন

তারা দেখে স্বপ্ন বুনত, আজও সেই তারাই যেন তাকে আহ্বান করছে।

বিনি মনে মনে বলল—

— "আমি আর পিছিয়ে যাব না। সমালোচনা আসবে, বিপদও আসবে, কিন্তু আমি জানি, এই আবিষ্কার শুধু আমার জন্য নয়—মানবতার জন্য। আমি যদি ভয় পাই, তবে যারা ভবিষ্যতে সত্যিকারের জ্ঞান খুঁজবে, তাদের জন্য পথ বন্ধ হয়ে যাবে।"

টেবিলে রাখা কনফারেন্সের আমন্ত্রণপত্রে সে হাত বোলাল। অক্ষরগুলো যেন তাকে সাহস জোগাচ্ছে। জয়ন্তর বিশ্বাস আর বিমলের সতর্কবার্তা মিলিয়ে এক ভারসাম্য তৈরি হলো—একদিকে আশ্বাস, অন্যদিকে সতর্কতা। এই ভারসাম্যই তাকে আরও স্থির করল।

বিনি উঠে দাঁড়াল, আয়নায় নিজের দিকে তাকাল। চোখে ক্লান্তি থাকলেও ভেতরে স্পষ্ট হলো এক নতুন দৃঢ়তা।

— "আমি যাচ্ছি। ভয় থাকলেও থামব না। আমার গবেষণাকে আমি সঠিক পথে চালাব। আর যদি কোনো বিপদ আসে, আমি সেটা সামলানোর মতো প্রস্তুত।"

সেই রাতে বিনি অনেক দিন পর শান্ত ঘুমাল। স্বপ্নে আবার দেখল—এক অচেনা মঞ্চে সে দাঁড়িয়ে আছে, চারপাশে শত শত মানুষ, আর তার কণ্ঠে স্পষ্ট উচ্চারণ—**"বিজ্ঞান মানবতার জন্য, ধ্বংসের জন্য নয়।"**

অধ্যায় ১৭ : যাত্রার প্রস্তুতি

কনফারেন্সের তারিখ যতই ঘনিয়ে আসছিল, বিনির ব্যস্ততা ততই বাড়ছিল। পরীক্ষাগারে দিনরাত কাটানোর পর এবার তাকে অন্য রকম কাজ সামলাতে হলো—**নথিপত্র আর পাসপোর্ট সংগ্রহ**।

ছোট্ট ব্যাগে ল্যাপটপ, গবেষণার নোট, কিছু চার্ট, আর ডিএনএ সিকোয়েন্সের কপি গুছিয়ে রাখতে রাখতে হঠাৎ তার মনে হলো—"এই কাগজগুলোই হয়তো ভবিষ্যৎ বদলে দেবে।"

পাসপোর্ট অফিসে গিয়ে বিনি এক অদ্ভুত অভিজ্ঞতার মুখোমুখি হলো। দীর্ঘ লাইন, ক্লান্ত মুখ, কেউ ধৈর্যহারা হয়ে তর্ক করছে, কেউ আবার নীরবে দাঁড়িয়ে আছে। কিন্তু বিনির চোখে যেন সবকিছু আলাদা লাগছিল—তার হাতে ধরা প্রতিটি কাগজ কেবল কাগজ নয়, বরং তার স্বপ্ন আর দুঃস্বপ্নের মিশ্র প্রতীক।

ডেস্কের পেছনে বসা অফিসার কাগজপত্র ঘেঁটে দেখছিল।
— "আপনার গবেষণার উদ্দেশ্যে যাচ্ছেন?"
বিনি মাথা নেড়ে উত্তর দিল,
— "হ্যাঁ, আন্তর্জাতিক বৈজ্ঞানিক কনফারেন্সে। বিষয়টা গুরুত্বপূর্ণ।"
অফিসার কৌতূহলী হয়ে জিজ্ঞেস করল,
— "গবেষণার ক্ষেত্রটা কী?"

বিনি হালকা থেমে গেল। ভেতরে দ্বিধা। সত্যি বললে অপ্রয়োজনীয় প্রশ্ন আসবে, মিথ্যা বললে বিপদের সম্ভাবনা। শেষমেশ বলল,

— "জীববিজ্ঞান সম্পর্কিত। কিছু ট্রান্সজেনিক প্রক্রিয়া।"

অফিসার ভ্রু কুঁচকালেও আর প্রশ্ন করল না। কাগজে সিল মেরে ফাইল এগিয়ে দিল।

হাতে পাসপোর্ট পাওয়ার পর বিনির বুকের ভেতর যেন চাপা আনন্দের ঢেউ উঠল। এত কিছুর পর, এত প্রত্যাখ্যান আর সংগ্রামের পরে, সে অবশেষে সত্যিই আন্তর্জাতিক মঞ্চের পথে হাঁটছে।

কিন্তু সাথেই রইল ভয়। নথিগুলো গুছিয়ে রাখতে রাখতে তার মনে হলো—**"যদি এগুলো চুরি হয়ে যায়? যদি কেউ আমার গবেষণার নোট হাতিয়ে নেয়?"**

তার চোখে পড়ল জয়ন্ত আর বিমল দরজার বাইরে দাঁড়িয়ে আছে। দুজনেই হাসিমুখে তাকিয়ে আছে, যেন নিশ্চয়তা দিচ্ছে—"তুই একা নোস।"

পাসপোর্ট হাতে পাওয়ার পরই শুরু হলো নতুন দৌড়ঝাঁপ। আন্তর্জাতিক কনফারেন্সের আয়োজক কমিটি থেকে ইমেল এলো—**তারিখ, ভেন্যু, আর যাত্রার আনুষ্ঠানিক নির্দেশনা।** বিনি কম্পিউটারের সামনে বসে বুকিং ওয়েবসাইট খুলল। গন্তব্য ছিল ইউরোপের এক বিখ্যাত শহর, যেখানে পৃথিবীর শ্রেষ্ঠ বিজ্ঞানীরা একত্র হবেন। স্ক্রিনে ভেসে উঠল অসংখ্য ফ্লাইট অপশন। প্রতিটি টিকিটের দাম, সময়, ট্রানজিটের ঝামেলা সব দেখে তার মাথা ঘুরছিল।

বিমল পাশে এসে বলল—

— "বেশি ভাবিস না। সোজা, নিরাপদ আর কম ঝামেলার ফ্লাইটটাই নে। খরচ যা হোক, তোর গবেষণার জন্য এটা বিনিয়োগ।"

জয়ন্ত হেসে যোগ করল—

— "হ্যাঁ, তুই তো আর ঘুরতে যাচ্ছিস না, যাচ্ছিস নিজের স্বপ্ন নিয়ে। সোজা পথই বেছে নে।"

অবশেষে বিনি একটি ফ্লাইট বেছে নিল—যাত্রার দিন নির্ধারণ হলো **আগামী শনিবার ভোরবেলা**। বুকিং কনফার্মেশনের ইমেল আসতেই তার বুকের ভেতর এক ধাক্কা লাগল। এতদিনের স্বপ্ন এখন কাগজে-কলমে সত্যি হয়ে গেছে। রাতের টেবিলে বসে সে টিকিট আর আমন্ত্রণপত্র পাশাপাশি রাখল। আলোয় ঝলমল করে উঠল কাগজের অক্ষরগুলো। মনে হলো, এগুলো কেবল যাত্রার প্রতীক নয়, বরং অজানা ভবিষ্যতের দরজা।

কিন্তু আনন্দের মাঝেই হালকা শীতল ভয় ঘিরে ধরল তাকে—**"যদি যাত্রার দিন কোনো অঘটন ঘটে? যদি কেউ ইচ্ছে করে আমার পথ রুদ্ধ করে?"**

সে গভীর নিঃশ্বাস ফেলল। তারপর নোটবুকে লিখল—
"তারিখ স্থির, টিকিট নিশ্চিত। আর কোনো দ্বিধা নয়—এবার পথ শুরু হোক।"

যাত্রার দিন ঘনিয়ে আসছে। নথি, টিকিট, পাসপোর্ট সব গুছিয়ে রাখা হয়েছে। কিন্তু বিনির মাথার ভেতর একটাই প্রশ্ন ঘুরছে—**মাঙ্কুকে ফেলে যাওয়া সম্ভব কি?**

প্রথম ট্রান্সজেনিক প্রাণী, তার জীবনের সবচেয়ে বড় সাফল্য, আবার একই সঙ্গে সবচেয়ে বড় ঝুঁকি। কনফারেন্সে শুধু তত্ত্ব নয়, প্রমাণও দেখাতে হবে। কাগজে লেখা ডিএনএ সিকোয়েন্স হয়তো সবাইকে প্রভাবিত করবে না। কিন্তু মাঙ্কুর অস্তিত্ব—এটাই বিনির শক্তি।

রাত গভীরে ল্যাবরেটরির আলো নিভিয়ে বিনি মাঙ্কুর ছোট্ট কাঁচের খাঁচার সামনে দাঁড়াল। প্রাণীটি শান্ত, চোখ বন্ধ করে শ্বাস নিচ্ছে, যেন পৃথিবীর কোনো দুশ্চিন্তা তার নেই।

বিমল আর জয়ন্তকে কিছু বলেনি সে। তাদের সতর্কবার্তা মনে পড়ে, কিন্তু সিদ্ধান্ত নিল—এটা তার নিজের দায়।

— "তোমাকে ফেলে রেখে যেতে পারব না, মাঙ্কু। তুমি আমার স্বপ্নের অঙ্গ।"

বিনি বিশেষভাবে ডিজাইন করা একটি **বায়ো-সেফ কন্টেইনার** বের করল। ভেতরে ছোট্ট এয়ার ফিল্টার, পোর্টেবল কুলিং সিস্টেম, আর স্লিপিং সিরামের ইনজেকশন রাখা আছে। নিঃশব্দে সিরাম প্রয়োগ করল মাঙ্কুর শিরায়। প্রাণীটি ধীরে ধীরে অচেতন হয়ে ঘুমিয়ে গেল।

সতর্ক হাতে কন্টেইনারে রাখল তাকে। বাইরে থেকে দেখতে সাধারণ মেডিক্যাল কেসের মতো, কেউ সন্দেহ করবে না। প্যাকিংয়ের সময় তার বুকের ভেতর ধকধক করছিল। জানত, ধরা পড়লে শুধু গবেষণা নয়, তার জীবনও ঝুঁকিতে পড়বে। কিন্তু এই ঝুঁকি নিতেই হবে। **স্বপ্ন কখনো শুধু কাগজে বন্দি থাকে না—তার রক্ত-মাংসের প্রমাণ চাই।**

ব্যাগের ভেতরে গোপনে কন্টেইনারটি রেখে দিল বিনি।

দরজার বাইরে জয়ন্তর ডাক শোনা গেল—

— "সব তৈরি তো?"

বিনি দ্রুত জিপ বন্ধ করে উত্তর দিল—

— "হ্যাঁ, সব গুছানো হয়ে গেছে।"

কেউ বুঝল না, তার ব্যাগে শুধু কাপড় আর নথি নেই, আছে ভবিষ্যতের সবচেয়ে বড় রহস্যও—**জীবন্ত মাঙ্কু।**

অধ্যায় ১৮ : মাঙ্কুকে সঙ্গে নেওয়ার সিদ্ধান্ত

বিনি টেবিলের উপর ছড়িয়ে দেওয়া মানচিত্র আর কাগজপত্রের দিকে তাকিয়ে গভীরভাবে শ্বাস ফেলল। সামনে ছিল অজানা যাত্রা—বিদেশ যাওয়া, গবেষণা চালানো, আর সেই সাথে মাঙ্কুকে গোপনে বহন করার পরিকল্পনা। সে জানত প্রতিটি পদক্ষেপ ভুল হলে বিপদ বাড়বে বহুগুণে।

"প্রথম ঝুঁকি—কাগজপত্র।" বিনি ফিসফিস করে বলল। "যদি কোনো অফিসার বেশি প্রশ্ন করে বা সন্দেহ করে, তাহলে পুরো পরিকল্পনাই ভেস্তে যাবে।" জয়ন্ত মাথা নেড়ে সম্মতি দিল।

"দ্বিতীয় ঝুঁকি—মাঙ্কু," জয়ন্ত যোগ করল। "ওকে যদি কেউ দেখে ফেলে, তবে শুধু তোমার ভিসা নয়, আমাদের জীবনও বিপন্ন হতে পারে। প্রাণী পাচারের অভিযোগে গ্রেফতার হওয়া কিছুতেই অসম্ভব নয়।"

বিনি ঠোঁট কামড়ে ভাবল। সত্যিই এটা সবচেয়ে বড় বিপদ। কিন্তু মাঙ্কুকে ছাড়ার কথাও ভাবতে পারল না। ওর সাথে যেন অটুট এক বন্ধন তৈরি হয়েছে, যাকে ফেলে রাখা অসম্ভব।

"তৃতীয় ঝুঁকি—অর্থ," জয়ন্ত হিসাব কষে বলল। "টিকিট, হোটেল, গবেষণা খরচ—সব কিছু মিলে এমন একটা চাপ তৈরি হবে যা আমরা সামলাতে পারব কি না, তা নিয়েও সন্দেহ আছে।"

এক মুহূর্ত নীরবতা নেমে এলো। বিনি চোখ বন্ধ করে কল্পনা করল ব্যর্থতার দৃশ্য—বিমানবন্দরে ধরা পড়া, মাঙ্কুকে কেড়ে নেওয়া, কিংবা যাত্রাই বন্ধ হয়ে যাওয়া। বুক কেঁপে উঠল।

কিন্তু পরক্ষণেই সে চোখ মেলে শক্ত গলায় বলল,

"ঝুঁকি সবসময় থাকবে। বিজ্ঞানই আমাকে শিখিয়েছে—যেখানে ভয় আছে, সেখানেই জ্ঞানের দরজা খুলে যায়। আমি ব্যর্থ হলেও চেষ্টা থামাব না।"

জয়ন্ত তাকিয়ে রইল তার দিকে। বিনির দৃঢ়তা দেখে তার ভেতরে নতুন ভরসা জন্ম নিল। ঝুঁকি অনেক, কিন্তু বিনির অদম্য বিশ্বাসই তাদের এগিয়ে নিয়ে যাবে।

যাত্রার দিন যত ঘনিয়ে আসছে, ততই ঘরে এক ধরনের টানটান উত্তেজনা তৈরি হচ্ছিল। টেবিলের উপর গুছিয়ে রাখা ব্যাগ, ভিসা-পাসপোর্ট, টিকিট—সবই যেন একসাথে ঝড়ের আগমনী বার্তা হয়ে উঠেছিল। ঠিক তখনই ঘরে ঢুকল বিমল, বিনির বড়ভাই।

সে চারপাশে একবার তাকিয়ে কপাল কুঁচকালো।

"তোমরা কি সত্যিই এই পাগলামো করতে যাচ্ছ? বিদেশে

যাওয়ার ঝুঁকি এক কথা, কিন্তু গোপনে ওই প্রাণীটাকে নিয়ে যাওয়া একেবারেই অসম্ভব!"

বিনি ইতস্তত করল। বিমলকে পুরো পরিকল্পনার কথা বলা হয়নি, কিন্তু কিছুটা আঁচ সে পেয়ে গিয়েছিল। জয়ন্ত কথা ঘুরিয়ে দিতে চাইল, "না না, তেমন কিছু না, শুধু গবেষণার কাজে বিনি যাচ্ছে।"

কিন্তু বিমল তাতে থামল না।

"আমি ছোট থেকে বিনি'কে দেখছি—ও মাথা গরম, একবার যা ভাবে তাই করবেই। কিন্তু আমি বড় ভাই হিসেবে দায়িত্বহীনভাবে চুপ থাকতে পারব না। বিনি, তুমি বুঝছ তো, ধরা পড়লে শুধু নিজের ভবিষ্যৎ নয়, পরিবারকেও কলঙ্কিত করবে!"

বিমলের চোখে ক্ষোভের সাথে মিশে ছিল গভীর উদ্বেগ। বিনি ধীরে ধীরে উঠে দাঁড়াল।

"ভাইয়া, আমি জানি তুমি আমাকে ভালোবাসো। কিন্তু তুমি কি জানো আমি যদি এই গবেষণাটা না করি, তবে আমার জীবনটাই অসম্পূর্ণ থেকে যাবে? আর মাঙ্কু... ও আমার বন্ধু, ওকে ফেলে আমি কোথাও যেতে পারব না।"

বিমল মাথা নাড়ল বিরক্ত ভঙ্গিতে।

"বন্ধুত্ব? নাকি একরকম আবেগের জেদ? পৃথিবীটা তোমার একার জন্য তৈরি হয়নি, বিনি। কখনও কখনও ত্যাগ স্বীকার করাও বুদ্ধিমানের কাজ।"

ঘরে হঠাৎ নীরবতা নেমে এলো। জয়ন্ত দ্বিধায় পড়ল—সে কি বিনিকে সমর্থন করবে, নাকি বিমলের যুক্তির সামনে চুপ থাকবে?

বিনি শেষ পর্যন্ত দৃঢ় গলায় বলল,

"ঝুঁকি আমি নেব। ব্যর্থ হলে দোষও আমি নেব। কিন্তু এই পথ আমি বদলাব না।"

বিমল দীর্ঘশ্বাস ফেলল। সে বুঝল, বোনের মন আর ফেরানো যাবে না।

অধ্যায় ১৯ : বিমানযাত্রার উদ্বেগ

কলকাতা এয়ারপোর্টের আলো ঝলমলে টার্মিনালে মানুষের ভিড়। যাত্রীরা ব্যাগ হাতে লাইন দিয়ে দাঁড়িয়ে আছে, কেউবা তাড়াহুড়া করছে, কেউবা প্রিয়জনকে বিদায় জানাচ্ছে। সেই কোলাহলের মাঝেই বিনি দাঁড়িয়ে আছে বুক ধড়ফড় করা এক ভয়ের সঙ্গে। হাতে টিকিট, কাঁধে ব্যাগ, আর ট্রলিতে রাখা সেই বিশেষ খাঁচা, যেখানে লুকিয়ে আছে মাঙ্কু।

বিমল বারবার চারপাশে তাকাচ্ছে, যেন কোনো মুহূর্তেই নিরাপত্তারক্ষী এসে জিজ্ঞাসা করে বসবে—"এটা কী?" জয়ন্ত ঠোঁট কামড়ে চুপচাপ দাঁড়িয়ে আছে, কিন্তু তার চোখে উদ্বেগ স্পষ্ট।

চেকিং কাউন্টারের দিকে লাইন এগোতে শুরু করল। মেটাল ডিটেক্টরের পাশ দিয়ে যেতে যেতে বিনির হাত ভিজে উঠল ঘামে। সে ব্যাগপত্র ট্রেতে রাখল, কিন্তু মাঙ্কুর খাঁচাটা বুকের

কাছে চেপে ধরল যেন ওটাই তার জীবনের সবচেয়ে মূল্যবান জিনিস।

নিরাপত্তারক্ষী চোখ তুলে জিজ্ঞেস করল,

"এটা কী? পোষা প্রাণী?"

বিনির গলা শুকিয়ে এলো। কণ্ঠ কাঁপলেও নিজেকে সামলে উত্তর দিল,

"হ্যাঁ, একটা গবেষণার নমুনা... বিশেষ অনুমতি নেওয়া আছে।"

রক্ষী খাঁচার দিকে কৌতূহল ভরে তাকাল। মাঙ্কু ভেতরে এক মুহূর্ত চুপচাপ বসে রইল। কিন্তু হঠাৎ ছোট্ট এক নড়াচড়া—ধাতব শব্দ বাজল খাঁচায়। বিনি অনুভব করল বুকের ভেতর ঢেউ উঠছে। বিমল নিঃশব্দে প্রার্থনা করছে যেন ও আর কোনো শব্দ না করে।

নিরাপত্তারক্ষী ভ্রু কুঁচকে কিছুক্ষণ খাঁচার দিকে তাকাল, তারপর হাত নাড়িয়ে ইঙ্গিত দিল,

"চলুন, পাশ করুন।"

বিনির শ্বাস যেন এক লাফে বেরিয়ে এলো। সে চোখ বন্ধ করে সামান্য হাসল—কিন্তু সেই হাসির ভেতর লুকিয়ে ছিল গভীর ভয় আর অদৃশ্য স্বস্তির মিশেল।

যাত্রা শুরু হওয়ার আগে, বিনি, বিমল, এবং জয়ন্ত একটি নির্জন ল্যাবরেটরি হ্যাঙ্গারে পৌঁছালেন। সেখানে রাখা ছিল একটি বিশেষ ইনকিউবেটর – একটি গ্লাসের কেবিনেট, যেটি ভেতরের পরিবেশ সম্পূর্ণ নিয়ন্ত্রণ করে।

বিনি সাবধানে খাঁচা খুলে মাঙ্কুকে ইনকিউবেটরের ভিতরে স্থানান্তর করল। মাঙ্কু অদ্ভুতভাবে শান্ত হয়ে গেল, যেন সে বুঝতে পারছে তার নতুন আশ্রয়স্থল কতটা নিরাপদ। বিনি নিজের হাতে একটি ছোট কন্ট্রোল প্যানেলে চাপ দিল — তাপমাত্রা, বাতাসের চাপ, এবং কোষীয় পরিবেশ সবই নিখুঁতভাবে স্থির হলো।

বিমল দূরে দাঁড়িয়ে সেই দৃশ্য দেখছিল, কিন্তু তার চোখে ভয় আরও গভীর হয়ে উঠল।

“বিনি, তুমি কি নিশ্চিত এটা নিরাপদ?” — বিমলের কণ্ঠে শঙ্কা ছিল।

বিনি জবাব দিল, “আমরা শুধু তাকে বাঁচাতে চাইছি। তবে এটাও সত্য, এই পরীক্ষা যত বড় হবে, ঝুঁকিও তত বেশি।”

জয়ন্ত নীরবে ইনকিউবেটরের পাশে এসে দাঁড়াল। মাঙ্কু ধীরে ধীরে তার ছোট হাত দিয়ে গ্লাস স্পর্শ করল। অদ্ভুতভাবে, গ্লাসের ভেতর ছোট ছোট আলো ফোটে উঠল — যেন তার কোষ নিজে কথা বলছে। বিনি মৃদুভাবে বলল, “তুমি জানো না তুমি কী হয়ে উঠেছ।”

তাদের মধ্যে একটি চাপা চিৎকার ছিল — শুধু একটিমাত্র শব্দ না, বরং একটি নীরব আতঙ্ক। ইনকিউবেটরের ভেতরে মাঙ্কু যেন শুধুমাত্র একটি প্রাণী নয়, বরং একটি গোপন রহস্যের কেন্দ্রবিন্দু হয়ে উঠেছে।

বিমল ধীরে ধীরে বলল, “আমরা কি জানি এই রহস্য কখন আমাদের নিয়ন্ত্রণের বাইরে চলে যাবে?”

বিনির চোখে দৃঢ়তার ছাপ ছিল। কিন্তু ভেতরে, মনের গহীনে, সে জানত — এই যাত্রা শুধু একটি বৈজ্ঞানিক অভিযান নয়, এটি বিপদের এক নতুন দরজা খুলে দিচ্ছে।

বিমানবন্দরের বিশাল হল ধীরে ধীরে মানুষের গর্জন আর ঘোষণা-ঘোষণায় পূর্ণ হয়ে উঠল। প্রতিটি পদক্ষেপে বিনি, বিমল এবং জয়ন্ত অনুভব করছিলেন যে তাদের যাত্রা শুধু দূরত্বের নয় — এটি এক গভীর অজানা দিকে প্রবাহিত হচ্ছে।

বিনি এক কোণে দাঁড়িয়ে ইনকিউবেটরের দিকে বারবার তাকাচ্ছিল। মাঙ্কুর নিঃশব্দ শ্বাস যেন তার চিন্তার প্রতিধ্বনি ছিল। সে জানত, একবার যাত্রা শুরু হলে তারা আর ফিরে ফিরে আসতে পারবে না।

বিমল তার পাশে এসে বলল, "বিনি, তুমি কি নিশ্চিত যে আমরা প্রস্তুত?" তার কণ্ঠে নীরব ভয় ছিল — শুধু মাঙ্কুর জন্য নয়, নিজের জন্যও।

জয়ন্ত নীরবে মাথা নেড়ে সম্মতি দিল, কিন্তু তার চোখে এক অজানা উদ্বেগ স্পষ্ট ছিল। তিনজনেই জানত, সামনের পথ দীর্ঘ, বিপজ্জনক, এবং পূর্বানুমানহীন।

বিমল ছোট্ট একশ্বাস ফেলে বলল, "এই যাত্রা শুধু বিজ্ঞান নয়, এটা আমাদের জীবন বদলে দেবে।"

বিনি, নিজের চিন্তায় গভীর ডুবে, মৃদু স্বরে বলল, "হ্যাঁ... কিন্তু কখনও কখনও সবচেয়ে বড় আবিষ্কারই আসে সবচেয়ে বড় ঝুঁকির মধ্য দিয়ে।"

তাদের তিনজনই বোঝছিল — এখন শুধুই সময়ের ব্যাপার, কখন তাদের সাহস ও কল্পনা একসাথে পরীক্ষা হবে।

বিমানটি একসময় শব্দে ভেঙে উঠল। যাত্রা শুরু।

মাঙ্কু ইনকিউবেটরের ভিতরে অচেনা একটি জগতে পদার্পণ করল। আর তিনজন মানুষের হৃদয়ে বসে থাকল একটাই প্রশ্ন — "আমরা কি সত্যিই প্রস্তুত?"

অধ্যায় ২০ : ফ্রাঙ্কফুর্টের প্রথম সকাল

বিমানটি অবতরণ করার মুহূর্তে, বিনি, বিমল ও জয়ন্ত যেন এক অজানা দুনিয়ায় প্রবেশ করলেন। জানালার কাঁচে চুম্বিত সূর্যের আলো ধীরে ধীরে হালকা কমলা রঙে ভিজিয়ে দিল দূরের দৃশ্য।

ভবনগুলো ছিল অস্বাভাবিক—উচ্চ, অর্ধস্বচ্ছ গ্লাসের মতো উপাদানে তৈরি, যা বাতাসের আলোকে ভঙ্গুর রঙে বিভক্ত করছিল। রাস্তাগুলো প্রশস্ত, এবং মানুষের চলাচল কোনো যানবাহনের ওপর নির্ভর করে না; বরং একটি হালকা জ্যান্ত মেঘের মতো ন্যূনতম শক্তিতে ভাসমান প্ল্যাটফর্মের ওপর চলাফেরা করছিল।

শহরের বাতাসে ছিল এক ধরনের ভিন্ন ধরনের সঙ্গীতময় শব্দ — হালকা ইলেকট্রনিক তাল, যেন বাতাস নিজের মধ্যে সুর বাঁধছে।

জয়ন্ত এক লম্বা শ্বাস নিল, "এটা... কল্পনার চেয়েও আলাদা।"

বিনি জানালার পাশে দাঁড়িয়ে বলল, "আমাদের যাত্রা এখান থেকে এক নতুন অধ্যায় শুরু করবে। কিন্তু আমি ভয় পাচ্ছি... এই শহরের রহস্য আমাদের জন্য বড় পরীক্ষা নিয়ে এসেছে।"

বিমল মাথা নেড়ে শুধু চুপ করে সেই শহরের দিকে তাকাল। শহরের উজ্জ্বল আলো ও অচেনা গঠন যেন তাদের স্বপ্ন ও ভয় একসাথে জাগিয়ে তুলছিল।

একটি বিশাল গেটের দিকে তারা এগোতে থাকল — গেটের ওপরে খোদাই করা অচেনা লিপি, যা যেন বলে উঠছে: "স্বাগত, যাত্রিকেরা। এখানে তোমাদের স্বপ্ন ও ভয় এক হয়।"

তাদের পা ছিল স্থির, কিন্তু হৃদয় উত্তেজনায় ধুকপুক করে উঠেছিল। নতুন শহর তাদের স্বাগত জানিয়েছে — কিন্তু এ স্বাগতম কি ছিল আশার, নাকি বিপদের?

শহরের গভীরে প্রবেশের সাথে সাথে বিনি অনুভব করল — এখানে শুধু ভৌগোলিক সৌন্দর্য নয়, বরং এক অদ্ভুত জ্ঞানমণ্ডলও বিরাজ করছে। বাতাসে একটি নরম জ্বালানি গন্ধ, যেন তথ্য ও আবিষ্কারের সুগন্ধ।

একটি বিশাল, আধা-পারদর্শী ভবন তাদের সামনে উন্মোচিত হলো — গগনচুম্বী খিলান, যা "কোয়ান্টাম ইনস্টিটিউট" নামে পরিচিত। গেটের পাশে ছোট একটি স্ক্রীনে অচেনা ভাষায় লেখা ছিল: "জ্ঞানই শক্তি, কিন্তু গবেষণাই মুক্তি।"

বিনি ভাবল, “আমাদের এখানে আসার কারণ কি শুধু মাঙ্কুর নিরাপত্তা নয়? নাকি এখানে কোন নতুন গবেষণার সুযোগও লুকিয়ে আছে?”

জয়ন্ত ও বিমলকে নিয়ে সে ভবনের ভিতরে প্রবেশ করল। ভিতরে, এক বিশাল লাইব্রেরির মতো কক্ষ, যেখানে অগণিত বই ও ডাটা-চিপ স্তর করে সাজানো। প্রতিটি বই যেন নিজের মধ্যে একটি রহস্য, একটি স্বপ্ন লুকিয়ে রাখে।

বিনি একটি ছোট কক্ষের কোণে দাঁড়িয়ে চুপচাপ ভাবল, “যদি আমি এখানে কিছু শিখতে পারি, যদি এই গবেষণা সত্যি হয়ে উঠে... তবে মাঙ্কুর রহস্য খোলার সঙ্গে সঙ্গে আমি পৃথিবীর বিজ্ঞানকেও বদলে দিতে পারব।”

জয়ন্ত তার পাশে এসে বলল, “তুমি স্বপ্ন দেখছ, বিনি। কিন্তু স্বপ্ন যদি সত্যি হয়, তবে তার দাম কি আমরা দিতে পারব?”

বিমল মৃদু হেসে বলল, “স্বপ্নের পিছনে যাত্রা শুরু হয়েছে, এখন শুধু পথের পরীক্ষা বাকি।”

তাদের চোখে research-এর আগ্রহ আর ভেতরের অজানা ভয়ের মিশ্রণ স্পষ্ট হয়ে উঠল — এই নতুন শহর বিনি ও তার দলের জন্য শুধু নতুন পরিবেশ নয়, এক নতুন যুগের শুরু হতে চলেছে।

গবেষণাগারের ভিতরের বাতাস কিছুটা ভারাক্রান্ত, যেন অজানা কোনো গোপনশক্তি সেখানে লুকিয়ে আছে। বিনি, জয়ন্ত ও বিমল যখন ভবনের মূল লবিতে ঢুকল, তখন সবাই কিছু অদ্ভুত চোখের দিকে নজর দিল।

একটি উঁচু, লম্বা আর গাঢ় পোশাকধারী মানুষ কক্ষের অন্য প্রান্তে দাঁড়িয়ে তাদের দিকে নিঃশব্দে তাকিয়ে ছিল। তার চোখে এক ধরণের জ্ঞান এবং সতর্কতার মিশ্রণ — যেন সে শুধু তাদের দেখছে না, তাদের মূল্যায়ন করছে।

বিনি চুপচাপ তাকিয়ে রইল। জয়ন্ত ফিসফিস করে বলল, "তুমি কি দেখছ? সে শুধু আমাদের নয়, মাঙ্কুরকেও লক্ষ্য করছে।"

বিমল মাথা নেড়ে বলল, "এখানে আসা সহজ নয়। প্রতিটি পদক্ষেপের আগে আমাদের নজর রাখতে হবে।"

তারা যখন গবেষণাগারের অভ্যন্তরে এগোতে লাগল, সেই অচেনা ব্যক্তি ধীরে ধীরে তাদের পেছন থেকে অনুসরণ করতে লাগল, যেন সে তাদের প্রতিটি পদক্ষেপ মেপে চলছে।

বিনির মনে হলো — এ শুধু কাকতাল নয়। এখানে এমন কিছু আছে, যা তাদেরকে জানার আগে গোপনে দেখা হচ্ছে।

বিনি নিজেকে শক্ত করে বলল, "আমরা যাই করব, এটা আর গোপন রাখা সম্ভব হবে না। এই শহরে আমাদের গবেষণা শুরু, কিন্তু নজর রাখার জন্য কেউ থাকবে — এটাই স্পষ্ট।"

জয়ন্ত আর বিমল একে অপরের দিকে চোখ দিয়ে দেখল। তাদের মধ্যে অদ্ভুত একটি চুপচাপ সঙ্কেত পৌঁছাল — এবার শুধু গবেষণা নয়, এক নতুন এক ধরনের যুদ্ধও শুরু হয়েছে।

পর্ব ৩ : ছায়ার দেশে

অধ্যায় ২১ : ভুল অভ্যর্থনা

বিনি, জয়ন্ত ও বিমল যখন নতুন শহরের বিমানবন্দর পেরিয়ে বাইরে আসছিল, তখন একটি অচেনা ছায়া তাদের পথের পাশে ধীরে ধীরে এগোতে লাগল। বিমানবন্দরটি মানুষে ভরা ছিল, তবে সেই ব্যক্তির উপস্থিতি যেন সমস্ত শব্দ ও আলোকে স্তব্ধ করে দিল।

সে ছিল মধ্যবয়সী, গাঢ় চুল, দীর্ঘ কোট পরে, হাতে একটি ছোট কিন্তু অদ্ভুত ডিজাইনের স্যুটকেস। তার চোখে এক অদ্ভুত জিজ্ঞাসা ও সতর্কতার মিশ্রণ ছিল — এমন কিছু যা সহজে উপেক্ষা করা যায় না।

বিনির চোখ তার দিকে গড়িয়ে গেল। "সে কি... শুধু সাধারণ যাত্রী নয়," সে ফিসফিস করে জয়ন্তকে বলল।

জয়ন্ত চুপচাপ মাথা নেড়ে বলল, "তার নজর আমাদের উপর... তা পরিষ্কার।"

বিমল কাঁধ উঁচু করে বলল, "আমরা কি তার লক্ষ্যবস্তু? যদি তাই হয়, তার আগমন আমাদের পরিকল্পনাকে বিপদে ফেলতে পারে।"

যখন তারা বাইরে বের হচ্ছিল, অচেনা ব্যক্তি তাদের দিকে ধীরে ধীরে এগিয়ে এল। সে যেন তাদের গতিবিধি অনুসরণ করছিল। বিমল হাতের আঙ্গুল দিয়ে একটি সংকেত দিল — "সাবধান। এটি সাধারণ মিস-প্রতিসন্ধি নয়।"

বিনি মৃদুভাবে নিজের ভেতরে এক অজানা জিজ্ঞাসা অনুভব করল — এই মানুষটি কে, এবং কেন সে তাদের এমনভাবে

অনুসরণ করছে? এর মধ্যে কি শুধু কাকতালীয় ঘটনা, নাকি এর পেছনে লুকিয়ে আছে একটি গভীর রহস্য?

তার মধ্যে একটা স্পষ্ট অনুভূতি জেগে উঠল — এই নতুন শহরের পথচলা শুধু গবেষণা নয়, এখন তা এক নতুন অধ্যায় — এক ভয়ানক খেলার শুরু।

অচেনা ব্যক্তি বিমানবন্দর থেকে বের হওয়ার পর বিনির দিকে ধীরে ধীরে এগিয়ে এল। বিনি ও জয়ন্ত একে অপরের দিকে তাকাল। বিমল তখনও সতর্কভাবে চারপাশ ঘুরে দেখছিল।

অচেনা ব্যক্তি থেমে দাঁড়িয়ে একটি ক্ষীণ হাসি দিয়ে বলল, "প্রফেসর বিনি, আমি আপনাকে অনেক আগে থেকে খুঁজছিলাম।"

বিনির হৃদয় দ্রুত ধড়কতে লাগল। "আপনি কে?" সে জিজ্ঞেস করল, গলায় এক অচেনা শঙ্কা ও কৌতূহল মিশ্রিত স্বর নিয়ে।

"আমার নাম প্রফেসর এডওয়ার্ড ট্যালি," ব্যক্তি বলল, "আমি আন্তর্জাতিক জীববিজ্ঞান গবেষণায় দীর্ঘদিন কাজ করছি। তবে আমি শুধু একজন বিজ্ঞানী নই — আমি সেই রহস্যের সাথে যুক্ত, যা আপনি শুরু করেছেন।"

জয়ন্তের কণ্ঠে প্রশ্ন আর ক্ষোভ মেশা অনুভূত হল, "আপনি আমাদের কেন অনুসরণ করছেন? আমাদের পরিকল্পনা সম্পর্কে কি আপনি জানেন?"

প্রফেসর ট্যালি ধীরে ধীরে একটি ছোট নথি তাদের দিকে এগিয়ে দিল। "এটি এমন তথ্য, যা আপনাকে আপনার

গবেষণার পরিধি ও ফলাফলের গভীরতা বুঝতে সাহায্য করবে। কিন্তু জানবেন — এই পথ শুধু বিজ্ঞানের নয়, এটি বিপদ ও সিদ্ধান্তের পথ।"

বিনি নথিটি হাতে নিল। তার চোখে একটি আশঙ্কা ও উত্তেজনা মিশ্রিত চাহনি ছিল। "আপনি আমাদের সাহায্য করতে চান, নাকি আমাদের পরীক্ষা করছেন?" সে জিজ্ঞেস করল।

প্রফেসর ট্যালি শান্ত স্বরে উত্তর দিল, "এটি আপনার নিজের সিদ্ধান্ত। কিন্তু মনে রাখবেন — সময় নেই, এবং প্রতিটি পদক্ষেপের একটি মূল্য আছে।"

বিমল শান্তভাবে বলল, "আমরা আপনাকে বিশ্বাস করতে পারি কি?" প্রফেসর ট্যালি শুধু চোখে চোখ রেখে হাসল — একটি রহস্যময় হাসি, যা বিনির মনে আরও প্রশ্নের বন্যা তুলল।

প্রফেসর ট্যালির উপস্থিতি বিমানবন্দরের উত্তেজনা আরও বাড়িয়ে দিয়েছিল। বিনি হেঁটে গিয়ে একটি দূরের কেবিনে দাঁড়াল। তার মন যেন দুই ভাগে বিভক্ত হয়ে গিয়েছিল — একপাশ বলছিল এটি তার স্বপ্নের সুযোগ, অন্যপাশ জোর করে সতর্ক করছিল বিপদের কথা মনে করিয়ে দিয়ে।

জয়ন্ত ও বিমল পাশে এসে দাঁড়াল। জয়ন্ত বলল, "বিনি, তুমি কি সত্যিই জানো তুমি কী পথে যাচ্ছ?" তার চোখে উদ্বেগের ছাপ।

বিনি চুপ করে কিছুক্ষণ তাকিয়ে রইল, তার হাতে প্রফেসর ট্যালির দেওয়া নথি শক্ত করে ধরে রেখেছিল। সেই নথি যেন একটি অদৃশ্য ও গভীর ভার বহন করছিল।

বিমল ধীরে বলল, "তুমি কি জানো, এমন সিদ্ধান্তের ফলাফল আমরা সবাইকে ভোগ করতে হতে পারে?"

বিনির মুখে এক অদ্ভুত হাসি এল, কিন্তু তা ভরা ছিল সন্দেহ আর দ্বিধায়। "আমি জানি, কিন্তু বিজ্ঞান কখনও সাহস ছাড়া অর্জন করে না," সে বলল। "আমরা জানি না এ পথ কতটা নিরাপদ, কিন্তু এ পথই আমাকে আমার স্বপ্নের দিকে নিয়ে যেতে পারে।"

জয়ন্ত মাথা নাড়িয়ে বলল, "তাহলে কি আমরা ঠিক এই অজানা পথে পা বাড়াতে যাচ্ছি?"

বিনি এক মুহূর্তের জন্য নীরব থাকল, তারপর ধীরে উত্তর দিল, "হ্যাঁ... তবে আমাদের সতর্ক থাকতে হবে।" তার গলায় ছিল অদ্ভুত এক দৃঢ়তা—যা জানিয়ে দিচ্ছিল, বিনি এখন শুধু বিজ্ঞানী নয়, বরং একজন যোদ্ধা হয়ে উঠেছে, যিনি তার নিজের নিয়ন্ত্রণ ও স্বপ্নের জন্য লড়াই করতে প্রস্তুত।

তারা একসাথে বিমানবন্দর থেকে বের হয়ে চলতে লাগল, কিন্তু বিনির মনে তখনও ঘুরপাক খাচ্ছিল একটাই প্রশ্ন—"এই যাত্রা কি শুধু গবেষণার, নাকি এর মধ্যে লুকিয়ে আছে এক ভয়ঙ্কর সত্য?"

অধ্যায় ২২ : রহস্যময় বাংলো

বিমানের কেবিন থেকে নেমে তারা তিনজন একটি পুরনো, গভীর রঙের ভ্যানে উঠল। গাড়িটির ভেতর থেকে বাইরে ছড়িয়ে থাকা শহরের কোলাহল দ্রুত হারাতে লাগল। এর পরিবর্তে তাদের চারপাশে এল নির্জন পথ, যেখানে বাতাসে মিশছিল ধুলো আর অজানা গন্ধ।

রাস্তাটি ছিল গভীর জঙ্গলের ধার ঘেঁষে, এবং রাস্তার দুই পাশে ঘন সবুজ গাছেরা যেন তাদের নজর এড়ানোর জন্য একাকার হয়ে দাঁড়িয়েছে। সূর্য নিচে নামছে, আর হালকা আলোর রেখা গাছেদের পাতা ভেদ করে পড়ে গাড়ির ভিতরে।

জয়ন্ত উইন্ডোর দিকে চেয়ে বলল, "এখান থেকে কতদূর আমাদের গন্তব্য?"

বিনি উত্তরে বলল, "প্রায় তিন ঘণ্টা... তবে পথটা নির্জন, তাই সময়ও বেশি লাগতে পারে।"

বিমল চুপ করে একপাশে বসে থাকল, তার চোখে এক অজানা উদ্বেগ—যেন এই পথ শুধু শারীরিক নয়, বরং মানসিক এক যাত্রা। গাড়ির গতি ধীরে ধীরে কমতে লাগল, এবং গাড়ির ইঞ্জিনের আওয়াজ ছাড়া চারপাশে নিস্তব্ধতা নেমে এলো।

জয়ন্ত হঠাৎ জানতে চাইল, "বিনি, তুমি কি নিশ্চিত যে এই পথ ঠিক?"

বিনি তার পেছনের কাঁচের দিকে তাকিয়ে বলল, "না... কিন্তু বিজ্ঞান কখনও সম্পূর্ণ নিশ্চয়তায় চলে না। আমরা এখান

থেকে যা পাবো, তা হয়তো আমাদের জীবনের ধারণাকে বদলে দিতে পারে।"

গাড়ি ধীরে ধীরে নির্জন পথ অতিক্রম করছিল—আর প্রত্যেক মুহূর্তে বিনি বুঝতে পারছিল, এই যাত্রা শুধু একটি গবেষণার অভিযান নয়, বরং এক রহস্যময় গন্তব্যের দিকে তাদের পদচারণা।

গাড়ি শেষ পর্যন্ত থেমে গেল এক পুরনো পাথরের সড়কের শেষ প্রান্তে, যেখানে এক জীর্ণ বাংলো দাঁড়িয়ে ছিল—শুধু কাঠ আর ভাঙা ইটের নির্মাণ, যার দেয়াল ছেঁড়া এবং ছাদের কিছু অংশ ভেঙে পড়েছে। বাংলোর চারপাশে বেড়ে ওঠা বুনো গাছ আর ঘন কুঁড়ি যেন এক প্রাচীন গল্পের অংশ হয়ে আছে, যা সময়ের সঙ্গে গুমিয়ে গেছে।

বিনি দরজা খুলে বাইরে নামল। মাটি ভিজে ছিল বৃষ্টির সাম্প্রতিক ছাপে, আর বাতাসে ভেসে আসছিল ভিজে কাঠের গন্ধ। জয়ন্ত ও বিমল ধীরে ধীরে তার পিছনে নেমে এলো, তাদের চোখে বিস্ময় আর ভয় মিশ্রিত চাহনি।

বিনি বাংলোর প্রবেশপথে পৌঁছে দরজার দিকে হাত বাড়াল। কাঠের দরজায় এক অদ্ভুত গন্ধ — পুরনো কাগজের মতো, মাটির মতো, আর অজানা এক রাসায়নিক সংমিশ্রণ। ধীরে ধীরে দরজা খুলে গেল, আর তারা ভিতরে প্রবেশ করল। ভিতরের দৃশ্য ছিল সময়ের কঠিন পরীক্ষা। মেঝেতে ধুলো জমে, প্রাচীন বইয়ের পাতা ছিঁড়ে ছিটিয়ে আছে, এবং দেয়ালে ছড়িয়ে আছে ফাটল আর অদ্ভুত রংয়ের দাগ। বাংলোর কোণে

একটি পুরনো মেটাল বক্স পড়ে আছে, যা যেন অচেনা এক রহস্যের দরজা।

জয়ন্ত চুপচাপ এগিয়ে গিয়ে বলল, "এখানে কি কেউ আছে?" বিনি নিঃশব্দে মাথা নেড়ে উত্তর দিল, "এখান থেকে আমরা এমন কিছু পাবো যা হয়তো আমাদের খোঁজের উত্তর নয়, বরং আরও গভীর প্রশ্ন জন্মাবে।"

বিমল ধীরে একটি ধুলো ভর্তি কাঁচের জানালা খুলল, আর বাইরের নিস্তব্ধতা বাংলোর ভিতরে ঢুকে গেল—এক ধরনের নির্জনতা যা সবাইকে অজানা ভবিষ্যতের দিকে ঠেলে দিল।

জীর্ণ বাংলোর ভিতরে ঢুকেই বাতাস বদলে গেল—এক ধরনের অচেনা উষ্ণতা এবং রহস্যময় শীতলতা মিশে। যেন বাংলোটি শুধু কাঠ আর ইট নয়, বরং একটি জীবন্ত অস্তিত্ব, যা স্বাগত জানাচ্ছে।

অন্দরটি ছোট হলেও অদ্ভুতভাবে সজ্জিত ছিল—এক প্রাচীন কাষ্ঠের টেবিল, তার ওপর ছড়ানো ছিল জীর্ণ কাগজের খণ্ড, কয়েকটি ভাঙা বৈজ্ঞানিক যন্ত্রাংশ, এবং এক ছোট কাঁচের বোতল যার ভেতরে লালাভ নীল তরল দোলা দিচ্ছিল। বাংলোর এক কোণে একটি পুরনো চেয়ারে বসা এক বৃদ্ধ মুখহীন চিত্রের মতো দৃশ্যমান—তার গায়ে ছিল কালচে লোহার পোশাক, হাতে ছিল একটি অচেনা কাঠের যন্ত্র।

জয়ন্ত দ্বিধার সঙ্গেই বলল, "এ কি আমাদের জন্য সাজানো কোনো পরিকল্পনা?"

বিনি চুপ করে তাকাল, তারপর ধীরে বলল, "হয়তো... তবে এটিকে আমরা নিজেদের ইচ্ছায় গ্রহণ করব।"

হঠাৎ, বাংলোর মধ্যবর্তী অংশ থেকে একটি মৃদু শব্দ—এক ধরনের সুরেলা প্রতিধ্বনি—প্রকাশ পেতে লাগল। সুরটি যেন তাদের মনোজগতের মধ্যে প্রবেশ করে যাচ্ছিল। বিমল ভিজে মেঝের ওপর এক পা এগিয়ে বলল, "এটা কেবল একটি বাংলো নয়... এটি এক ধরনের বার্তা।"

সেই মুহূর্তে, বাংলোর ভিতরের একটি দেওয়াল হঠাৎ ধীরে ধীরে খুলতে শুরু করল। দেয়ালের আড়ালে প্রকাশ পেল একটি আলোকিত কক্ষ—যেখানে এক অদ্ভুত খাবারের আয়োজন সাজানো, যা স্বাভাবিক নয়, বরং এক ধরনের মহাজাগতিক আতিথেয়তা প্রকাশ করছিল।

খাবারের টেবিলে ছিল—এক ধরনের ঝলমলানো তরল, অচেনা ফল ও গন্ধমিশ্রিত খাবার, আর একটি নরম আলো, যা চারপাশে রহস্যময় ছায়া ফেলছিল।

বিনি চুপচাপ সেই কক্ষের দিকে এগোলেন, চোখে রহস্যের মিশ্রিত উচ্ছ্বাস, আর মনে বেজে উঠল এক প্রশ্ন—

"আমাদের কি এটি গ্রহণ করা উচিত, নাকি এটি আমাদের অন্তর্দৃষ্টি পরীক্ষা করছে?"

বিমল ও জয়ন্ত একে অপরের দিকে তাকাল—নিঃশব্দে। বাংলোর ভিতরে এক অদ্ভুত আতিথেয়তার আয়োজন তাদের সামনে উন্মুক্ত হলো, আর সময় যেন স্থির হয়ে গেল।

অধ্যায় ২৩ : অদ্ভুত আতিথেয়তা

বহুক্ষণ চুপচাপ দাঁড়িয়ে থাকার পর, বিনির পা ধীরে ধীরে আলোকিত কক্ষের দিকে এগোল। জয়ন্ত ও বিমল তার

পেছনে অনুসরণ করল। কক্ষের ভিতরে প্রবেশ করতেই তাদের নজর পড়ল সেই টেবিলে সাজানো খাবারের দিকে—যা একেবারেই অদ্ভুত, এক ধরনের অতিপ্রাকৃতিক সৌন্দর্য ধারণ করছিল।

খাবারের গন্ধ সহজভাবে বর্ণনা করা যাবে না—মিষ্টি, তিক্ত, ঝাঁঝালো, এবং এক অজানা ধরণের তাজা গন্ধ মিশ্রিত ছিল। ফলের রঙ যেন পৃথিবীর স্বাভাবিক রঙের বাইরে—লাল, নীল, সবুজ, এমনকি আভা প্রদানকারী। তরলগুলো যেন নিজেরা আলো ছড়াচ্ছিল, প্রতিটি কণায় এক ধরনের জাগরণ সৃষ্টি হচ্ছিল।

বিনি প্রথমে নীরব হয়ে তাকাল, তারপর এক কণ্ঠে বলল, "এ খাবারের স্বাদ... যেন কোনো সুর তৈরি করছে।"

জয়ন্ত হেসে বলল, "সুর? তুমি কি সত্যিই বলতে চাও খাবার গান গাইছে?"

বিমল চুপ করে টেবিলে এগিয়ে গেল। সে একটি ছোট ফল হাতে তুলে নিল, কিন্তু খাবার গ্রহণের আগে হঠাৎ তার আচরণ বদলে গেল—তার শরীর যেন অচেনা স্থিতিতে স্থির হয়ে গেল, চোখে এক ধরনের মায়াবী উজ্জ্বলতা।

জয়ন্ত ও বিনি অবাক হয়ে তাকাল—বিমলের আচরণ যেন এক অদ্ভুত পরীক্ষা। "বিমল, তুমি কি...?" বিনি প্রশ্ন করতেই বিমল কণ্ঠস্বরে বলল, "স্বাদটি শুধু স্বাদ নয়—এটি স্মৃতি, অনুভূতি, আর হয়তো... জ্ঞান।"

জয়ন্ত একটা হাসি দিয়ে বলল, "তাহলে আমরা কি এখান থেকে বেরিয়ে যাব নাকি এগিয়ে যাব?"

বিনি শান্তভাবে বলল, “আমরা আর ফিরে যেতে পারব না... কারণ এখানকার খাবার ও আমাদের আচরণ একটি নতুন পথের সূচনা করছে।”

তাদের চারপাশে বাতাস বদলে যেতে লাগল—এক ধরনের সুরেলা নীরবতা, যেখানে প্রতিটি শব্দ যেন অচেনা সত্যের দরজা খুলে দিচ্ছিল। খাবার ও তাদের আচরণ—সবই যেন এক অদ্ভুত পরীক্ষার অংশ।

বিমল, জয়ন্ত ও বিনি জানতেন, তারা এখন এমন এক পথে প্রবেশ করেছে যেখানে প্রতিটি পদক্ষেপই তাদের জীবনের ধারাকে বদলে দেবে।

খাবারের অদ্ভুত অভিজ্ঞতার মাঝেই বিনির দৃষ্টি টেবিলের পাশে থাকা একটি ধাতব বাক্সের দিকে চলে গেল—যা যেন পুরো কক্ষে মেলে না, বরং অদ্ভুতভাবে লুকিয়ে ছিল। বাক্সটির উপর কোনো লেবেল বা চিহ্ন ছিল না, শুধু এক ধরনের সূক্ষ্ম কৃত্রিম নকশা—যা স্পর্শে ঠান্ডা ও মসৃণ মনে হচ্ছিল।

বিনি ধীরে ধীরে বাক্সটির দিকে এগোল। জয়ন্ত তার পেছনে এসে বলল, “এটা কি আসলে খাবারের অংশ, নাকি... অন্য কিছু?”

বিমল চুপ করে তাকিয়ে রইল, যেন নিজের মধ্যে কোনো সংকেত অনুভব করছে। বাক্সটির পাশে থাকা বাতাস হঠাৎ ঠান্ডা হয়ে গেল, এবং একটি নরম, হালকা গুঞ্জন কানে আসতে লাগল—যেমন কোনো যন্ত্র কাজ করছে।

বিনি হাত বাড়িয়ে বাক্সটি স্পর্শ করতেই, হঠাৎ বাক্সের পৃষ্ঠ থেকে নরম আলো ফুটে উঠল। আলো ধীরে ধীরে ছড়িয়ে

পড়ল পুরো কক্ষে, আর সেই সঙ্গে একটি নীরব, মৃদু কম্পন বয়ে গেল—যা যেন তাদের শরীরের ভেতর প্রবেশ করল।

জয়ন্ত সতর্ক হয়ে বলল, “বিনি, সাবধানে... এটা কোনো প্রযুক্তি, আর আমরা জানি না এটা কী।”

বিমল শান্তভাবে বলল, “আমরা জানি না, কিন্তু এর সঙ্গেই আমাদের TaF◌্য়তির সম্পর্ক আছে।” তার কণ্ঠে ছিল এক অদ্ভুত আত্মবিশ্বাস, যেন সে পূর্বেই জানত যে এই যন্ত্রপাতি তাদের পরবর্তী পথে প্রবেশের চাবিকাঠি।

বিনি বাক্সটি খুলে দেখল—ভেতরে ছোট ছোট ধাতব চিপ, জটিল তন্ত্র ও একটি অচেনা গ্লোব যার মধ্যে তরল রঙিন মণির মতো ঘূর্ণায়মান। গ্লোবের মধ্য থেকে হালকা আলো ও শব্দের সংমিশ্রণ বের হচ্ছিল। বিজ্ঞানী বিনির মনের মধ্যে এক অদ্ভুত কৌতূহল জন্মল—এটি কি শুধু একটি গোপন যন্ত্র, নাকি এক জ্ঞানের দ্বার?

জয়ন্ত বলল, “আমরা কি সত্যিই এটাকে পরীক্ষা করব?”

বিনি নিঃশব্দে মাথা নাড়ল—তাদের সিদ্ধান্ত এক মুহূর্তে নেওয়া হলো। তিনজনের মধ্যে এক ধরনের চুপচাপ একমত তৈরি হলো—যে পথটি তারা যাচ্ছেন, তা তাদের জ্ঞান ও নিরাপত্তা দুটোই চ্যালেঞ্জ করবে।

তারা জানতেন, এই গোপন যন্ত্রপাতি তাদের জীবন বদলে দেবে—হয়তো এমনভাবে যেটা তারা কখনো কল্পনাও করতে পারেনি।

বাক্সের গোপন যন্ত্রপাতি আবিষ্কারের পর রাত জুড়ে বিনির মন অচেনা ভাবনায় নিমজ্জিত ছিল। ঘুম এলেও তার চোখ

বন্ধ হচ্ছিল না—মনে বারবার ওই আলো, কম্পন এবং গ্লোবের মধ্যের ঘূর্ণায়মান তরল চোখে ভেসে উঠছিল। বিনি নিজেকে বারবার প্রশ্ন করছিল—“এই যন্ত্রটি কোথা থেকে এসেছে? কেন এটি এমনভাবে লুকিয়ে রাখা হয়েছিল? এবং সবচেয়ে গুরুত্বপূর্ণ, এর সত্যিকারের উদ্দেশ্য কী?”। তার মনে হচ্ছিল এটি কেবল একটি প্রযুক্তি নয়—বরং এটি একটি বার্তা, বা সম্ভবত একটি হুমকির আভাস।

পরের দিন সকালে, বিনি জয়ন্ত ও বিমলকে একপাশে ডেকে বলল, “আমরা হয়তো একটি বড় বিপদে পড়েছি। এই যন্ত্র শুধু প্রযুক্তি নয়, এটি আমাদের পরীক্ষা করছে—আমাদের জ্ঞান, আমাদের নৈতিকতা, আমাদের সীমা।”

জয়ন্ত বিরক্ত হয়ে বলল, “তুমি কি অযথা ভয় পাচ্ছ? এটি কি বিজ্ঞান নয়, যা আমরা বুঝতে পারব?”

বিনি মাথা নেড়ে বলল, “না... এটা বিজ্ঞান নয়, জয়ন্ত। এটা এমন কিছু—যা আমাদের জানা উচিত, কিন্তু সম্ভবত আমরা জানার জন্য তৈরি নই।”

বিমল শান্তভাবে বলল, “তুমি সঠিক, বিনি। সন্দেহ আমাদের পথপ্রদর্শক হতে পারে। কিন্তু সন্দেহের সঙ্গে আমাদের সতর্কতা ও সাহসও থাকতে হবে।”

বিনির মনে জোরালো এক অনুভূতি জন্ম নিয়েছিল—যা বলছিল, এই যন্ত্রের সঙ্গে তার জীবনের সম্পর্ক শুধু বিজ্ঞানী হিসেবে নয়, বরং ব্যক্তিগত ও বিপজ্জনক একটি সম্পর্ক। সেই সম্পর্কটি হয়তো তার জীবনের সীমাকে ছেদ করে দেবে।

সে জানত—তার সন্দেহ যত বাড়ছে, তার পথও তত গভীর অজানা ও বিপদসঙ্কুল হয়ে উঠছে। আর সেই যাত্রা শুরুর আগে, বিনির কাছে একটাই সিদ্ধান্ত রয়ে গেল—"আমি এই রহস্যের উত্তর পাব, যতই মূল্য দিতে হোক।"

অধ্যায় ২৪ : ভুয়া ট্যালির আবির্ভাব

সন্ধ্যার আগে, তীব্র বৃষ্টি শুরু হলো। ঝড়ের শব্দ বাইরে বাতাসে ভেসে যাচ্ছিল—মানুষের কানে যেন একটি গোপন সংকেত পাঠাচ্ছিল। জীর্ণ বাংলোর জানালার গ্লাসে পানি দিয়ে রেখাচ্ছন্ন রেখা আঁকছিল। সেই মুহূর্তে, দরজায় হঠাৎ চাপের শব্দ—একটি মৃদু কড়া নক।

বিনি, জয়ন্ত ও বিমল সবাই তাকিয়ে রইল। জয়ন্ত বলল, "এভাবে কোন অচেনা লোক কীভাবে আসতে পারে, সে তো জানে না।" বিমল নিরব, কিন্তু তার চোখে সন্দেহ ও সতর্কতার মিলিত ছায়া পড়ল।

দরজা খুলতেই এক মধ্যবয়সী পুরুষ, ধুলো-মাখা কো[illegible] পরে দাঁড়িয়ে রইল। তার চোখে একটি গভীর তীক্ষ্ণতা, যা সরাসরি মানুষের মনে প্রশ্ন জাগাতে সক্ষম।

পুরুষটি শান্তভাবে বলল, "আমি প্রফেসর ট্যালি।" তার কণ্ঠে এমন এক আত্মবিশ্বাস ছিল, যা অচেনা পরিবেশেও কর্তৃত্বের ছাপ ফেলল।

বিনি অবাক হয়ে বলল, "প্রফেসর ট্যালি? আপনি কি সেই ট্যালি, যে..."

প্রফেসর ট্যালি মধ্যস্থভাবে বিরতি নিয়ে বলল, "হ্যাঁ, সেই

ট্যালিই আমি। তবে এখন গুরুত্বপূর্ণ হলো আমরা কথা না বলে কাজ শুরু করি।"

জয়ন্ত এবং বিমল একসাথে বিনিকে দেখল—তার চোখে উত্তেজনা ও সংশয়ের মিশ্রণ।

বিনি বুঝতে পারল, এই মুহূর্তে প্রফেসর ট্যালির আগমন শুধু পরিচয়ের জন্য নয়—বরং এটি একটি নতুন অধ্যায়ের সূচনা, যা তাদের গবেষণাকে এক অচেনা, বিপজ্জনক গহ্বরে নিয়ে যাবে।

প্রফেসর ট্যালি ধীরে ধীরে বাংলোর ভিতরে প্রবেশ করল, আর বৃষ্টি তাদের চারপাশে এক রহস্যময় সঙ্গীতের মতো গুঞ্জন করে উঠল।

প্রফেসর ট্যালি বাংলোর ভিতরে ধীরে ধীরে চলল। তার প্রতিটি পা মাটির সাথে হালকা স্পর্শ করে যেন শব্দও কমিয়ে রাখছে। বিনির চোখে ধীরে ধীরে একটি অস্বাভাবিক দৃশ্য জেগে উঠল—প্রফেসরের পুরো শরীর যেন একটি নির্দিষ্ট গতি ও ছন্দে কথা বলছে, যা শব্দের চেয়েও বেশি অর্থ বহন করছিল।

তার হাতের অঙ্গভঙ্গি ছিল সুচিন্তিত—হালকা কাঁপন, আঙুলের হেলানো, ঘাড়ের সামান্য ঝোঁক—সবই যেন একটি অদ্ভুত ভাষা। বিনি বুঝতে পারল, এটি শুধু অভিব্যক্তি নয়, বরং একটি সংকেত। জয়ন্তও লক্ষ্য করল—প্রফেসরের চোখ মাঝে মাঝে দরজা ও জানালার দিকে যাচ্ছিল, কিন্তু মুখে কেবল নিরবতার অভিব্যক্তি।

বিমল অবান্তর কিছু বলার চেষ্টা করল, কিন্তু প্রফেসর একটি হাতের অঙ্গভঙ্গি করে চুপ করালেন। সে অঙ্গভঙ্গি একেবারে সুনিপুণ—হাতে অদ্ভুতভাবে কিছু কোডের মতো চিহ্ন তৈরি হচ্ছিল। বিনি দ্রুত বুঝল—এটি কোন সাধারণ কথোপকথন নয়, বরং গোপন তথ্য বিনিময়ের একটি রূপ।

বিমল চুপচাপ প্রফেসরের দিকে তাকিয়ে থাকল, আর জয়ন্ত মৃদু কণ্ঠে বলল, "বিনিই ঠিক বলেছে... এটা কোনও স্বাভাবিক আলাপ নয়।"

প্রফেসর ট্যালি শেষমেষ একটি দীর্ঘ নিশ্বাস নিলেন। তারপর বিনির দিকে তাকিয়ে বললেন, "যে তথ্য আমি এনেছি, তা শুধু গবেষণার নয়—এটি আমাদের জীবনের সুরক্ষা ও বিপদের সীমানা নির্ধারণ করবে।"

বৃষ্টি বহন করে এড়িয়ে আসা সেই শব্দ, যেন বাংলোর চারপাশে এখন এক গোপন, অদৃশ্য সংকেতের আবরণ তৈরি করছিল—যা সকলকে একটি নতুন অধ্যায়ের দিকে ঠেলে দিচ্ছিল।

বাংলোর কোণে বসে থাকা বিনির মন বিশৃঙ্খল হয়ে উঠল। প্রফেসর ট্যালির অদ্ভুত অঙ্গভঙ্গি আর কঠিন ভাষা তার মনে এক গভীর অশান্তির বীজ বোনেছিল। সে বুঝতে পারছিল—এখানে শুধুই বিজ্ঞান নিয়ে আলোচনা নয়, বরং এমন কিছু লুকিয়ে আছে যা প্রকাশ্যে আসলে বিপদ ডেকে আনবে।

বিনি নিজের হাতের মুঠি শক্ত করল, যেন নিজের ভেতরের ভয়টিকে আটকে রাখতে চাইছে। জয়ন্ত তার দিকে চুপচাপ তাকিয়ে রইল, আর বিমল অদ্ভুতভাবে নীরব হয়ে পড়ল।

বাংলোর বাতাস যেন ভারী হয়ে উঠল—প্রতিটি শব্দ, প্রতিটি অঙ্গভঙ্গি যেন আরও গভীর একটি রহস্যের দিকে ইঙ্গিত করছিল।

প্রফেসর ট্যালি একটি নীরব বিরতিতে হাত সামান্য উপরের দিকে তুলে এক অদ্ভুত সংকেত দিলেন। বিনির হৃদস্পন্দন বেড়ে গেল—এই সংকেতের মধ্যে এক ধরনের সতর্কতা লুকিয়ে আছে, যা সে পুরোপুরি বুঝতে পারছিল না। বিনির মনে এল, হয়তো এই মুহূর্তে সে এক গভীর পথচলায় পা রাখছে—একটি পথচলা যেখানে ফিরে যাওয়ার সুযোগ নেই। বৃষ্টি আরও শক্ত হয়ে পড়ল, আর বাংলোর জানালার বাইরে ধীরে ধীরে একটি অদ্ভুত আলো ঝলমল করতে লাগল। সেই আলো যেন বিনির অস্বস্তিকে আরও গভীর করে তুলল—এটি শুধু বিজ্ঞান নয়, এটা এক নতুন যুগের সূচনা, যেখানে প্রতিটি সিদ্ধান্তের মূল্য হবে জীবন অথবা মৃত্যুর মাপকাঠি।

বিনি চুপচাপ নিজের গবেষণা নোটের দিকে তাকিয়ে বলল, "আমরা কি সত্যিই জানি আমরা কী খুঁজে চলেছি?"

জয়ন্ত শুধু মাথা নেড়ে উত্তর দিল—নীরবতার মধ্যেই ছিল এক গভীর হুমকির আভাস।

অধ্যায় ২৫ : গোপন দর্শকদের চোখে

বাংলোর সেই নির্জন কোণে বসে থাকা বিনির চোখ আকস্মিকভাবে থমকে গেল। একটি ছোট শব্দ—হালকা ক্লিক—তার কানে ধরা দিল। প্রথমে সে ভেবে নিল হয়তো

বাতাসের খসখসানি, কিন্তু কিছুক্ষণের মধ্যে তার অন্তর্দৃষ্টি তাকে জানিয়ে দিল—না, এটা সাধারণ শব্দ নয়।

বিনি ধীরে ধীরে নিজের চারপাশে নজর দিল। বাংলোর কোণে, একেবারে ছায়ায় লুকিয়ে, একটি ক্ষুদ্র যন্ত্র—যার উপর কাঁচের মতো একটি অদ্ভুত লেন্স—ঝলমল করছে। এটি এক প্রকার গোপন ক্যামেরা। বিনির হৃদয় অচেতনভাবে দ্রুত স্পন্দিত হতে লাগল।

জয়ন্ত বিনিকে লক্ষ্য করে বলল, "তুমি কি দেখছ?"

বিনি শুধু মাথা নাড়ে, কিন্তু মুখে কিছু বলতে পারল না। তার মনে এক অদ্ভুত আতঙ্ক জন্ম নিল—কারা এই ক্যামেরা বসিয়েছে, এবং কেন?

বিমান জানালার বাইরে বৃষ্টি যেন আরও জোরে ঝরতে লাগল, আর বাংলোর ভেতরে অদ্ভুত নীরবতা নেমে এল। প্রফেসর ট্যালি নিরবে তার দিকে তাকিয়ে ছিলেন, যেন বুঝতে চাইছেন—বিনি কি ক্যামেরার উপস্থিতি খুঁজে পেয়েছে।

বিনির মনে সন্দেহ জাগল—এটি শুধুই পর্যবেক্ষণ নয়, এটি সম্ভবত এক প্রহরী ব্যবস্থা, যা তার গবেষণার প্রতিটি মুহূর্ত নজরদারি করছে। সে বুঝতে পারল—এই গবেষণার অন্তর্গত রহস্য কেবল বিজ্ঞান নয়, বরং এমন এক গোপন পরিকল্পনা যা প্রকাশ পেলে বিপদ ডেকে আনতে পারে।

বিনি চুপচাপ নিজের নোটবুকে লিখল—**"যে আলোটি বাইরে ঝলমল করছে, তার সাথে ক্যামেরার অবস্থান সম্পর্কিত কি কোনো গোপন বার্তা আছে?"**

জয়ন্ত আর বিমল একে অপরের দিকে তাকিয়ে মৃদু অস্বস্তি প্রকাশ করল, আর বাংলোর বাতাসে যেন এক রহস্যময় চক্রান্তের গন্ধ মিলল।

বৃষ্টি রুমের কাঁচের জানালায় নিরব ধারা হয়ে পড়ছে। বিনি ক্যামেরার রহস্য নিয়ে চিন্তায় ডুবে ছিল, যখন হঠাৎ তার চোখে জানালার বাইরে কিছু অস্বাভাবিক ছায়া পড়ে।

প্রথমে সে ভাবল, হয়তো বাতাসে বাতাসে কোন গাছের শাখা নড়ে উঠেছে। কিন্তু ছায়াটি ছিল অতি সুনির্দিষ্ট — মানুষের মতো আকৃতি, ধীরে ধীরে বাংলোর জানালার দিকে এগুচ্ছিল। বিনি চুপচাপ উঠে জানালার দিকে এগোল। কাঁচের ধারে পৌঁছেই সে দেখল — ছায়াটি এক অচেনা ব্যক্তির। তার পোশাক অদ্ভুত, যেন এক বৈজ্ঞানিক ইউনিফর্ম, তবে তার মুখ অন্ধকারে ঢাকা।

জয়ন্ত ও বিমলও চুপচাপ জানালার দিকে তাকিয়ে আছে। বিনির মনে আতঙ্ক আর কৌতূহল একসাথে বাড়তে লাগল। "কে সে?" বিনি প্রশ্ন করল কিন্তু নিজের কণ্ঠেই সন্দেহ ছিল যে উত্তর সহজে পাওয়া যাবে না।

বিমল মৃদু স্বরে বলল, "আমরা এখানে একেবারে অচেনা জায়গায় এসেছি... এই ধরনের ঘটনা অস্বাভাবিক নয়।"

ছায়াটি হঠাৎ বেড়িয়ে গেল, এবং এক মুহূর্তের জন্য জানালার কাঁচে অদ্ভুত আলো প্রতিফলিত হলো — লালাভ রঙের, যেন কোনো অজানা সংকেত। বিনির হৃদয়ের স্পন্দন দ্রুত বেড়ে গেল।

জয়ন্ত নীরবে বলল, "এটা শুধু ছায়া নয়... এটা বার্তা।"

বিনির মনে ভয় ও কৌতূহলের মিশ্র অনুভূতি জেগে উঠল — এই ছায়ার রহস্য কি তার গবেষণার সাথে সম্পর্কিত? আর যদি হয়, তবে কি তার গবেষণা শুধু বিজ্ঞান নয়, এক গোপন চক্রান্তের অংশ?

বৃষ্টি থামল না, বরং আরও জোরে ঢেউ খেলল জানালায়। ছায়া অদৃশ্য হয়ে গেল, কিন্তু বাংলোর ভেতরে এক অচেনা নীরবতা নেমে এল — যেন ভবিষ্যতের এক বিপজ্জনক অধ্যায়ের সূচনা।

জানালার বাইরে ছায়াটি অদৃশ্য হয়ে যাওয়ার পর, বাংলোর ভিতর অদ্ভুত নীরবতা নেমে এল। বিনির কণ্ঠে এখন কেবল গভীর নিশ্বাসের শব্দ। তার হৃদস্পন্দন তীব্রভাবে বেড়ে গেছে, যেন কেউ বুকে হাত রেখে দাপিয়ে দিয়েছে।

বিনির চোখ জ্বলজ্বল করে, কিন্তু সে দমে উঠতে পারছিল না। জয়ন্ত ও বিমল নীরবে তার দিকে তাকিয়ে আছে — এমন একটা দৃশ্য যেখানে তিনজনই বুঝতে পারছিল যে, তারা কোনো অচেনা জটিলতায় জড়িয়ে পড়েছে।

বিনি নিজের মনে ভাবল — "এই শুধু এক ছায়া নয়। এটা একটি সংকেত, একটি বার্তা... এবং হয়তো একটি হুমকি।" তার মনে ভয় আর দ্বিধা জেগে উঠল। মাঙ্কু, যাকে সে এতদিন গবেষণার অংশ হিসেবে দেখেছে, হঠাৎ তার দিকে অদ্ভুতভাবে তাকিয়ে আছে, যেন বুঝতে পারছে কি ঘটেছে।

বিমল চুপচাপ বিনির কাঁপুনি লক্ষ্য করে বলল, "বিনি, তোমার গবেষণা আমাদের যাত্রাকে এক নতুন বিপদে ফেলেছে... আর তুমি জানো কি, এটা কেবল শুরু।"

বিনির হাত কাঁপছিল, সে নিজের ল্যাব কোট আঁকড়ে ধরল। মনে হল, এই যাত্রা শুধু বৈজ্ঞানিক অনুসন্ধান নয়, বরং একটি গোপন শক্তির সঙ্গে সংঘাতের প্রাথমিক মুহূর্ত।

জানালার বাইরে আবার বাতাসে শোনাল গোপন ভাষার মতো একটি হালকা শব্দ — এক ধরণের সঙ্কেত, যা বিনি বুঝতে পারছিল না, কিন্তু তার মনে একটি ভয়াবহ সত্যের শঙ্খনাদ জাগিয়ে দিল:

"আমরা লক্ষ্যভ্রষ্ট হয়েছি, আর এর ফল ভয়ঙ্কর হতে পারে..."

বৃষ্টি থামল না। বরং বাতাসে নতুন গোপন রহস্যের গন্ধ ভেসে আসছিল — এক গন্তব্য যেখানে বিনির বিজ্ঞান আর তার নিজের নিরাপত্তা এক ঝুঁকিপূর্ণ রাশিতে মিলিত হবে।

অধ্যায় ২৬ : মাঙ্কুর প্রথম প্রদর্শনী

পরের ভোরে বাংলোর বাতাসে অদ্ভুত চাপ বিরাজ করছিল। জানালার বাইরে বৃষ্টি থেমে গেলেও, অচেনা আতঙ্ক এখনও বাতাসে মিশে আছে। বিনি, বিমল ও জয়ন্ত এখনও রাতে ঘটে যাওয়া ঘটনায় বিভ্রান্ত।

ভোরের আলো ঢুকতে শুরু করলে, বাংলোর দরজায় ধীরে ধীরে একজন মানুষ প্রবেশ করল। তার পায়ের আওয়াজ যেন মেঘের মধ্যে লুকানো একটি বার্তার মতো প্রতিধ্বনিত হলো। সে পরিচয় দিল— "আমি প্রফেসর ট্যালি।"

বিনির হৃদয় অস্থির হয়ে উঠল। "প্রফেসর ট্যালি?"—সে হঠাৎ নিজের কণ্ঠে বিস্ময় প্রকাশ করল। "তুমি কীভাবে এখানে?"

ভুয়া ট্যালি তর্কের ঝাঁপ দিয়ে বলল, "বিনির, আমি জানি তোমার হাতে রয়েছে একটি বিপজ্জনক আবিষ্কার। এবং আমি এখানে এসেছি সেই আবিষ্কারকে নিরাপদ করার জন্য।"

বিমল অবিশ্বাসের চোখে তাকিয়ে বলল, "তুমি কে? তোমার আসল পরিচয় কী?"

ভুয়া ট্যালি তার কথা থামিয়ে বলল, "সময় নেই। তুমি বুঝবে না বিনি, কিন্তু তোমার এই কাজ বিশ্বের ভারসাম্যকে বদলে দিতে পারে। আমাকে অনুসরণ কর।"

বিনি দ্বিধায় পড়ে গেল। তার মনে হলো এটি কেবল আতঙ্ক নয়, বরং একটি জোরাজুরি – কেউ তাকে ভয় দেখিয়ে নিয়ে যেতে চাইছে। মাঙ্কু অদ্ভুতভাবে কিচ্ছু গর্জন করল, যেন সে সতর্কবার্তা দিচ্ছে।

বিমল বিনিকে ধীরে বলল, "বিনি, আমরা এখন এক ধরণের ফাঁদে পড়েছি। তোমার সিদ্ধান্ত আমাদের ভবিষ্যত নির্ধারণ করবে।"

বিনির চোখ ভিজে এল। তার মনে হলো, এই ভুয়া ট্যালি শুধু তাদের পথচলায় বাধা নয়, বরং তাদের যাত্রার সবচেয়ে বড় বিপদ।

জানালার বাইরে ধোঁয়া মিশে আসছে – যেন একটি অদৃশ্য হাত তাদের প্রতি ইঙ্গিত পাঠাচ্ছে: **"যুদ্ধ শুরু হয়েছে..."**

ভুয়া ট্যালির কথার পরে বাংলোর ভিতর অদ্ভুত নীরবতা নেমে এলো। বিনির মন ক্রমেই জ্বালামুখ হয়ে উঠল। সে জানত,

মাঙ্কুর মধ্যে কিছু ছিল — এমন কিছু যা কেবল একটা ভুল নয়, বরং ভয়ানক সত্যের ইঙ্গিত।

বিনি নিঃশব্দে ইনকিউবেটরের দিকে এগোল। মাঙ্কু তখন শান্তভাবে বসে ছিল, কিন্তু তার চোখে অদ্ভুত জ্বলজ্বল করছিল, যেন সে অনুভব করছে বিপদ। বিনি ভয় পেলেও ধীরে ধীরে লক খুলে দিল। ইনকিউবেটরের কাঁচ ফেটে গিয়ে মাঙ্কুর গায়ে বাতাস লেগে উঠল।

মাঙ্কু একটানা নড়াচড়া করল, তার গলায় একটি গভীর গর্জন—যেমন সে কিছু বোঝাতে চাইছে। বিমল ও জয়ন্ত সতর্ক হয়ে পাশ দিয়ে তাকাল। ভুয়া ট্যালি কেবল চুপচাপ দাঁড়িয়ে ছিল, যেন সে জানত মাঙ্কুর প্রতিক্রিয়া তাদেরকে এক ভয়ঙ্কর রহস্যের দিকে ঠেলে দেবে।

মাঙ্কু ধীরে ধীরে বাংলোর দরজার দিকে এগিয়ে এল, কিন্তু তার চোখে এমন এক উদ্দীপনা ছিল যা বিনি ও বিমলকে ভয় পেতে বাধ্য করল। সে যেন জানত — বাইরে যা ঘটছে, তা তাদের গবেষণার চেয়েও বড় এক বিপদ।

বিমল বিনিকে ধীরে বলল, "তুমি কি দেখতে পাচ্ছ কিই মাঙ্কু আমাদের বলছে?"

বিনি নীরবভাবে মাথা নাড়িয়ে বলল, "না, কিন্তু তার আচরণ আমার একটা ভয়ানক বার্তা দিচ্ছে।"

হঠাৎ মাঙ্কু বাইরে গিয়ে দাঁড়িয়ে পুরো বাংলোর দিকে তাকাল। তার চোখে অদ্ভুত এক দীপ্তি জ্বলল — এক ধরনের সতর্কবার্তা, যেন সে বলছে: **"সত্যটি বাইরে, কিন্তু ভয়[illegible]।"**

ভুয়া ট্যালি বিনির দিকে এগিয়ে এসে বলল, “তুমি বুঝতে পারছ না, বিনি। মাঙ্কু শুধু একটি জীব নয়, সে তোমার গবেষণার সবচেয়ে বড় চাবিকাঠি।”

বিনি হতবাক হয়ে বলল, “তাহলে তুমি কেন আমাদের বাধা দিচ্ছ?”

ভুয়া ট্যালি কেবল হেসে বলল, “কারণ, সত্য প্রকাশ পেলে পৃথিবী বদলে যাবে। আর সেটা, তারা চাইছে না।”

মেঘলা আকাশের বাইরে বজ্রপাত শুরু হলো — যেন একটি নতুন অধ্যায়ের শুরুর ডাক দিচ্ছে।

বৃষ্টি ক্রমশ জোরালো হচ্ছে, বাংলোর ভিতরে চারপাশে অদ্ভুত এক নীরবতা নেমে এসেছে। মাঙ্কুর আচরণ, ভুয়া ট্যালির রহস্যময় উপস্থিতি, এবং বিনির ভয়—সবই যেন এক ধরনের অদ্ভুত নাটকের দৃশ্যে পরিণত হয়েছে।

তখন হঠাৎ দরজার বাইরে থেকে এক গম্ভীর, ব্যঙ্গাত্মক কণ্ঠস্বর হলো।

“এতো রহস্য, এতো লুকোচুরি... আর এতো ভয়! তুমি কি জানো, বিজ্ঞান মানে ভয় নয়, বিনির মতো মানুষের জন্য তা ব্যঙ্গ মাত্র।”

দরজা খুলে একাধিক অচেনা মানুষ প্রবেশ করল। তাদের চোখে ছিল হালকা হাসি, কিন্তু সেই হাসির মধ্যে লুকিয়ে ছিল তীক্ষ্ণ তির্যকতা। তারা ভিড়ে ঘিরে ধরল বিনি, বিমল, জয়ন্ত ও ভুয়া ট্যালিকে।

একজন এগিয়ে এসে বলল, “তোমরা জানো না, মাঙ্কু শুধু একটা প্রাণী নয়—সে তোমাদের পরীক্ষার কেন্দ্রবিন্দু। আর তোমরা সেই পরীক্ষার প্রধান অভিনেতা। আমাদের জন্য এটি এক ব্যঙ্গচক্র, বিজ্ঞানীদের নিজস্ব নাটক।”

দর্শকদের মধ্যে হাসি ছড়িয়ে পড়ল—কেউ হালকা ঠাট্টা করল, কেউ যেন বিতৃষ্ণায় চোখ মেলে তাকাল।

আরেকজন বলল, “বিজ্ঞান যদি সত্যের খোঁজ হয়, তাহলে তোমাদের জেদ কি শুধু ব্যর্থতার ইঙ্গিত নয়? এখানে দর্শকরা বসে আছে—তোমাদের ভুলের প্রশংসা করতে।”

বিনি অসহায়ভাবে পিছিয়ে গেল, আর বিমল হতবাক হয়ে বলল, “এরা... এরা কে?”

ব্যঙ্গকারী মানুষটি ধীরে ধীরে হাসল, “আমরা সেই দর্শক যারা তোমাদের প্রতিটি পদক্ষেপ দেখছে, প্রতিটি ব্যর্থতা... এবং প্রতিটি আবিষ্কারকে ব্যঙ্গ করছে। কারণ সত্য একদিন প্রকাশ পাবে, আর তখন তোমরা বুঝবে—বিজ্ঞান কখনও একা নয়, বরং মানুষের কৌতূহলের খেলা।”

মাঙ্কু তখন গভীরভাবে গর্জন করল—একভাবে যেন সে দর্শকদের বার্তা বুঝিয়ে দিচ্ছে। ভুয়া ট্যালি চোখ ভিজিয়ে বলল, “এবার, সত্যের সময় এসেছে।”

বিনির হৃদয়ে ভয়ের সাথে এক নতুন দৃঢ়তা জন্ম নিল—তাকে এখন শুধুমাত্র মাঙ্কুর রক্ষাকারী নয়, বরং সত্যের যোদ্ধা হতে হবে।

বৃষ্টি আর বজ্রপাতের মাঝে বাংলোর ভিতর প্রতিটি কণ্ঠ যেন এক গভীর বার্তা বহন করছিল—**"যুদ্ধ শুরু হয়েছে"**।

অধ্যায় 27 : দর্শকদের উপহাস

বৃষ্টি থেমে গেল, কিন্তু বাংলোর ভিতরে যেন বাতাস ভারী হয়ে উঠল। দর্শকরা এখনও চুপ করে দাঁড়িয়ে আছে, তাদের চোখ বিনির দিকে—এক ধরনের প্রত্যাশা মিশ্রিত কৌতূহল। ভুয়া ট্যালি ধীরে ধীরে এগিয়ে এল, তার কণ্ঠে ছিল এক গভীর প্রহসন।

"বিনি," সে বলল, "তুমি বলছ মাঙ্কু একটা বৈজ্ঞানিক পরীক্ষার ফলাফল, কিন্তু বিজ্ঞান কি শুধু পরীক্ষার নামান্তর? তুমি কি বুঝেছ, বিজ্ঞান মানুষের সীমাকে ছাড়িয়ে যায়—তুমি কি সেই সীমা পার করেছ?"

বিনি ঘাড় তুলে উত্তর দিল, "আমরা শুধু সত্যের পথে হাঁটছি। আমরা পরীক্ষা চালাচ্ছি কারণ আমরা জানতে চাই—জীবন কীভাবে কাজ করে। মাঙ্কুর অস্তিত্ব তার নিজস্ব যুক্তি বহন করে।"

ভুয়া ট্যালি হেসে বলল, "যুক্তি? তোমার যুক্তি শুধু 'আমরা চেষ্টা করছি'—এটি যথেষ্ট নয়। বৈজ্ঞানিক যুক্তি শুধুমাত্র পরীক্ষা নয়, বরং প্রত্যেকটি প্রমাণ, প্রত্যেকটি ব্যাখ্যা দিয়ে শক্তিশালী হতে হয়। তুমি কি দেখেছ প্রমাণগুলো?"

তখন দর্শকদের মধ্যে থেকে একজন এগিয়ে এসে বলল, "বিনির যুক্তি শুধু অনুমান, সে কোনো সঠিক তথ্য দিয়ে আসেনি। বিজ্ঞান সত্যের জন্য নয়, মানুষের অহংকারের জন্য ব্যবহৃত হচ্ছে।"

বিনি নিজের কাগজপত্র বের করল, যেখানে প্রতিদিনের পরীক্ষার নোট, মাঙ্কুর আচরণের নথি এবং কোষ বিভাজনের চিত্র ছিল—এগুলো তার যুক্তির প্রমাণ। তিনি বলল, "প্রমাণ এখানে। মাঙ্কুর কোষ, তার বৃদ্ধি, তার শক্তি—সবই আমাদের পরীক্ষায় রেকর্ড করা হয়েছে। এটি শুধু অনুমান নয়, এটি সত্য।"

ভুয়া ট্যালি একটি তীক্ষ্ণ হাসি হাসল, "তাহলে দেখা যাক—তুমি কি সত্যকে রক্ষা করতে পারবে, নাকি দর্শকদের ব্যঙ্গের সামনে তুমি হাল ছাড়বে।"

এই কথার সঙ্গে বাংলোর বাতাস যেন আরও ভারী হয়ে গেল। দর্শকরা একদিকে নীরব, অন্যদিকে এক ধরনের তীব্র উত্তেজনায় মুখরিত হয়ে উঠল।

বিনির হৃদয়ে জন্ম নিল এক অদ্ভুত দৃঢ়তা—তাঁর মনে হলো, এখন শুধু যুক্তি যথেষ্ট নয়, তাকে মাঙ্কুর জন্য লড়াই করতে হবে সত্যের পথে।

ভুয়া ট্যালির হাসি আরও গভীর হল, যেন সে এমন এক মুহূর্তের অপেক্ষা করছিল। সে ধীরে ধীরে এক পা এগিয়ে এসে বলল, "বিনি, তোমার যুক্তি এবং নথি যতই থাকুক না কেন, তুমি যে পথে হাঁটছো তা শুধু বৈজ্ঞানিক নয়—এটা পাগলদের পথ।"

দর্শকরা এই শব্দে চমকে উঠল। হালকা ফিসফিস শুরু হলো বাংলোর মধ্যে—'পাগল' শব্দটা যেন বাতাসে ছড়িয়ে পড়ল। কয়েকজন দর্শক মাথা কাত করে বিনির দিকে তাকাল, আর কেউ আবার হাসি দিয়ে বিষয়টিকে হালকা করল।

বিনি স্থির দাঁড়িয়ে, তার চোখে অগ্নি ঝলসাচ্ছিল। সে গভীর নিঃশ্বাস নিয়ে বলল, "পাগল? হ্যাঁ, যদি সত্য খোঁজা পাগলামি হয়—তাহলে আমি গর্বের সঙ্গে পাগল হতে চাই। আমি একটি জিনিস নিশ্চিতভাবে জানি—ভয়, উপহাস বা সন্দেহ কখনো সত্যকে ধ্বংস করতে পারবে না।"

ভুয়া ট্যালি নিজের চোখে বিদ্রূপের ছাপ রেখে বলল, "তুমি তোমার মনের গভীরে জানো, তুমি একা—তোমার 'পাগলামি' শুধু তোমাকে শেষ অবধি ডুবিয়ে দেবে।"

বিনি কিছু বলল না। শুধু একটি দৃঢ় নেড়েচেড়ে চুপচাপ দাঁড়িয়ে রইল। বাংলোর মধ্যে এক অদ্ভুত নীরবতা নেমে এলো। মাঙ্কু, ইনকিউবেটরের ভেতরে, যেন সেই নীরবতাকে অনুভব করছিল—তার ছোট ছোট চোখ বিনির দিকে তাকিয়ে ছিল, যেন বোঝাতে চাইছিল, "আমি এখানে, আমি সত্য।"

দর্শকেরা এখন দুই ভাগে বিভক্ত হয়ে গেল—কেউ বিনিকে সমর্থন করল, আবার কেউ ভুয়া ট্যালির সঙ্গে এক হয়ে বলল, "পাগল না হয়ে তুমি ভুল পথ বেছে নিয়েছো।"

এই অস্থির মুহূর্তে বিনি নিজের হৃদয়ে আরও একবার দৃঢ় প্রতিজ্ঞা করল—যে সত্যের পথ পাগলদেরই নিতে হয়, সেই পথ সে ছেড়ে যাবে না।

ভুয়া ট্যালির বিদ্রূপমূলক হাসি বাংলোর ঘর জুড়ে প্রতিধ্বনিত হলো। "তুমি কি সত্যিই ভাবছো, তুমি একা দাঁড়িয়ে এই মহাসত্যের পথকে বাঁচাতে পারবে?" — তার শব্দে তীক্ষ্ণ বিদ্রূপ লুকিয়ে ছিল।

বিনি স্থিরভাবে তার দিকে তাকাল। কোনো শব্দ বের হল না। তার চোখে আগুন—কিন্তু মুখে অদ্ভুত এক শান্তি। সে জানত, লড়াই শব্দে নয়, ইচ্ছায়, স্থিতিস্থাপকতায়।

দর্শকরা এখন নীরব হয়ে দাঁড়িয়ে দেখছিল। বাংলোর বাতাস যেন ভিন এক উত্তেজনায় ভরে উঠল। মাঙ্কু ইনকিউবেটরের ভেতরে অদ্ভুতভাবে ছটফট করছিল—তাকে যেন বোঝানো হচ্ছিল, এটি শুধু এক বিজ্ঞানীর নয়, এক পৃথিবীর লড়াই।

ভুয়া ট্যালি চুপ হয়ে কিছুক্ষণের জন্য বিনি পরীক্ষা করল। তারপর কণ্ঠে এক হালকা ঠাট্টা মিশ্রিত সুরে বলল, “তুমি নীরব—এটা তোমার প্রতিরোধ?”

বিনি শুধু মাথা নেড়ে উত্তর দিল। তার নীরবতা ছিল এক চুপচাপ প্রতিজ্ঞা—যে সে ভয়, অপমান বা প্রতিবন্ধকতা যতই আসুক, সত্যের পথে সে অচল নয়।

ভুয়া ট্যালি সামান্য হাসল, কিন্তু সেই হাসি ছিল জয়ের নয়—এটি ছিল চ্যালেঞ্জের এক নিঃশব্দ স্বীকারোক্তি। বিনির নীরব প্রতিরোধ বাংলোর মধ্যে একটি শক্তিমান সীমানা অঙ্কন করল—যেখানে শুরু হলো এক নতুন অধ্যায়, এক নতুন যুদ্ধ। মাঙ্কুর ছোট ছোট নড়াচড়া, বিনি এবং ভুয়া ট্যালির মুখের অভিব্যক্তি—সব মিলিয়ে বাংলোর মধ্যে এক অদ্ভুত নীরব, তবে গভীরভাবে ঝড়ো মুহূর্ত তৈরি করল।

অধ্যায় 28 : হঠাৎ রূপান্তর

নীরবতার মধ্যে বাংলোর বাতাসে হঠাৎ এক অদ্ভুত কম্পন ছড়িয়ে পড়ল। মাঙ্কু ইনকিউবেটরের ভেতর থেকে মৃদু কম্পন করে উঠল। প্রথমে তা ছিল ছোট—একটি সূক্ষ্ম কম্পন—কিন্তু মুহূর্তের মধ্যে তা ক্রমশ তীব্র হয়ে উঠল।

বিনির চোখ অবলীলায় মাঙ্কুর দিকে চেয়ে রইল। সে বুঝতে পারল—এটি শুধু অস্বাভাবিক নয়, এটি একটি প্রারম্ভ। মাঙ্কুর দেহের গঠন বদলাতে শুরু করল, যেন ভিতর থেকে কোনো শক্তি তাকে উল্টে পাল্টে দিচ্ছে। তার চামড়া ধীরে ধীরে স্ফীত হয়ে ফুলে উঠল, অতলস্পর্শী একটি গ্রীষ্মমন্ডলীয় উদ্ভিদের মতো বর্ধন ঘটল তার শরীরে।

বিমল ও জয়ন্তর শঙ্কায় একে অপরের দিকে তাকাল। জয়ন্তর কণ্ঠে এক অস্থির প্রশ্ন, "এটা কি সম্ভব? এমন একটি জীববৈজ্ঞানিক পরিবর্তন?" কিন্তু বিনি কোনো উত্তর দিল না—তার মন শুধুমাত্র একটিই চিন্তায় আটকে ছিল, "মাঙ্কুর এই পরিবর্তন কি আমাদের নিয়ন্ত্রণের বাইরে নিয়ে যাবে?"

ইনকিউবেটরের কাচ জ্যোতির্ময় আলোতে প্রতিফলিত হল, যেখানে মাঙ্কুর দেহ যেন এক অচেনা, বিপজ্জনক প্রাণে রূপান্তরিত হচ্ছিল। তার শ্বাস বেড়ে গেল, এবং একটি নরম, অদ্ভুত কম্পন তার চারপাশের বাতাসে ছড়িয়ে পড়ল—যা যেন ভবিষ্যতের আতঙ্ক ও সম্ভাবনার এক অদ্ভুত সংকেত হয়ে উঠল।

বিনি ধীরে নিজের ল্যাবকোটের পকেটে হাত বুলিয়ে বলল, “এখন থেকে, আমরা শুধু পর্যবেক্ষক নই—আমরা অংশীদার।”

মাঙ্কুর দেহ ফুলে ওঠার সেই মুহূর্ত বাংলা ভবিষ্যতের এক নতুন দরজা খুলে দিল—যেখানে বিজ্ঞানের সীমা আর মানুষের নিয়ন্ত্রণ মিলিয়ে একটি অজানা পথে এগিয়ে যাবে।

মাঙ্কুর দেহ ফুলে ওঠা থামল না। বিপদসংকেতের মতো সেই পরিবর্তন অব্যাহত ছিল। বিনির কণ্ঠে আতঙ্কের সুর—যখন সে ইনকিউবেটরের ঘন কাঁচের পাশে দাঁড়িয়ে সময় দেখতে লাগল—ঘড়িতে তখন ৩১ মিনিট পেরিয়ে গিয়েছিল।

বিমল দ্রুত হিসাব নিল—তাদের আগে যে পরীক্ষায় তারা ‘৩০ মিনিট’ সীমা নির্ধারণ করেছিল, সেটা কোনো সুনির্দিষ্ট সীমা ছিল। কিন্তু এখন সেই সীমা অমান্য হয়ে গেছে। ৩১ মিনিটের ভেতরে যে পরিবর্তন ঘটবে না বলে তারা ধারণা করেছিলেন, তা ইতিমধ্যেই ঘটে গেছে।

জয়ন্তর চিন্তাভাবনায় হারিয়ে গেল। “এই মানে... আমরা সময়ের নিয়ন্ত্রণ হারাচ্ছি?” সে বিনিকে বলল, কিন্তু বিনির চোখ এখনও মাঙ্কুর দিকে অবিচলিত। মাঙ্কুর দেহ থেকে নির্গত অদ্ভুত কম্পন বেড়ে চলছিল—যা যেন সময়ের বাধাকে ছেদ করে ফেলছিল।

ইনকিউবেটরের মৃদু আলো বিকট হয়ে উঠল। একটি নরম, কম্পমান আলো বস্তুর চারপাশে ছড়িয়ে পড়ল—যা শুধু দর্শনীয় নয়, বরং শোনার মতো শব্দ তৈরি করছিল। এটি ছিল এক ধরনের “জীবন্ত সংকেত”। বিনি অনুভব করল—মাঙ্কু এখন

আর শুধুমাত্র একটি প্রাণী নয়; এটি এক ধরনের শক্তি ক্ষেত্র হয়ে উঠেছে।

বিনি নিজের নোটবুকে লিখল—

"৩১ মিনিট সীমা ভেঙে গেল। মাঙ্কুর পরিবর্তন অপ্রত্যাশিত এবং নিয়ন্ত্রণের বাইরে। এটি শুধু একটি জৈব প্রক্রিয়া নয়— এটি সম্ভবত সময় ও শক্তির সীমা ছেদ করছে।"

জয়ন্তর বিস্ময়ে বলল, "আমরা কি জানি না কী পরিবর্তন ঘটছে? এটা কি বিজ্ঞান, নাকি এক নতুন রূপের বিপর্যয়?"

বিনি একটিমাত্র কথা বলল—

"আমাদের এখন এগিয়ে চলতে হবে, কারণ সময়... আর আমাদের হাতে নেই।"

মাঙ্কুর ইনকিউবেটর থেকে একটি ছোট কাঁপুনি ছড়িয়ে পড়ল, যা বাংলোর কোণাকুণে এক অদ্ভুত কম্পনের অনুভূতি সৃষ্টি করল—যা শুধু একটি জীববিজ্ঞানের ঘটনা নয়, বরং এক রহস্যময় বিপ্লবের সূচনা।

মাঙ্কুর ইনকিউবেটর থেকে উঠা কম্পন থামল না, বরং তার তীব্রতা বেড়ে গেল। কাঁচের ঘের জ্বলে উঠল—এক অদ্ভুত নীলাভ আলোয়, যা শুধু দৃষ্টির জন্য নয়, অনুভূতির জন্যও তৈরি হয়েছিল। বিনি, বিমল, ও জয়ন্তর—all তিনজনই স্তব্ধ হয়ে দাঁড়িয়ে রইল, নিঃশব্দে।

বিমল প্রথম বিস্ময়ে ফিসফিস করল, "এটা কি সম্ভব... জীবনে এমন কিছু?" কিন্তু তার কথা বিনি শোনে না; বিনি শুধু মাঙ্কুর দিকে মনোযোগ দিচ্ছিল, চোখে অজানা ভয়ের মিশ্রণ। জয়ন্তর চুপচাপ, হাতে কাগজ নোটবুক, কিন্তু লিখতে

পারছিল না—কারণ যা ঘটছে, তা তার সকল বৈজ্ঞানিক অভিজ্ঞতার বাইরে।

মাঙ্কুর দেহে সেই অদ্ভুত নীলাভ কম্পন যেন একটি "জীবন্ত বার্তা" হয়ে উঠল। বাতাসে এক ধরনের শব্দ ভেসে এল—এক ধরনের হালকা প্রতিধ্বনি, যা শুধু কানে নয়, মনের গভীরে পৌঁছছিল।

বিমল বলল, "আমরা এখন এক অজানা জগতের দরজায় দাঁড়িয়ে আছি।"

বিনি তার নোটবুকে লিখল—

"এই ঘটনা শুধুমাত্র একটি পরীক্ষার ফল নয়; এটা সম্ভবত আমাদের বিজ্ঞান এবং বাস্তবতা সম্পর্কে ধারণাকে পুনর্লিখনের সূচনা।"

তাদের চারপাশে থাকা বাতাস ভারী হয়ে উঠল—এক ধরনের নিস্তব্ধতা যা শুধু শোনার নয়, অনুভব করার মতো। সবাই বুঝল, মাঙ্কুর এই পরিবর্তন এক নতুন যুগের প্রাক্কালে এক চিহ্ন।

বিমল কণ্ঠ কমিয়ে বলল, "আমরা কি সত্যিই প্রস্তুত?"

কেউ উত্তর দিল না। তারা শুধু তাকিয়ে রইল, মাঙ্কুর পরিবর্তিত দেহের দিকে—যা এখন বিজ্ঞান, নৈতিকতা, এবং ভয়—তিনের মিলনে একটি জীবন্ত বিস্ময় হয়ে উঠেছে। মনে হচ্ছিল, এ মুহূর্তে সময় থমকে গেছে।

অধ্যায় 29 : বিস্ময় ও আতঙ্ক

রুম জঙ্গলের মতো নীরব হয়ে গিয়েছিল। মাঙ্কুর দেহে নীলাভ আলো এখন আরও ঘন হয়ে উঠল, যেন একটি অন্তহীন শক্তির উৎস হয়ে উঠেছে। তার চোখ—যা আগে শুধু প্রাণীর মতো—এখন এক অদ্ভুত বেগে জ্বলে উঠল, যেন একটি অজানা বৃত্ত থেকে নিঃসৃত আলো।

বিনি ধীরে ধীরে মাঙ্কুর কাছে এগিয়ে গেল, হাতে নোটবুক tightly ধরে রেখেছিল। তিনি বোঝার চেষ্টা করছিলেন—কীভাবে এই প্রাণী এমন পরিবর্তন সম্ভব করল। কিন্তু হঠাৎ, মাঙ্কুর দেহ থেকে একটি শক্তির ঝাঁজ ওঠল—এক ধরনের কম্পন, যা শুধু বাতাস নয়, স্থাপনাগুলোকে হেলে দিচ্ছিল।

বিমল চেঁচিয়ে বলল, “বিনি! সরে যাও!” কিন্তু বিনি স্থির থেকেছিল, কেবল নোটবুকের পাতায় লিখছিল—প্রত্যেকটি শব্দ যেন একটি বিজ্ঞানী ও প্রজন্মের স্বাক্ষর।

মাঙ্কুর শক্তি বেড়ে চলল। এখন সে শুধু জীবন্ত প্রাণী নয়—সে হয়ে উঠেছে এক জাগ্রত শক্তির উৎস। তার শ্বাসের প্রতিটি ঢেউ বাতাসে অদ্ভুত কম্পন তৈরি করছিল, যা শুধু শুনতে নয়, অনুভব করতেও ভয়ংকর ছিল। জয়ন্তর পিছিয়ে গিয়ে বলল, “আমরা এক ভয়ঙ্কর গবেষণার মধ্যে প্রবেশ করেছি।”

মাঙ্কুর গলায় হালকা একটি গর্জন উঠল—যা কেবল শব্দ নয়, এক ধরনের শক্তির সঙ্কেত ছিল। কাঁচের ঘেরের ভেতর থেকে সে একটি ছোট কিন্তু প্রখর শক্তির ঢেউ প্রেরণ করল।

যন্ত্রপাতি, নোটবুক, এমনকি মানুষের হাড়—সবই এই শক্তির আবহে কাঁপতে লাগল।

বিমল কণ্ঠ কমিয়ে বলল, "এটা... শুধু পরীক্ষা নয়—এটা একটি প্রলয়সংকেত।"

বিনি একমাত্র উত্তর দিল—"আমরা এখন আর শুধু বিজ্ঞানী নই, আমরা ইতিহাসের সাক্ষী।"

ঘণ্টার মতো সময় থেমে গিয়েছিল। মাঙ্কুর ভয়ঙ্কর শক্তি যেন এক নতুন অধ্যায়ের সূচনা করছিল—একটি অধ্যায় যেখানে বিজ্ঞান, নৈতিকতা, এবং অস্তিত্বের মূল প্রশ্নের মুখোমুখি হতে হবে।

মাঙ্কুর শক্তির ঝাঁজ এখনও বাতাসে প্রতিধ্বনিত হচ্ছিল। গবেষণাগারের মধ্যে লাইট গলদো করে কমে যাচ্ছিল, আর সবকিছু যেন একটি অদ্ভুত, ভয়ঙ্কর আলোর মধ্যে ঢাকা পড়ল।

বাহিরে থাকা কয়েকজন দর্শক—যারা ভুলবশত জানালা দিয়ে ভেতরে চেয়ে দেখছিল—হঠাৎ করেই কেঁপে উঠল। তাদের চোখে আতঙ্ক, আর শ্বাসকষ্টের মতো অনুভূতি ছড়িয়ে পড়ল। কেউ আঙুল দিয়ে মুখ ঢেকে রাখল, কেউ পিছনে সরে গেল, আবার কেউ আবারও হাত বাড়িয়ে কানে চেপে ধরল যেন শব্দটি তাদেরকে ভেতর থেকে ক্ষত করে দেবে।

একজন মহিলা কণ্ঠ কমিয়ে কেঁদে বলল, "এটা... এটা কি কোনও প্রাণী নয়? এটা কি কোনও অস্তিত্ব?" আরেকজন পেছনে হাটা অবস্থায় চিৎকার করল, "আমরা কী দেখতে যাচ্ছি! এই শক্তি... এটা মানুষ অতিক্রম করেছে!"

গবেষণাগারের ভেতরে অবস্থা ততটা নিয়ন্ত্রণে ছিল না—বিমল ও জয়ন্তর নিজেরাই মিশ্র অনুভূতিতে কেঁপে উঠছিল। তারা জানত, শুধু মাঙ্কুর দেহেই নয়, তার শক্তি যে ধীরে ধীরে চারপাশে ছড়িয়ে পড়ছে, তার প্রমাণ তারা স্পষ্টভাবে অনুভব করতে পারছিল।

একদল দর্শক, যারা জানালা দিয়ে বিষয়টি দেখছিল, দ্রুত ফিরে গেল। কেউ কেউ মোবাইলে ছবি তুলছিল, কেউ ভিডিও রেকর্ড করছিল—কিন্তু তাদের মুখে একটিমাত্র অভিন্ন বিষয় ছিল: ভয়।

বিনি, নীরবভাবে মাঙ্কুর দিকে তাকিয়ে বলল, "আমাদের সামনে এমন কিছু এসেছে, যা শুধু পরীক্ষা নয়—এটা মানবতার সামনে এক নতুন বাস্তবতার প্রবর্তন।"

জয়ন্তর তখন কণ্ঠে কাঁপন নিয়ে বলল, "দেখছি... দর্শকরা শুধু ভীত নয়, তারা এখন আমাদের মতো সন্দেহে পূর্ণ।"

ঘন্টার মতো স্থির থাকা সেই মুহূর্তে, গবেষণাগারের ভেতরে ও বাহিরে ভয়ের সুর এক হয়ে গেল—একটি সঙ্কেত, যা শুধু মাঙ্কুর শক্তির প্রমাণ নয়, বরং মানুষের সামনে আসন্ন অজানা বিপদের আগাম বার্তা।

বিনির মনে এক অদ্ভুত অশান্তি ঘন করে উঠল। মাঙ্কুর শক্তি যে শুধু এক অভিজ্ঞান নয়, বরং এক প্রকারের বিপদের সঙ্কেত—সে অনুভব করছিল। কিন্তু সাথে সাথে তার মাথায় বেজে উঠল এক প্রশ্ন: "আমরা কি এটিকে নষ্ট করে দেব, নাকি এর রহস্য উদঘাটন করব?"

গবেষণাগারের নিস্তব্ধতা বিনির মনকে আরো চাপিয়ে দিল। বাইরের ভয়ের আওয়াজ, দর্শকদের চিৎকার, সহকর্মীদের হতাশা—সবকিছু তার মনের ভিতরে একটা বিশাল ঝড় তৈরি করল।

বিনির চোখে আসল ভয় ছিল—ভয় যে এই কাজের জেরে সে নিজের সৃষ্টিকে হারাতে পারে, এবং হয়তো মানবজাতির উপর এমন কিছু মুক্ত করে দিতে পারে যা আর নিয়ন্ত্রণের বাইরে চলে যাবে।

তবুও, তার মনে এক গভীর আকর্ষণ কাজ করছিল। বিজ্ঞানী হিসেবে তার কৌতূহল বলছিল, "এটি শুধু একটি পরীক্ষা নয়, এটি মানবজীবনের এক নতুন অধ্যায় হতে পারে।"

কিন্তু একই সাথে, নৈতিকতার একটি কণ্ঠ বলছিল, "তুমি কি নিজের সীমা অতিক্রম করছ? কি তোমার গবেষণার অজুহাতে তুমি মানবতার বিপদ ডেকে আনছ?"

বিনি জানত, এই দ্বন্দ্বের উত্তর তার সিদ্ধান্তে নিহিত—তার সিদ্ধান্ত, যা শুধু তার জীবন নয়, পুরো মানব জাতির ভবিষ্যত পরিবর্তন করতে পারে।

একপলকের জন্য সে স্তব্ধ হয়ে গেল, চোখ বন্ধ করে গভীর শ্বাস নিল, যেন নিজের ভিতরে কোনো অজানা সত্য খুঁজে পেতে চাইছে। সেই মুহূর্তে, মাঙ্কুর নিঃশ্বাসের শব্দ যেন তার কানে এক অবিচ্ছেদ্য ডাক হয়ে শোনা গেল—একটি ডাক, যা তাকে নতুন পথ বেছে নিতে বাধ্য করল।

বিনির চূড়ান্ত সিদ্ধান্তের ছায়া তখন তার চোখে ফুটে উঠল— একটি সিদ্ধান্ত, যা তার জীবন ও গবেষণাকে এক নতুন মোড় দিতে চলেছে।

অধ্যায় 30 : প্রশংসার আড়ালে ষড়যন্ত্র

অন্ধকার কক্ষে আলো ঝলমল করছিল, আর সেই আলো মাঙ্কুর চারপাশে অদ্ভুতভাবে নাচছিল—যেন এক অদৃশ্য মঞ্চের আয়োজন। ভুয়া প্রফেসর ট্যালি, যার পরিচয় আগে থেকেই সন্দেহের খাতায় ছিল, তার অভিনয় শুরু করল নিখুঁতভাবে। তার ভঙ্গি, ভাষা, হাসি—সবই এমনভাবে সাজানো, যেন সে শুধু একটি প্রদর্শনীতে নয়, বরং এক বিজ্ঞানের সভায় বক্তব্য দিচ্ছে। তিনি মৃদু কণ্ঠে বললেন, "বিনির কাজ শুধু বিজ্ঞান নয়—এটি মানবতার এক নতুন সীমা স্পর্শ করেছে। আমরা সেই সীমার সাক্ষী।"

শ্রোতারা—যারা তার কথায় বিভ্রান্ত, ভীত এবং মুগ্ধ—ধীরে ধীরে প্রশংসার স্রোত প্রবাহিত করল। কেউ বলল, "অসাধারণ! তিনি এক নতুন দিগন্ত খুলছেন।" অন্যরা খুশির হাততালি দিলেন, আর কেউ বলল, "এটি বিজ্ঞানী বিনির এক অমূল্য অর্জন।"

বিনির কাছে এই দৃশ্য যেন এক ধোঁয়ার পর্দা। ভুয়া প্রশংসা তার কান কেটে গেলেও, মনের গভীরে একটা চিলতে

শীতোষ্ণ অনুভূতি কাজ করল। সে বুঝতে পারল—এই প্রশংসা আসলে শুধু অভিনয়, একটি পরিকল্পিত কৌশল, যা তাকে এবং মাঙ্কুকে নিজেদের দিকে আরো বেশি টেনে আনছে।

মঞ্চের আভাসে, ভুয়া ট্যালির চোখে একটা জ্বলজ্বল করা হাসি ফুটে উঠল—এক হাসি, যা জানায়, সে শুধু অভিনয় করছে না, বরং একটি বড় খেলায় অংশ নিচ্ছে, যেখানে বিনি ও মাঙ্কু শুধুমাত্র খেলার টুকরা।

এই প্রশংসার আড়ালে লুকিয়ে ছিল আরও একটি উদ্দেশ্য—একটি অজানা পরিকল্পনা, যা বিনি বুঝতে পারল কিনা, তা এখনো প্রশ্নবোধক।

অভিনয়ময় প্রশংসার পর, ভুয়া ট্যালির চেহারা হঠাৎ সঙ্গতিপূর্ণভাবে পরিবর্তিত হল। সে বিনির দিকে সরাসরি তাকাল, যেন একটি গুপ্ত বার্তা সে শুধু বিনির জন্য রেখেছে। "বিনি," সে ধীর কণ্ঠে বলল, "তুমি জানো, আমি শুধু কথায় নয়, কাজেও বিশ্বাস করি। তোমার গবেষণার সম্ভাবনা অসীম, কিন্তু তোমাকে চাই আমি সেই সুযোগ দিতে, যা তোমার হাত থেকে নষ্ট হয়ে যাচ্ছে।"

বিনির মনে উত্তেজনা আর সন্দেহ একসাথে জেগে উঠল। সে জানত এই সুযোগের পিছনে ভুয়া ট্যালির নিজের উদ্দেশ্য থাকতে পারে। কিন্তু একই সঙ্গে, এই প্রস্তাবের আবেদন এত গভীর ছিল যে, বিনি সহজে ফিরিয়ে দিতে পারল না।

ট্যালি এগিয়ে এল, তার চোখে এক অনির্দিষ্ট উজ্জ্বলতা—যা বিশ্বাসযোগ্যতার সঙ্গে মিশে ছিল। "আমি তোমাকে একটি আন্তর্জাতিক প্ল্যাটফর্ম দিতে চাই, যেখানে তুমি তোমার গবেষণা উপস্থাপন করতে পারবে, বিনি। তোমার নাম হবে বৈজ্ঞানিক জগতে এক নতুন মাইলফলক।"

বিনির হৃদস্পন্দন দ্রুত বৃদ্ধি পেল। এই সুযোগটা তার জীবনের বড় মোড় হতে পারে—একটি সুযোগ যা তার স্বপ্নকে সত্যি করে দিতে পারে। কিন্তু একই সঙ্গে, একটি শিহরণ তার মগজে ঘুরে বেড়াচ্ছিল—এই প্রতিশ্রুতির পেছনে সত্যিই কি উদ্দেশ্য নেই?

সেই মুহূর্তে বিনির মনে এল, কিছু সুযোগ আসে রূপের মুখে, কিন্তু তাদের ভিতরে লুকিয়ে থাকে বিপদের বীজ।

তার চুপচাপ সম্মতির মধ্যে লুকিয়ে ছিল কেবল এক জিজ্ঞাসা—"এই সুযোগের বিনিময়ে আমি কি হারাতে যাচ্ছি?"

ট্যালি বিনিকে যে সুযোগের প্রস্তাব দিল, তার প্রতিশ্রুতি এখনও বাতাসে ভাসছিল। কিন্তু বিনির মনে এক অদ্ভুত চাপ লেগে রইল—এক ধরনের আতঙ্ক, যা সে সহজে অগ্রাহ্য করতে পারল না।

বিনির চোখে একটি অস্পষ্ট সন্দেহ জাগল। ট্যালির প্রতিশ্রুতিটি কি শুধু দান, নাকি এর পেছনে লুকিয়ে আছে একটি অন্ধকার চুক্তি?

সে চুপচাপ নিজের ভিতরকে প্রশ্ন করল—"যে সুযোগ এত সহজে দেওয়া হচ্ছে, তার মধ্যে কি কোনো ফাঁদ নেই?" বিনি জানত, বৈজ্ঞানিক জগতে বড় সুযোগের সঙ্গে বড় দায় ও

বিপদের গল্প লুকিয়ে থাকে। আর ট্যালির অদ্ভুত আচরণ, তার নিখুঁত অভিনয়—সবই যেন একটি অজানা চক্রান্তের ইঙ্গিত দিচ্ছিল।

বহুবার সে মনে করল, এই প্রস্তাব নিলে হয়তো তার গবেষণার স্বপ্ন সত্যি হবে, কিন্তু বিনির নিজের নিয়ন্ত্রণ হারানোর সম্ভাবনাও থাকবে। ট্যালির চোখে লুকিয়ে থাকা সেই রহস্যময় দীপ্তি যেন বলছিল—"সব কিছুই মূল্যবান, কিন্তু প্রতিটি মূল্যেই লুকিয়ে থাকে একটি ছদ্মলাভ।"

বিনির মনে করল, তার এই যাত্রা শুধু গবেষণার নয়—এটি একটি পরীক্ষাও হবে তার নৈতিকতা, সততা, এবং সাহসের। সে বুঝতে পারল—ট্যালির প্রস্তাবের পেছনে যে ফাঁদ লুকিয়ে আছে, সেটি হয়তো এখনই নয়, কিন্তু একদিন তার জীবনের পথকে পুরোপুরি বদলে দিতে সক্ষম।

বিনির মুখে এক অজানা সংকল্পের ছায়া ফুটে উঠল—যেন সে জানে, এই সুযোগ গ্রহণ করলে, আর পিছনে ফিরে যাওয়ার পথ থাকবে না।

পর্ব ৪ : ফাঁদ

অধ্যায় 31 : ক্লোরোফর্মের অন্ধকার

বিনি গভীরভাবে ট্যালির প্রস্তাব নিয়ে চিন্তায় ডুবে ছিল। ঝকঝকে বাতাসে গবেষণাগারের গোপন কোণগুলো আলোর রেখা আঁকছিল। কিন্তু সেই শান্তি ছিল স্থায়ী নয়—এক আকস্মিক অশান্তি নেমে এলো।

হঠাৎ, দরজা ভাঙা আওয়াজে কেঁপে উঠল। গবেষণাগারের ভিতরে অচেনা কণ্ঠ আর পদধ্বনির ঝংকার ছড়িয়ে পড়ল। বিনি reflexively মাঙ্কুর দিকে ঘুরে দেখল—যে শান্তিশীল সত্তা এতক্ষণ নিস্তব্ধ ছিল, সে এখন অস্থির হয়ে উঠল।

একটি শক্তিশালী ঢেউ দরজা ভেঙে ভেতরে ঢুকল। ধুলো কণার মধ্যে অস্পষ্ট রূপগুলো ফুটে উঠল—কালো পোশাকে সজ্জিত কয়েকজন অচেনা মানুষ, যারা তাদের চোখে অদ্ভুত রূপের যন্ত্র ও অস্ত্র ধারণ করে নিয়ে এগোচ্ছে। তাদের মুখে মুখোশ, আর প্রতিটি পদক্ষেপে ছিল নির্দিষ্ট এক পরিকল্পনার ছাপ।

বিনি হঠাৎ বুঝল—এটি কোনো দৈবসংখ্যা নয়। এটি পূর্বপরিকল্পিত আক্রমণ, এবং তারা এখানে মাঙ্কুর জন্য এসেছে। মাঙ্কু নিঃশব্দে সঙ্কুচিত হয়ে গেল, যেন সে জানে নিজের অস্তিত্বই এখন বিপদে।

বিনি নিজের চারপাশে ঝাঁপিয়ে পড়ল, গবেষণার সরঞ্জাম ও পরীক্ষা উপকরণ হাতে নিয়ে। তার হাত কাঁপছে, কিন্তু চোখে ছিল অদম্য জেদ—সে জানত, শুধু নিজের জীবন নয়, মাঙ্কুর জীবনও এখন তার হাতে নির্ভর করছে।

একটি শব্দ, একটি সংকেত—আক্রমণকারীরা এগিয়ে এল, আর গবেষণাগার হঠাৎ যুদ্ধক্ষেত্রে পরিণত হলো।

বিনির মন জানল—এই রাত কখনো ভুলবার নয়।

আক্রমণকারীদের ধাক্কা এতই প্রভূত ছিল যে বিনির শরীর এক মুহূর্তের জন্য নিয়ন্ত্রণ হারিয়ে ফেলল। কাঁচ ভেঙে গবেষণাগারের আলো ছিন্নভিন্ন হয়ে ছিটকে গেল। ধুলো ও কাঁচের রোদেলা রঙে বাতাস ভারাক্রান্ত হয়ে উঠল।

বিনি অনুভব করল, পৃথিবীর শব্দ ক্রমে ম্লান হয়ে আসছে—প্রতিটি আওয়াজ যেন দূর থেকে আসে। মাঙ্কুর একটি জোরালো চিৎকার তার ভেতরে প্রতিধ্বনিত হলো, কিন্তু বিনি সেটি স্পষ্টভাবে শুনতে পারল না। শরীর ভারী হয়ে পড়ল, মনে হলো মাটি নিজের থেকে তাকে টেনে নিচ্ছে।

তার চেতনা ঘন কুয়াশার মতো বিলীন হতে লাগল। চোখের সামনে ঝাপসা ছবি—মাঙ্কু, ভাঙা যন্ত্রপাতি, দরজা দিয়ে ঢুকছে অচেনা ছায়ারা—সব মিলিয়ে একটি অস্পষ্ট ধোঁয়ার মতো হয়ে গেল। বিনি চেষ্টা করল দাঁড়িয়ে থাকার, চেষ্টা করল প্রতিরোধ করার, কিন্তু শক্তি ক্রমে ক্ষীণ হয়ে এল।

শেষ মুহূর্তে তার মনে এলো—'এটা শুধু আমার যুদ্ধ নয়... এটা মাঙ্কুর জীবন রক্ষার লড়াই'। তারপর তার চোখ ধীরে ধীরে বন্ধ হয়ে গেল, আর অন্ধকারে ডুবে গেল সে।

গবেষণাগার তখন চুপচাপ, শুধু দূরে কোথাও ধ্বংসের নিঃশব্দ প্রতিধ্বনি রয়ে গেল।

বিনির চেতনা অল্পের জন্য হারালেও, তার অন্তরজ্ঞান তাকে অচেনা অন্ধকারের মধ্যে জাগিয়ে তুলল। চোখ খুলতেই সে

দেখল—গবেষণাগার থমথমে, বাতাস ভারাক্রান্ত নিঃশব্দে ভাসছে। আক্রমণের ধ্বংসের মধ্যে এক অদ্ভুত শূন্যতা বিরাজ করছে।

মাঙ্কু আর সেখানে নেই। কেবল ইনকিউবেটরের ভেতরের ফাঁকা জায়গা, যেখানে আগে তার দেহ ছিল, এখন একটি জটিল আলো-বিন্দুর মতো ফিকে আলো ছড়িয়ে দিচ্ছে। যেন সে কখনো সেখানে ছিলই না—অথচ বিনি জানে, মাঙ্কু ছিল। সেই শক্তি, সেই নিশ্বাস, সেই চিৎকার—সব কিছু মনে আছে তার।

বিনি ধীরে ধীরে উঠে দাঁড়াল, নিজের হাত স্পর্শ করল—কাঁচের টুকরোগুলো এখনও হাতে কাটানোর মতো শীতল। তার মনে এক অজানা কম্পন—ভয়ে, বিস্ময়ে আর রহস্যে মিশে—ছড়িয়ে পড়ল।

"এটা কিভাবে সম্ভব?" বিনি হেসে বলল, কণ্ঠে জোর কম, কিন্তু কণ্ঠে সেই দৃঢ় সংকল্প বজায় ছিল, "তুমি যেন লোপ পেয়ে গেছো... কিন্তু আমি জানি, তুমি এখনও এখানে আছো, কোথাও।"

তাদের মধ্যে থাকা সম্পর্ক—এক বিজ্ঞানী ও তার সৃষ্টি—এখন আর শুধু পরীক্ষা নয়; এটি হয়ে উঠল এক রহস্যময় যুদ্ধে, যেখানে সময়, শক্তি ও অস্তিত্বের সীমানা ভেঙে যাচ্ছে। গবেষণাগারে বাতাসে কেবল একটি নিঃশব্দ বার্তা বাজছে—মাঙ্কুর অদৃশ্য হওয়ার ধূসর ইঙ্গিত।

অধ্যায় 32 : হোটেল রুমে জেগে ওঠা

বিনি অস্ফুট আছড়ে পড়ে উঠল। চোখ খুলতেই সে একটি হালকা নীলাভ আলোতে ঘেরা অচেনা কক্ষে নিজেকে খুঁজে পেল। চারপাশে ছিল কাঁচের দেয়াল, যার ভেতর দিয়ে মৃদু আলোর রেখা ফুটে উঠছিল। বাতাস ছিল নরম—যেমন কোনো সপ্নের মতো—তবু একটি অদ্ভুত চাপ বাকি অনুভূতিতে জেগে উঠল।

তার মাথা ভারী, মনে হচ্ছিল সবকিছু মেঘের মতো অস্পষ্ট। হাতে ইনকিউবেটরের একটি ছোট টুকরো ধরা ছিল, যেখানে মাঙ্কুর অদ্ভুত জৈব কোষের নিদর্শন ছড়িয়ে ছিল। প্রতিটি কোষ যেন নিজের মধ্যে কিছু গোপন বার্তা বহন করছে।

বিনি ধীরে ধীরে উঠে দাঁড়াল, চারপাশের দিকে তাকাল। কক্ষটি ছিল একেবারে নিস্তব্ধ, তবে তার ভেতরে একটি দূরবর্তী শব্দ—হৃদস্পন্দনের মতো—মৃদু কম্পন সৃষ্টি করছিল।

"আমি কোথায়?" বিনি নিজের কণ্ঠে ফিসফিস করে বলল। উত্তর এলো না, শুধু একটি অচেনা গন্ধ—দূর থেকে আসা ধূসর গন্ধ, যা বিনি পূর্বে কখনো অনুভব করেনি।

একটি ছোট দরজা ছিল কক্ষের এক কোণে, যার উপরে অদ্ভুত প্রতীক খোদাই করা—একটি বাঁকা রেখা, যার শেষ অজানা দিকে মিলছে একটি ক্ষুদ্র আলোতে। বিনির মনে হল, সে সেই দরজার বাইরে যাবেই; কারণ মনে হচ্ছিল, এই

জাগরণের মধ্যে লুকিয়ে আছে মাঙ্কুর রহস্যের এক গভীর সূত্র।

চূড়ান্ত সিদ্ধান্ত নিল—বেশি সময় নষ্ট করা যাবে না। বিনি ধীরে ধীরে দরজার দিকে এগোল।

কক্ষের নিস্তব্ধতা যেন তার প্রতিটি পদক্ষেপে গুঞ্জন করছিল—একটি নতুন অধ্যায়ের সূচনা হতে যাচ্ছে।

বিনি দরজার দিকে এগোতে গেলে হঠাৎ একটা অদ্ভুত অনুভূতি তার মন দখল করল—মাঙ্কু নেই। সে দ্রুত ঘুরে চারপাশে খুঁজতে লাগল। কক্ষটি নিস্তব্ধ, তবে তার চারপাশের প্রতিটি কোণ যেন কথা বলছে—অদৃশ্য কোনো শক্তি তাকে সতর্ক করছে।

মাঙ্কুর ইনকিউবেটরের টুকরোটি এখন তার হাতে নেই। সেটি সম্ভবত তার আগেই হারিয়েছে, বা কেউ চুরি করেছে—বিনি নিশ্চিত ছিল না। সে কক্ষের সমস্ত জায়গা যাচাই করল—তাদের চারপাশের ফাঁকা দেয়াল, মেঝে, এমনকি বাতাসের মধ্যেও মাঙ্কুর কোনো দেহ বা নড়াচড়া পাওয়া গেল না।

বিনির মন দ্রুত চিন্তার এক ঝাঁকলে ভরে উঠল। মাঙ্কুর অনুপস্থিতি কি শুধু শারীরিকই নয়, নাকি এটি কোনো বৃহত্তর রহস্যের অংশ? যে শক্তি মাঙ্কুকে তৈরি করেছিল, সেটি কি তাকে এখন অন্য কোনো অবস্থায় নিয়ে গেছে?

বিনি হঠাৎ তার কণ্ঠে ফিসফিস করল, “মাঙ্কু... তুমি কোথায়?” তার প্রশ্ন কক্ষে প্রতিধ্বনিত হলো, কিন্তু কোনো উত্তর ফিরল না। শুধু সেই অদ্ভুত নীলাভ আলোই তাকে ঘিরে রাখল, যেন তার উত্তর বাঁচিয়ে রেখেছে।

দরজার দিকে এগোবার আগে, বিনি একবার পিছনে ফিরে তাকাল—যেখানে মাঙ্কু থাকা উচিত ছিল, সেখানে শুধুই শূন্যতার অদ্ভুত দৃষ্টান্ত। বিনির মনে হল, সে এখন শুধু মাঙ্কুর নয়, বরং এক অজানা রহস্যের কেন্দ্রে পৌঁছে গেছে—যা তার গবেষণাকে এক নতুন দিশা দেখাবে।

বিনি দরজা বন্ধ করে পিছনে ঝুঁকল। কক্ষের অন্ধকারে বাতাস শীতল হয়ে উঠল, এবং তার হৃদস্পন্দন তীব্রভাবে বেড়ে গেল। মাঙ্কুর অনুপস্থিতি শুধু রহস্যই নয়—এক ধরনের অজানা ভয় তার ভেতরে জায়গা করে নিচ্ছিল।

হঠাৎ তার চারপাশে একটি কম্পন শুরু হল, যেন ভেতরের দেয়ালগুলো নিজে থেকে শ্বাস নিচ্ছে। বাতাসের মাঝে কানে বাজল—অসংখ্য অচেনা শব্দ, ফিসফিস, আর নীরবতার ভেতর থেকে যেন কেউ নাম ধরে ডাকছে—"বিনি..."।

সে ঝাঁপ দিয়ে নিজের ল্যাপটপটা খুলল, কিন্তু স্ক্রিনে শুধুই একটি অদ্ভুত নীল আলোর ঝলক। ওই আলো মাঙ্কুর সেই সময়ের মতো, যা বিনির মনে করিয়ে দিল—মাঙ্কুর সৃষ্টি শুধু জীবিত নয়, বরং কোনো শক্তির অংশ। আর এখন সেই শক্তি মাঙ্কুকে নিয়ে গেছে, হয়তো কোনো বিপজ্জনক গন্তব্যে।

বিনি তার হাতে থাকা নোটবুকের দিকে তাকাল—সেখানে অচেনা লিপির মতো কিছু লেখা আছে, যা বুঝতে তার বোধগম্য নয়। প্রতিটি অক্ষরে যেন লুকিয়ে আছে একটি সতর্কবার্তা। তার হৃদয় দ্রুত ধড়ফড় করতে লাগল—কারণ সেই বার্তা বলছিল, "তুমি যা খুঁজছ, তার চেয়ে ভয়ানক কিছু তোমার সামনে অপেক্ষা করছে।"

বিনি জানল, এই অজানা ভয় শুধু মাঙ্কুর অনুপস্থিতি নয়—এটি তার জীবনের একটি নতুন অধ্যায়ের সূচনা। আর সেই অধ্যায় তাকে এমন একটি পথে নিয়ে যাবে, যেখানে বিজ্ঞান, রহস্য, এবং ভয় এক হয়ে যাবে।

অধ্যায় 33 : মাঙ্কু

বিনি ধীরে ধীরে ইনকিউবেটরের দিকে এগিয়ে গেল। তার চোখে হালকা কাঁপুনি। বাতাসে যেন রহস্যময়তা ভাসছিল — এমন এক অনুভূতি, যা একযোগে কৌতূহল আর আতঙ্ক জাগাচ্ছিল।

ইনকিউবেটরের কাঁচের দরজা খুলে সে ভিতরে তাকাল। আগে যেখানে মাঙ্কু শ্বাস নিয়ে বসে থাকত, এখন সেখানে শুধু নিস্তব্ধ শূন্যতা। নরম আলোর মধ্যে কেবলমাত্র শূন্য একটি স্ট্যান্ড, আর ইনকিউবেটরের তাপমাত্রা নিয়ন্ত্রণের স্ক্রিনে অদ্ভুতভাবে লাল ঝলকানি।

বিনির মন বলল—এটি সাধারণ খালি অবস্থা নয়। যেন ইনকিউবেটর নিজেই জীবিত, আর মাঙ্কুর উপস্থিতি থেকে কোনো বার্তা বা শক্তি হারিয়ে গেছে। সে তার হাত জড়িয়ে ধরল ইনকিউবেটরের কাচের প্রান্তে। হঠাৎ, একটি হালকা গুঞ্জন শুরু হল—যেমন কাঁচের ভেতর থেকে কেউ কণ্ঠহীন ডাক দিচ্ছে।

বিনি সরলভাবে পিছনে হেলাল, আর মনে হল যেন ইনকিউবেটরটি শুধু একটি যন্ত্র নয়—এটি কোনো দরজা, যা

মাঙ্কুকে এমন এক জগতে পাঠিয়ে দিয়েছে, যেখানে বিজ্ঞান আর বাস্তবতার সীমানা ভেঙে গেছে।

তার চোখে ভয় আর কৌতূহলের মিশ্রণ—এই দুই অনুভূতি তাকে জানিয়ে দিল যে, মাঙ্কুর রহস্য শুধু এখানেই থেমে থাকবে না। এর পরের ধাপ তাকে এমন গোপন সত্যের কাছে নিয়ে যাবে, যা তার জীবনের মোড় সম্পূর্ণভাবে বদলে দিতে পারে।

বিনি নিজের শ্বাস নিয়েই ইনকিউবেটরের পাশে থাকা ছোট টেবিলে গিয়ে তাকাল। কাগজপত্র, নথিপত্র, ডায়েরি — সবই ছড়িয়ে ছিটিয়ে ছিল। এমন মনে হচ্ছিল, কেউ তাড়াহুড়া করে এগুলো তছনছ করে রেখে গেছে।

কিছু নোট পৃষ্ঠা উল্টে পড়ল মেঝেতে। বিনি দ্রুত এগুলো তুলে নিল। কাগজের মধ্যে মাঙ্কুর জেনেটিক কোডের ডায়াগ্রাম, অচেনা লেখা সূত্র, এবং কিছু অদ্ভুত অঙ্ক ছিল—যা সে আগে কখনো দেখেনি। প্রতিটি নোটে যেন লুকানো সংকেত, যা শুধু তার চোখেই বোঝা যায়।

বিনি চোখ ঘেষে দেখল—একটি নোটে লেখা: *"৩১ মিনিটের পর সব পরিবর্তিত হবে।"* — এই লাইনটি বারবার তার মনে বাজছিল।

তার হাত কেঁপে উঠল। এটিই কি মাঙ্কুর অদৃশ্য হওয়ার কারণ? না কি কেউ তাকে ধরে নিয়ে গেছে, আর এই নথিগুলো ইঙ্গিত দিচ্ছে এর পিছনের রহস্যের?

বিনি বুঝল, যে তিনি শুধু একটি শূন্য ইনকিউবেটরের সামনে দাঁড়িয়ে নেই—সে দাঁড়িয়ে আছে একটি বড় ষড়যন্ত্রের

মুখোমুখি, যেখানে প্রতিটি কাগজ তার জন্য একটি নতুন প্রশ্ন ছুঁড়ে দিচ্ছে।

তার চিন্তা ঘুরপাক খাচ্ছিল: "এই নথিগুলো কি শুধু মাঙ্কুর তথ্য, নাকি এগুলো আরও বড় কোন অভিসন্ধির অংশ?"

বিনি ইনকিউবেটরের পাশে দাঁড়িয়ে চুপ করে থাকল।

চারপাশে নীরবতা – এমন নীরবতা যা কানে কেমন বিষন্ন এক সুর বয়ে আনছিল। মাঙ্কুর অদৃশ্য হওয়া, কাগজপত্রের তছনছ অবস্থা, এবং তাতে থাকা রহস্যময় নোট—সব মিলিয়ে বিনিকে এক গভীর হতাশার গহ্বরে ফেলে দিল।

তাকে এমন লাগছিল যেন তার জীবনের সবচেয়ে বড় আবিষ্কার এখনো তার হাতের বাইরে হারিয়ে যাচ্ছে। দশ বছরের গবেষণা, তার একগুঁয়ে চেষ্টা, রাতের রাতের একাকিত্ব—সব যেন বৃথা হয়ে যাচ্ছে। সেই ক্ষণগুলি মনে পড়ে এল যখন সে নিজের সমস্ত শক্তি আর মনোযোগ দিয়ে এই প্রকল্পে সময় দিয়েছে। আর এখন? সে দাঁড়িয়ে আছে এক অনিশ্চয়তার প্রান্তে।

বিনি নিঃশ্বাস ফেলে বলল, "সব হারিয়ে গেছে... নাকি শুরুটা এখান থেকেই?" তার চোখ ভিজে গেল—না কেবল হতাশায়, বরং অজানা এক ভয় ও দায়িত্বের বোঝায়।

তখনই তার মনে এল সেই লাইনটি—"৩১ মিনিটের পর সব পরিবর্তিত হবে।"

এখন এটি শুধুই একটি সতর্কবার্তা নয়, এটি হয়ে উঠল তার জীবনের নতুন সংকেত।

বিনি জানত, তার সামনে এখন আর ফিরে যাওয়ার পথ নেই—তার পদক্ষেপ এখন অজানা এক যাত্রার দিকে।

অধ্যায় 34 : দ্বিতীয় ট্যালির আবির্ভাব

বিনি একটি অচেনা কক্ষে চোখ খুলল। বাতাসে ছিল ধীরে ধীরে ছড়িয়ে আসা ধোঁয়ার গন্ধ—যা যেন শুধু এই কক্ষে নয়, তার মনেও রহস্যের কুয়াশা আনছিল। চারপাশে নীরবতা, শুধু দূরে দূরে এক ছুটে আসা পদচারণার আওয়াজ।

হঠাৎ দরজা ধীরে ধীরে খুলল। ভিতরে প্রবেশ করল এক ব্যক্তি—বয়সে বড়, চেহারায় গম্ভীর, চোখে ছিল গভীরতা ও অভিজ্ঞতার ছাপ। তার হাতে ছিল এক ছোট্ট ডকুমেন্ট ও এক পোর্টেবল ডিভাইস, যা অজানা প্রযুক্তিতে দীপ্তিত হয়েছিল।

"বিনি," পুরনো কণ্ঠে বললেন সেই ব্যক্তি, "আমি আসল প্রফেসর ট্যারি। তুমি যা দেখেছ—সবই এখন গোপন নয়।"

বিনির চোখ বড় হয়ে গেল। এই মুহূর্তে তার মনে হলো—সে যে ঝুঁকিতে রয়েছে, তা শুধু নিজের জন্য নয়; এটি মানবজাতির জন্য এক বিপজ্জনক অধ্যায়।

প্রফেসর ট্যারি ধীরে ধীরে এগিয়ে এসে বললেন, "তোমার মাঙ্কুর সঙ্গে যে কাজ হয়েছে, তা সময়ের নিয়ম ভেঙে দিয়েছে। তোমাকে জানাতে হবে—এটি শুধু বিজ্ঞান নয়, একটি যুদ্ধের সূচনা।"

বিনির হৃদস্পন্দন দ্রুত বেড়ে গেল। তার চোখে ঝিলিক ধরল—এটি ছিল কেবল একটি সাক্ষাৎ নয়, এটি ছিল এক নতুন পথের প্রথম চিহ্ন।

প্রফেসর ট্যারি ধীরে ধীরে বসে বললেন, "বিনি, তোমাকে সত্যটা জানানো আমার দায়িত্ব। তবে সতর্ক থাকো—এটি শোনার পর তোমার জীবন আর আগের মতো থাকবে না।"

বিনি কেঁপে ওঠা কণ্ঠে প্রশ্ন করল, "প্রফেসর, মাঙ্কুর প্রকৃতিগত পরিবর্তন... এটা কি শুধুই বিজ্ঞান ছিল না?"

ট্যারি গম্ভীরভাবে মাথা নেড়ে বললেন, "না, এটি বিজ্ঞান ও ষড়যন্ত্রের মিশ্রণ ছিল। তোমার গবেষণার আড়ালে—তাদের প্রকল্প ছিল একটি শক্তিশালী অস্ত্র তৈরি করা। মাঙ্কুর শক্তি... শুধু একটি শুরু। তোমার কাজ exploited হয়েছে।"

বিনির চোখে বিস্ময় ও ক্রোধের মিশ্রণ ফুটে উঠল। "তাহলে... আমি কি নিজে প্রতারণার অংশ হয়ে গেছি?" সে কণ্ঠে কষ্ট ও দ্বন্দ্ব।

"তুমি জানোই না," ট্যারি বললেন, "তারা তোমাকে ব্যবহার করেছে—তোমার জ্ঞানের প্রতি মানুষের বিশ্বাসকে অস্ত্র বানিয়ে। এখন সময় এসেছে তুমি সিদ্ধান্ত নাও—তুমি কি সত্য প্রকাশ করবে, নাকি অংশ হয়ে যাবে তাদের চক্রান্তে।"

বিনির হৃদয়ে অজানা এক ভয় নেমে এল। প্রতারণার এই সত্য যেন তার ভিতরে থাকা বিজ্ঞানীর আত্মবিশ্বাসকে চ্যালেঞ্জ দিল—এখন তার কাছে শুধু গবেষণা নয়, এক যুদ্ধের দায় ছিল।

অধ্যায় 35 : বিশ্বাস নাকি প্রতারণা?

বৃষ্টি এখনও থামেনি। বিনি এবং ট্যারি নির্জন কক্ষে বসে এক দীর্ঘ নীরবতার পর চোখের দিকে চোখ রেখে কথা বলছিলেন।

ট্যারি ধীরে ধীরে বলতে শুরু করলেন, "বিনি, তুমি যা দেখেছ—মাঙ্কুর বৃদ্ধি, তার শক্তি—সবই ছিল আমাদের পরিকল্পনার একটি অংশ। এটা শুধু একটি জৈবিক পরীক্ষা নয়, এটা একটি পরীক্ষা মানব ইতিহাসের জন্য।"

বিনি অবাক হয়ে বলল, "কেন? এমন শক্তি তৈরি করার প্রয়োজন কেন?"

ট্যারি নিশ্বাস নিয়ে জানালার দিকে তাকালেন, বাইরে বর্ষণ ঝরছে, যেন আকাশ নিজেই তাদের কথার ভার অনুভব করছে। "মানব সভ্যতা এখন এক সংকটে। আমাদের প্রযুক্তি, শক্তি, এমনকি জ্ঞান—সবই সীমার মধ্যে বন্দী। কিন্তু যদি আমরা একটি নতুন জীবের মাধ্যমে মানব ক্ষমতার সীমানা ছাড়িয়ে যেতে পারি... তাহলে ইতিহাস বদলে যেতে পারে।"

বিনি প্রশ্ন করল, "তাহলে মাঙ্কু শুধু একটি অস্ত্র?"

ট্যারি চুপ করলেন। কিছুক্ষণ নীরবতার পরে তিনি বললেন, "না... মাঙ্কু শুধু অস্ত্র নয়। সে হচ্ছে সম্ভাবনার প্রতীক—মানবজাতির এক নতুন ধাপে প্রবেশের চাবিকাঠি। কিন্তু সেই পথে অনেক বিপদ লুকিয়ে আছে। আর সবচেয়ে বড় বিপদ হল—আমাদের নিজের আত্মবিশ্বাসের অভাব।"

বিনি মাথা নেড়ে করুণভাবে বলল, "আমি বুঝতে পারছি... কিন্তু এর দাম কি আমরা দিতে পারব?"

ট্যারি চুপ করে একবার ছোঁয়া বাতাসে হাত ছুঁড়ে বললেন, "তুমি জানবে, যখন সময় আসবে। আর সেই সময় এখন খুব কাছেই।"

বৃষ্টি ঝরছে আরও প্রবল হয়ে। কক্ষে ভিজে থাকা বাতাসে একটা অদ্ভুত চাপ আছে, যেন প্রতিটি শব্দ ভার হয়ে আসে। বিনির মনের মধ্যে ট্যারি'র কথাগুলো ঘুরপাক খাচ্ছিল – "মানব সভ্যতা বদলাতে মাঙ্কু", "সম্ভাবনার প্রতীক"... কিন্তু তার হৃদয়ে একটি গভীর সন্দেহ জন্ম নিয়েছে।

বিনি নিজেই বলল, "আমি বুঝতে পারছি, আপনার পরিকল্পনা কতটা মহৎ মনে হয়। কিন্তু কি আমাদের সত্যিই এটা করার অধিকার আছে? মাঙ্কুর শক্তি আমাদের নিয়ন্ত্রণে থাকবে—না কি তার নিজের ইচ্ছায়? যদি আমরা ভুল করি... যদি আমরা এমন একটি শক্তি জন্ম দেই যা আমাদের নিয়ন্ত্রণের বাইরে চলে যায়?"

ট্যারি ধীরে করে মাথা নেড়ে বললেন, "বিনি, সন্দেহ সব বিজ্ঞানীর সাথে থাকে। কিন্তু তুমি কি জানো সন্দেহ আর আতঙ্কের মধ্যে পার্থক্য কী? সন্দেহ আমাদের উন্নতির পথে ঠেকায়, আর আতঙ্ক আমাদের পিছিয়ে দেয়।"

বিনি চুপ করে রুমের এক কোণ দিকে তাকালেন, যেখানে মাঙ্কুর ইনকিউবেটর ছিল। সে শুধু জানে যে, মাঙ্কুর ভিতরে থাকা জীবটির রহস্য অনেক বড় – এবং সেই রহস্য তাকে অস্বস্তি, ভয় আর প্রশ্নের সঙ্গেই যুক্ত করছে।

মনে মনে বিনি ঠিক করল—এই সন্দেহ তাকে শেষ পর্যন্ত তার সিদ্ধান্তে নিয়ে যাবে। কিন্তু সে জানে না, সেই সিদ্ধান্ত কি তাকে মুক্তি দেবে, নাকি চূড়ান্ত ধ্বংসের দিকে ঠেলে দেবে।

বৃষ্টি কক্ষে পড়ছিল নিরব, কিন্তু বিনির মনে ঝড় বইছিল – নৈতিক দ্বন্দ্বের এক কঠিন ঝড়। সে জানে মাঙ্কুর শক্তি শুধু

বিজ্ঞান নয়, এক অজানা ক্ষমতা, যা মানব ইতিহাস বদলে দিতে পারে। কিন্তু সেই শক্তি কতটা নিরাপদ, কতটা নিয়ন্ত্রণযোগ্য—এটি এখনো অজ্ঞাত।

বিনির মনে হচ্ছিল, বিজ্ঞানীর দায়িত্ব কি শুধু আবিষ্কার করা, নাকি সেই আবিষ্কার ব্যবহারের নৈতিক দায়ও নেওয়া? প্রফেসর ট্যারি বলেছিলেন—"বিজ্ঞান কখনোই দ্বিধাহীন নয়।" কিন্তু বিনি জানে, এই দ্বিধা তার হৃদয়কে ভেঙে দিতে পারে।

একদিকে আছে প্রফেসরের প্রতিশ্রুতি—মাঙ্কু মানব সভ্যতায় বিপ্লব ঘটাতে পারে। অন্যদিকে আছে তার নিজের ভয়—যদি এটি একটি বিধ্বংসী পথ হয়ে ওঠে? বিনি বুঝতে পারে, সিদ্ধান্ত নেওয়া মানে শুধু গবেষণা চালানো নয়, মানবতার ভবিষ্যতের ওপর একটি চূড়ান্ত প্রতিশ্রুতি দেওয়া।

সে মৃদু কণ্ঠে বলে—"আমি জানি, এই পথের শেষ কোথায় হবে, তা এখনও জানি না। কিন্তু আমি চাই, আমাদের নৈতিক দায় অস্বীকার না করে এগোতে হবে।"

মেঘলা রাতে বিনির চোখে অদৃশ্য অশ্রু ঝলমল করছে। এই মুহূর্তে সে বুঝতে পারে—তার বিজ্ঞান শুধু সংখ্যার খেলা নয়, এটি এক গভীর নৈতিক যুদ্ধে প্রবেশের ডাক।

অধ্যায় 36 : চুরির প্রমাণ

বৃষ্টি থেমে গেলো, কিন্তু বিনির মনে এখনও ঝড় বয়ে যাচ্ছিল। সকাল হওয়ার পর থেকেই সে এক অদ্ভুত খোঁজখবর শুরু করেছিল—মাঙ্কুর নিখোঁজ হওয়ার পেছনে কোনো পরিকল্পনা থাকতে পারে কি না।

একটি পুরানো নথি তার চোখে পড়ল—ট্যালির ব্যক্তিগত রেকর্ডগুলোর মধ্যে লুকিয়ে থাকা একটি বার্তা। বার্তায় উল্লেখ ছিল একটি আন্তর্জাতিক প্রকল্পের কথা, যেখানে 'বিশেষ জৈব একক' গোপনে পরিবহনের পরিকল্পনা ছিল। নথিটি পরিষ্কার বলছিল—মাঙ্কু শুধু এক পরীক্ষার বস্তু নয়, বরং এটি পাচারের সম্ভাব্য কেন্দ্রবিন্দু।

বিনি মাথা নেড়ে বলল, "এটা শুধু একটি বিজ্ঞানী হিসেবে নয়, একজন মানুষের দায়িত্ব—যে প্রাণের জন্য আমি জীবন উৎসর্গ করেছি।" তার হৃদয় এক অদৃশ্য ভয়কে গ্রহণ করছিল—যদি মাঙ্কু এক বাণিজ্যিক শক্তির হাতের খেলনা হয়ে ওঠে, তবে এর ভয়াল পরিণতি অন্ধকারে ডুবিয়ে দিতে পারে পুরো মানবতা।

তার মনে ধীরে ধীরে স্পষ্ট হচ্ছিল—এখন শুধু গবেষণা নয়, তাকে গোপনে মাঙ্কুকে রক্ষা করতে হবে। কিন্তু কে তাকে সাহায্য করবে? তার চারপাশে থাকা মানুষদের কেউ কি সত্যিই তার পাশে থাকবে, নাকি তাদের স্বার্থ তাকে একা ফেলে দেবে?

বিনি জানত, এই সন্ধান তাকে এমন এক বিপদে নিয়ে যাবে, যেখান থেকে ফেরার পথ খুবই সীমিত...

বিনি সেদিন রাতভর নিজের ল্যাব থেকে বের হতে পারছিল না। মাঙ্কুর নিখোঁজ হওয়ার পর থেকে তার মন শুধুই একটি প্রশ্নে আটকে—"এটা কোথায় সম্ভব?" তার হাতে থাকা নথিগুলো তাকে একটি অজানা গন্তব্যের দিকে ঠেলে দিচ্ছিল।

একটি পুরোনো মানচিত্রে সে একটি ক্ষুদ্র চিহ্ন দেখতে পেল—একটি নির্দিষ্ট অবস্থান, যা প্রধান গবেষণা কেন্দ্রের তালিকায় নেই। চিহ্নটির পাশে অদ্ভুত একটি সাংকেতিক নাম লেখা ছিল—"প্রজেক্ট নেক্সাস"। বিনির কাছে এটি শুধুই একটি নাম ছিল না, বরং একটি বিপজ্জনক সত্যের আভাস।
রাতের অন্ধকারে, বৃষ্টি এখনও থামেনি। বিনি বুঝতে পারল, এই লুকানো গবেষণাগারটি মাঙ্কুর গোপন রহস্যের কেন্দ্র। সেখানে সম্ভবত এমন গবেষণা চলছে, যা বিজ্ঞান ও নৈতিকতার সীমা ছাড়িয়ে গেছে।
তাঁর মনে হঠাৎ জ্বলে উঠল এক ভয়াল ধারণা—"যদি এটা সত্য হয়, তবে মাঙ্কু শুধু একটি পরীক্ষণ নয়, একটি অস্তিত্বহীন প্রকল্পের অংশ হয়ে গেছে।"
বিনি ঠিক করল—যে কোনো মূল্যে সে সেই গোপন গবেষণাগারের খোঁজ পাবে। কিন্তু তার জানা ছিল না, এই যাত্রা তাকে এমন এক অন্ধকারে নিয়ে যাবে, যেখানে গবেষণা আর মানবিকতার রেখা মিলিয়ে যাবে...
বিনি যখন গভীরভাবে নথিপত্র যাচাই করছিল, তখন তার চোখ পড়ে এক অদ্ভুত ডকুমেন্টের উপর—একটি আন্তর্জাতিক যোগাযোগ তালিকা। তালিকায় বিশ্বের বিভিন্ন দেশে থাকা গোপন গবেষণা কেন্দ্র ও বিজ্ঞানীদের নাম লেখা ছিল। প্রতিটি নামের পাশে একটি কোড নাম এবং তার সাথে সংশ্লিষ্ট পরীক্ষার তথ্য ছিল।
সবচেয়ে অদ্ভুত বিষয়—"প্রজেক্ট নেক্সাস" এর নাম বারবার এই তালিকায় আসছিল, এবং এর সাথে যুক্ত ছিল এক

রহস্যময় প্রতিষ্ঠানের নাম—**"অর্কটিক সায়েন্স অ্যালায়েন্স"**। এটি একটি এমন আন্তর্জাতিক চক্র, যাদের অস্তিত্ব কখনোই সাধারণ মিডিয়ায় প্রকাশ পায়নি।

বিনি বুঝতে পারল, মাঙ্কুর ঘটনা শুধু তার নিজস্ব গবেষণার ফল নয়, বরং একটি বৃহত্তর গোপন প্রকল্পের অংশ। এই প্রকল্পে শুধু একটি ল্যাব নয়, বরং পুরো আন্তর্জাতিক নেটওয়ার্ক জড়িয়ে আছে—যা বৈজ্ঞানিক সীমা ছাড়িয়ে যায়, এবং সম্ভবত রাজনৈতিক ও সামরিক ক্ষেত্রেও প্রভাব ফেলছে।

বিনির হৃদয়ে ভয়ের সাথেই জাগল এক অদম্য আগ্রহ—এই রহস্যের অন্তরালে কি আছে, এবং মাঙ্কুর ভাগ্য কি এক অনির্ধারিত আন্তর্জাতিক ষড়যন্ত্রের ফল?

বিনি ঠিক করল—পরবর্তী পদক্ষেপ হবে এই আন্তর্জাতিক চক্রের সত্যতা উন্মোচন। কিন্তু তার জান wasn't কি—এই পথ একবার নিলে সে আর আগের মতো সাধারণ বিজ্ঞানী থাকতে পারবে না।

অধ্যায় 37 : গোপন গবেষণাগারের ইঙ্গিত

বিনি গভীর উদ্বেগ নিয়ে পুরনো ব্যাগ থেকে একটি ভেজা কাগজের টুকরো বের করে। কাগজটিতে অদ্ভুত প্রতীক এবং অর্ধেক লেখা থাকা ইংরেজি শব্দ—“Project Ae...”—লিখিত। ছেঁড়া অংশ থেকে বোঝা যায় এটি একটি বৃহৎ নথিপত্রের

অংশ, যা কোনো গোপন প্রকল্পের কথা প্রকাশ করে। বিনির মনে প্রশ্ন জাগে—এই নথিপত্র কি মাঙ্কুর উৎপত্তি সম্পর্কিত কোনো রহস্যের চাবিকাঠি? তার হাত কাঁপতে থাকে, কারণ এটি শুধু একটি টুকরো হলেও একটি বড় ষড়যন্ত্রের ইঙ্গিত বহন করছে।

বিনি ধীরে ধীরে কাগজের অন্য দিকে চোখ ফেলে দেখে একটি অদ্ভুত মানচিত্র অঙ্কিত আছে। মানচিত্রে একাধিক অচেনা চিহ্ন, অজানা ভৌগোলিক রেখা ও সংখ্যা-চিহ্ন মিলিত। মাঝখানে একটি লাল বৃত্ত আছে, যার মধ্যে "Site X" লেখা। মানচিত্রের এক কোণে ছোট করে "Confidential" লেখা আছে, যা দেখিয়ে দেয় এটি শুধুমাত্র নির্বাচিত ব্যক্তিদের জন্য তৈরি। বিনির মনে জাগে—এই মানচিত্র কি মাঙ্কুর উৎপত্তি কেন্দ্র, নাকি এটি এক বৃহৎ বৈজ্ঞানিক ষড়যন্ত্রের পথনির্দেশক? রহস্য যেন আরও গভীর হচ্ছে, আর বিনির মনে উদ্বেগ আর কৌতূহলের মিশ্রণ ছড়িয়ে পড়ে।

বিনি গভীর নিঃশ্বাস নিয়ে মানচিত্রটিকে বারবার পরীক্ষা করে। মনে হচ্ছে প্রতিটি রেখা ও চিহ্ন একটি গুপ্ত সংকেত বহন করছে। বিমল ও জয়ন্তরের কথা স্মরণ করে সে বুঝতে পারে—এটি শুধু একটি গবেষণার নথি নয়, এটি একটি পথনির্দেশ, যা মাঙ্কুর উৎস ও প্রকৃত রহস্যের দিকে নিয়ে যেতে পারে। এক মুহূর্তের দ্বিধা কাটিয়ে, বিনি দৃঢ় সিদ্ধান্ত নেন—সে এই মানচিত্রের অনুসন্ধান শুরু করবে। তবে এটিকে শুধুমাত্র একটি ব্যক্তিগত অনুসন্ধান হিসেবে নয়, বরং এটি হবে একটি বিপজ্জনক অভিযানের প্রারম্ভ, যেখানে

বিজ্ঞান, নৈতিকতা ও জীবন-সবই একসাথে পরীক্ষা হবে। বিনির চোখে আগুন জ্বলে ওঠে—একটি অজানা যাত্রা শুরু হচ্ছে।

অধ্যায় ৩৪ : বিমল ও জয়ন্তর উদ্বেগ

কোলকাতার অস্থিরতা আর ভীতিকর স্মৃতিগুলো এখনও বিনির মনে ছিল। মাঙ্কুর রহস্য, ভুয়া ট্যালি, গোপন ক্যামেরা, আন্তর্জাতিক ষড়যন্ত্র—সবই তার মনে গভীর অস্থিরতার স্রোত তৈরি করেছিল। এবার তার একমাত্র লক্ষ্য ছিল—এই খবর কোলকাতার বিশ্বমানের সংবাদমাধ্যমে পৌঁছানো, যেন সত্য ফাঁস হয়ে আন্তর্জাতিক নজরে আসে।

বিনির জন্য কোলকাতা শুধু আরেক শহর নয়; এটি ছিল বিজ্ঞান ও সাংবাদিকতার কেন্দ্র, যেখানে সঠিক খবর ছড়িয়ে পড়লেই বিশ্ব দ্রুত সাড়া দেয়। সকালে একটি ছোট বিমানে করে সে শহরে পৌঁছায়। আকাশপথের ভিজে থাকা শহরের দৃশ্য বিনির মনে এক অজানা আতঙ্ক ও দায়িত্বের মিশ্র অনুভূতি জাগায়।

কোলকাতায় পৌঁছানোর পর বিনি সরাসরি শহরের প্রাণকেন্দ্রে চলে আসে—একটি বিশিষ্ট সংবাদসংস্থার অফিসে। সে দরজায় প্রবেশের সঙ্গে সঙ্গে সাংবাদিকদের কৌতূহল জাগে। হাতে থাকা নথি, মানচিত্র, এবং ইনকিউবেটরের গোপন ছবি বিনির কথায় মিশে গিয়ে এক ভিন্ন রহস্যের রূপ নেয়।

সংবাদকর্মীরা অবিশ্বাস আর উৎসাহের মধ্যে বিনিকে ঘিরে ধরল। তারা জিজ্ঞেস করল—“আপনি কি সত্যিই এমন কিছু

দেখেছেন?" বিনি নীরবভাবে তার নথি খুলে তাদের সামনে ফেলে দিল। নথিগুলোতে ছিল ক্ষুদ্র কাগজপত্র, অদ্ভুত কোষীয় গঠন, মাঙ্কুর ছবি, এবং গোপন মানচিত্রের টুকরো। এসব প্রমাণ দেখেই উপস্থিত সাংবাদিকদের মধ্যে উদ্দীপনা ছড়িয়ে পড়ে।

বিনির বক্তব্যে ছিল সতর্কতার ছায়া—"এই খবর শুধু সংবাদ নয়, এটি একটি সতর্কবার্তা। এটি একটি আন্তর্জাতিক ষড়যন্ত্রের অংশ, যেখানে বিজ্ঞানকে অস্ত্র বানিয়ে মানুষের নিয়ন্ত্রণ নেওয়া হচ্ছে।"

সংবাদ সংস্থাটি তাৎক্ষণিকভাবে খবরটির গুরুত্ব বোঝে। তারা বিনিকে একটি প্রেস কনফারেন্সের আমন্ত্রণ জানায়। খবরটি কোলকাতার সীমানা ছাড়িয়ে আন্তর্জাতিক সংবাদমাধ্যমে পৌঁছাবে—এটি বিনির কাঙ্ক্ষিত লক্ষ্য।

কিন্তু বিনি জানে, এই খবরের ফলে সে আরও বড় বিপদের মুখোমুখি হবে। সে নিজের নিরাপত্তা নিয়ে চিন্তিত হলেও তার মনে দৃঢ় প্রত্যয়—"সত্যকে লুকানো যাবে না।"

শহরের ব্যস্ত রাস্তায়, মানুষের ভিড়ে, বিনি ধীরে ধীরে বুঝতে পারে—তার অনুসন্ধান কেবল শুরু। কোলকাতায় খবর পৌঁছানো শুধু এক ঘটনা নয়, এটি তার অভিযানের এক নতুন অধ্যায়ের সূচনা।

কোলকাতায় পৌঁছানোর পর সংবাদমাধ্যমের প্রথম সাড়া পাওয়া মাত্রই বিনির মনে শঙ্কা আর উত্তেজনা একসাথে জেগে ওঠে। তবে, সে জানে এই তথ্য শুধু প্রকাশ করলেই হবে

না—তার যোগাযোগ করতে হবে কিছু নির্দিষ্ট ব্যক্তির সাথে, যারা এই গোপন ষড়যন্ত্রকে বুঝতে ও এগিয়ে নিতে পারে। একটি ছোট ক্যাফেতে বসে, বিনি তার মোবাইল বের করল। তবে ফোনের নেটওয়ার্ক স্থির নয়, সংকেত আসা-যাওয়া করছে। সে বারবার নাম্বার ডায়াল করে যাচ্ছিল, কিন্তু প্রতিবারই উত্তর আসছিল না। প্রত্যেকবার কল ফেলে তিনি একটু চাপা হেসে বলল—"এটাই কি প্রথম সংকেত যে কেউ আমাদের কথা শুনতে চাইছে না?"

প্রথমে সে তার সহকর্মী বিমলের সাথে যোগাযোগ করার চেষ্টা করল। বিমল ব্যস্ত ছিলেন বলে কল রিসিভ করেননি। এরপর বিনি প্রফেসর ট্যালি ও আন্তর্জাতিক জার্নাল সম্পাদককে কল দিল, কিন্তু সেখানে এক অচেনা কণ্ঠ শোনা গেল—"আপনি কি জানেন যে আপনি কার সাথে কথা বলছেন?" এবং হঠাৎই লাইন কেটে যায়।

বিনির মনে এক অজানা শঙ্কা জন্ম নিল—"কারা আমাকে ব্লক করছে? এবং কেন?" সে বুঝতে পারল যে শুধুমাত্র সংবাদ প্রকাশই নয়, তাকে গোপন হুমকি ও প্রতিরোধের মুখেও দাঁড়াতে হবে।

তবুও বিনি থেমে থাকল না। সে তার ল্যাপটপ খুলে একটি নিরাপদ ইমেইল তৈরি করল, যেখানে সমস্ত প্রমাণ, ছবি ও নথি সংযুক্ত করল। কিন্তু প্রথমে সে চেষ্টা করল ফোনের মাধ্যমে দ্রুত বার্তা পৌঁছে দিতে। বারবার ডায়াল, বারবার লাইন কেটে যাওয়ায় বিনি অনুভব করল—"এখন সময় একা লড়াই করার।"

ফোনে যোগাযোগের এই ব্যর্থ চেষ্টা বিনির মধ্যে এক অদ্ভুত মিশ্র অনুভূতি তৈরি করল—একদিকে নিরাশা, অন্যদিকে দৃঢ়তা। সে বুঝল যে, সত্যকে প্রকাশের পথে বাধা থাকলে, তাকে নতুন পরিকল্পনা তৈরি করতে হবে।

ফোনটি টেবিলে রেখে বিনি গভীর চিন্তায় ডুবে গেল। বাইরে কোলকাতার শহরের আলো ঝলমল করে উঠছিল—এক ধরণের আগামীর আহ্বান যেন বিনিকে ডাকছে।

ফোনে বারবার ব্যর্থ যোগাযোগ ও হঠাৎ অজানা বাধার সম্মুখীন হওয়ার পর বিনি, বিমল ও জয়ন্তর একটি চুপচাপ মিটিংয়ে মিলিত হয়। তারা একটি ছোট হোটেলের লবি কোণে বসে বিষয়টি আলোচনা শুরু করল।

বিমল প্রথমে বলল, “আমরা যদি এখানেই থাকি, আমাদের পথচলার তথ্য আর নিরাপত্তা উভয়ই বিপদে পড়বে। কেউ আমাদের ওপর নজর রাখছে, আর আমরা জানি না কতটা গভীর এই ষড়যন্ত্র।”

জয়ন্তর নিরপেক্ষভাবে যুক্তি দিল, “তথ্য সুরক্ষা ও নিরাপত্তা—দুটি একসাথে অর্জন করতে হলে আমাদের এমন জায়গায় যেতে হবে যেখানে আমাদের প্রকল্পের নিরাপত্তা ও গবেষণার স্বাধীনতা রয়েছে।”

বিনিও মৃদু কণ্ঠে যোগ করল, “আমি এখন জানি আমাদের কাজ শুধু বিজ্ঞান নয়, এটা একটি যুদ্ধ—একটি গোপন যুদ্ধ। আর এই যুদ্ধে আমাদের শক্তি ও নিরাপত্তা দুটোই দরকার।”

তারা একে অপরের দিকে দীর্ঘক্ষণ তাকাল। চূড়ান্ত সিদ্ধান্তে পৌঁছানোর আগে অন্তর্দৃষ্টি ও ভেতরের ভয় তাদের মধ্যে

প্রবলভাবে প্রকাশ পেল। জয়ন্তর চূড়ান্ত বলল, "আমাদের যেতে হবে জার্মানিতে—একটি জায়গা যেখানে আমাদের গোপন গবেষণাগারের নিরাপত্তা নিশ্চিত হবে, যেখানে আমরা নতুন উৎস থেকে সহযোগিতা পাব।"

বিমল যোগ করল, "জার্মানি শুধু প্রযুক্তিগত ও বৈজ্ঞানিক কারণে নয়, সেই দেশ আমাদের গবেষণার জন্য আন্তর্জাতিক সহযোগিতা ও নিরাপত্তা দেবে।"

বিনি শান্তভাবে মাথা নেড়ে বলল, "ঠিক আছে। তবে, আমাদের শুধু যেতে হবে না—আমাদের যেতে হবে প্রস্তুত হয়ে, পুরো গোপন পরিকল্পনা নিয়ে।"

তারা চূড়ান্তভাবে সিদ্ধান্ত নিল—পরবর্তী সপ্তাহে তারা জার্মানিতে চলে যাবে। এই সিদ্ধান্ত ছিল শুধু একটি ভ্রমণ নয়, বরং নতুন গবেষণার সূচনা, এবং একটি গোপন যাত্রার প্রারম্ভ।

তাদের মনে ভয় ছিল, কিন্তু সেই ভয়কে তারা নিজের অজান্তে শক্তিতে রূপান্তর করল। বাইরের অজানা পৃথিবীর দিকে তারা নতুন এক অধ্যায় শুরু করার জন্য প্রস্তুত হল।

অধ্যায় 39 : মাঙ্কুর বিপদের আশঙ্কা

জার্মানির সীমানা পেরোনোর পর বিনির দল একটি নির্দিষ্ট শহরে এসে থামে। তারা সেখানে একটি গোপন স্থানে প্রবেশ করে, যেখানে প্রফেসর ট্যালির নির্দেশে একটি অত্যাধুনিক ল্যাব গড়ে তোলা হয়েছিল। ল্যাবটি ছিল কাচের দেওয়ালে

ঘেরা, যেখানে বাইরে থেকে ভিতরের সব কার্যকলাপ দেখা যেত, কিন্তু ভিতরে প্রবেশ করা ছিল কঠোর নিয়ন্ত্রণাধীন। তাদের প্রথম কাজ ছিল মাঙ্কুকে পরীক্ষা করা। কিন্তু বিনি যখন ইনকিউবেটরের দিকে এগোল, তখন অবাক হয়ে দেখল মাঙ্কুর শরীর অচেনা আলোয় ঝলমল করছে, এবং সে স্থির ছিল, যেন নিজের ইচ্ছা হারিয়ে ফেলেছে। মাঙ্কুর চোখের দিকে একটি অদ্ভুত সবুজ ঝলক যাচ্ছিল, যা স্পষ্টত অন্য কারও প্রভাবের ইঙ্গিত দিচ্ছিল।

বিনি আতঙ্কিত হয়ে বলল, "এটা কি সম্ভব? কেউ কি মাঙ্কুকে নিয়ন্ত্রণ করছে?"

বিমল মৃদু কণ্ঠে উত্তর দিল, "হ্যাঁ... এবং আমরা জানি কে তার পিছনে।"

জয়ন্তর নীরবে ইনকিউবেটরের পাশে এসে দাঁড়াল। সে মাঙ্কুর শরীরের উপর মনোযোগী হয়ে বলল, "এটি শুধু জৈবিক নয়, এটি একটি মানসিক নিয়ন্ত্রণ প্রযুক্তি—সম্ভবত ট্রান্সজেনিক কোডের মাধ্যমে।"

বিনি চিন্তায় ডুবে গেল। মাঙ্কু তার বন্ধু, তার সৃষ্টি, কিন্তু এখন অন্য কারও আদেশে চলে যাচ্ছে—এটি শুধু শারীরিক নয়, এটি একটি মানসিক দাসত্ব। বিনির মনে প্রশ্ন উঠল—"আমরা কি সত্যিই মাঙ্কুর মুক্তি দিতে পারব?"

হঠাৎ ল্যাবের ভেতর থেকে একটি ধ্বনিতে সাড়া এল। একটি কৃত্রিম কণ্ঠ বলল, "মাঙ্কু এখন আমার নিয়ন্ত্রণে। তোমাদের প্রকল্প শেষ হতে যাচ্ছে।"

এই শব্দ বিনির কানে এমনভাবে বাজল যেন একটি বিপদের ঘণ্টা বেজে উঠল।

তারা বুঝল—জার্মানিতে আসা শুধুই নতুন গবেষণার জন্য নয়, এটি ছিল নতুন এক যুদ্ধের প্রারম্ভ, যেখানে মাঙ্কু শুধু একটি অস্ত্র, আর তারা সেই যুদ্ধে নিজেদের অবস্থান নির্ধারণ করতে হবে।

বিনি, বিমল ও জয়ন্তর ল্যাবের এক কোণে বসে গভীরভাবে আলোচনা করছিল। মাঙ্কুর নিয়ন্ত্রণ দেখে তাদের মধ্যে একটি ভীতির ছায়া নেমে এসেছে। তবে তাদের বুঝতে দেরি হল না—এটি কোনো সাধারণ গবেষণা নয়, এটি ছিল সামরিক-গোপন প্রকল্প।

বিমল নীরব চেহারায় বলল, "আমরা শুধু একে ট্রান্সজেনিক জীব বানাইনি। আমরা তাকে এমন এক অস্ত্রে পরিণত করেছি, যা দূরের দেশে নিয়ন্ত্রণ ও যুদ্ধের মানচিত্র পরিবর্তন করতে পারে।"

জয়ন্তর নিজের হাতে একটি নথি তুলে ধরল—যেখানে কাগজে ঝাপসা হলেও কিছু শব্দ স্পষ্ট ছিল—"সামরিক প্রয়োগ, নিয়ন্ত্রণ প্রযুক্তি, অস্ত্রায়ন, অদৃশ্য বাহিনী।" এই শব্দগুলো স্পষ্টভাবে দেখাচ্ছিল যে মাঙ্কুর মতো প্রাণী কেবল বৈজ্ঞানিক কৌতূহলের জন্য তৈরি হয়নি, বরং এটি ছিল একটি গোপন সামরিক অস্ত্রের অংশ।

বিনি কণ্ঠে জোর দিয়ে বলল, "তাহলে আমরা একটা বিপদ নিয়ে খেলছি—যা শুধু আমাদের নয়, সারা বিশ্বের জন্য ভয়ঙ্কর হতে পারে।"

বিমল মাথা নেড়ে উত্তর দিল, “তাদের পরিকল্পনা বিশাল—শুধু যুদ্ধ নয়, এটি নিয়ন্ত্রণ, প্রজন্মের নিয়ন্ত্রণ। এমন এক সময় আসছে যখন এক রাষ্ট্রের হাতে এমন প্রাণী থাকলে অন্যদের প্রতিরোধ সম্ভব হবে না।”

জয়ন্তর নীরবে নথিটি পুড়ে ফেলার আগে বলল, “আমরা এখন শুধু গবেষক নয়, আমরা সিদ্ধান্তগ্রহণকারী, এবং আমাদের সিদ্ধান্তে নির্ধারিত হবে মাঙ্কুর ভবিষ্যত।”

বিনি জানত—এটি একটি বড় সংকট, আর এর গভীরতা তাদের এখনও পুরোপুরি জানা নেই। সামরিক প্রয়োগের সম্ভাবনা তাদের ভাবনার সীমানা ভেঙে দিয়েছে, এবং মাঙ্কুর প্রতি দায়বদ্ধতা তাদের একটি কঠিন সিদ্ধান্তের মুখে দাঁড় করিয়েছে।

এক অদৃশ্য সিসটেমের নিচে, মাঙ্কু নিস্প্রাণ নয়, বরং এক ধরনের প্রস্তুত সৈন্য হয়ে উঠছে—যার নিয়ন্ত্রণ তাদের নাগালে নেই।

বিনি গভীর নীরবতায় বসে ছিল। তার চোখে অশ্রু জমে আসছিল, কিন্তু সে তা মুছে ফেলল। মনের ভিতরে এক ভয়াল সত্য ধীরে ধীরে চেপে আসছিল—মাঙ্কুর অস্তিত্ব শুধু একটি বৈজ্ঞানিক চ্যালেঞ্জ নয়, এটি ছিল এক সম্ভাব্য বিশ্ববিপর্যয়ের প্রারম্ভ।

জয়ন্তর নীরবভাবে তার পাশে এসে বসল, “তুমি কি ভাবছ, বিনি? যদি এটা সামরিক বাহিনীর হাতে চলে যায়, তাহলে আমাদের নিয়ন্ত্রণ হারাতে সময় লাগবে না।”

বিনি মাথা নেড়ে উত্তর দিল, “না, সময়ই নেই। আমাদের মাঙ্কু শুধু একটি প্রাণী নয়—এটি এক নতুন ধরণের অস্ত্র। এর শক্তি এবং ক্ষমতা যদি সঠিক বা ভুল হাতে চলে যায়, তাহলে বিশ্ববিপর্যয় অচিরেই আসবে।”

বিমল কঠিন কণ্ঠে বলল, “এটা শুধু অস্ত্র নয়, এটা এক নতুন যুগের সূচনা। যুদ্ধের নিয়ম বদলে যাবে। যদি এক দেশের হাতে এমন শক্তি থাকে, অন্য দেশগুলোই নয়, পুরো মানবজাতি বিপন্ন হবে।”

বিনির মনে ঘুরছিল এক ভয়াল চিত্র—মাঙ্কু নিয়ন্ত্রণ হারিয়ে ফেললে, তার অদ্ভুত শক্তি ভয়াবহ ধ্বংসযজ্ঞে রূপ নেবে। শুধু সামরিক ব্যবহারের সম্ভাবনা নয়, বরং জৈব-অস্ত্রায়নের একটি নতুন যুগ শুরু হবে, যেখানে মানুষ আর প্রকৃতির নিয়ন্ত্রণে থাকবে না।

বিনি জানত, এই আবিষ্কারের গোপন রহস্য যদি সঠিক সময়ে প্রকাশিত না হয়, তাহলে তিনি শুধু একজন বিজ্ঞানী হিসেবে নয়, বরং মানবজাতির বিপর্যয়ের নীরব সাক্ষী হয়ে থাকবেন। হৃদয়ের গভীরে একটি ভয় দানা বাঁধল—**এই জ্ঞান কি মানবতার মুক্তির পথ নাকি তার সর্বশেষ বিপর্যয়ের সূচনা?** আকাশের অন্ধকারে একটি ঝড় ছায়া ফেলল, আর বিনির মনের অস্থিরতা এক নতুন সংকল্পে রূপ নিল—যে সংকল্প তার জীবনের চূড়ান্ত পরীক্ষা হবে।

অধ্যায় 40 : বিনির প্রথম অনুসন্ধান

বিনি, জয়ন্তর, এবং বিমল তিনজনেই গাড়ি থেকে নামল। চারপাশে নতুন শহরের অচেনা রূপ তাদের সামনে বিস্তৃত ছিল—চকচকে রাস্তায় উজ্জ্বল বাতি, অদ্ভুত স্থাপত্য, আর মানুষের ভিড়ে যেন এক অচেনা সুর বাজছিল। প্রতিটি মানুষ যেন অন্য একটি জগতের বাসিন্দা, তাদের চলন-চলন, ভাষা, ও ভাব প্রকাশে মিশ্র রহস্য ছিল।

বিনি গভীর শ্বাস নিয়ে বলল, "আমরা এখানে কোথায় এসেছি? এই শহরের নাম কি?" কিন্তু জয়ন্তর মাথা নেড়ে জানাল, "আমরা ঠিক বুঝতে পারছি না, বিনি। তবে আমি নিশ্চিত, আমাদের এই শহরে আসার উদ্দেশ্য শুধু ভ্রমণ নয়—আমরা কিছু খুঁজছি।"

তারা ধীরে ধীরে শহরের ভেতরে প্রবেশ করল। দোকানঘর, রাস্তার পাশে বসা মানুষ, দূর থেকে আসা ধোঁয়া—সবকিছুই তাদের নজর কেড়ে নিচ্ছিল। কিন্তু বিনির মন অন্যত্র ব্যস্ত ছিল—মাঙ্কু, সেই অদ্ভুত প্রাণী, কোথায় আছে, তা খুঁজে বের করার ব্যগ্রতা তার ভিতরে এক অদ্ভুত উত্তেজনা সৃষ্টি করেছিল।

বিমল ফোন খুলে পাশের কারুর সাথে যোগাযোগ করল। কিন্তু সিগন্যাল দুর্বল, বারবার বন্ধ হয়ে যাচ্ছিল। জয়ন্তর কাঁধে হাত রেখে বলল, "এটা কোনো সাধারণ শহর নয়। আমাদের এখানে গোপন কিছু আছে, বিনি। আর আমাদের সেই গোপন খুঁজে বের করতে হবে।"

বিনি কিছু না বলে শহরের রাস্তায় পা বাড়াল। চারপাশের গণ্ডগোল এবং অচেনা সুর তাকে এক অদ্ভুত আবহে টেনে

নিচ্ছিল—মনে হচ্ছিল, এই শহর যেন মাঙ্কুর অস্তিত্বের গোপন নকশা ধারণ করে রেখেছে।

তাদের অনুসন্ধানের পথ শুরু হয়েছিল, কিন্তু প্রতিটি পদক্ষেপের সাথে সাথে বুকে বাড়ছিল এক অনির্দিষ্ট আশঙ্কা—

এখন থেকে তাদের যাত্রা শুধু একটি অনুসন্ধান নয়, বরং একটি বিপজ্জনক অভিযান।

বিনি, জয়ন্তর, ও বিমল অচেনা শহরের মধ্য দিয়ে এগোচ্ছে। তাদের চোখে শহরের এই ভিন্ন রূপ—জটিল গলিপথ, উজ্জ্বল রঙের হালকা আলো, আর দূর থেকে শোনা অজানা সুর—সব কিছুই নতুন অভিজ্ঞতা হিসেবে ভেসে উঠছে। কিন্তু সেই অচেনা আবহের মাঝেই একটি অদ্ভুত অনুভূতি তাদের কাঁপিয়ে তুলছে—কেউ বা কেউ তাদের অনুসরণ করছে।

জয়ন্তর হঠাৎ থেমে বলল, “তোমরা কি দেখেছ? ওই ছায়া—আমাদের পিছনে, ঠিক গলির মোড়ে।” তিনি হাতের আঙ্গুলে ইঙ্গিত করলেন। বিনি দ্রুত ফিরে তাকাল, কিন্তু কিছু দেখতে পেল না। তবে বিমলের চোখে সন্দেহের ছায়া পড়ে গিয়েছিল—সে স্পষ্টতই কারো চোখের দিকে নজর রাখছিল।

তাদের যাত্রা আগের চেয়ে আরও সতর্ক হয়ে গেল। প্রতিটি পদক্ষেপে বিনি মনে মনে যাচাই করছিল—মাঙ্কুর অবস্থান, তাদের উদ্দেশ্য, এবং এই অচেনা শহরে তাদের নিরাপত্তা। গলির মোড় ঘুরতে ঘুরতে তারা বুঝতে পারল, অনুসরণকারীরা শুধু শারীরিক নয়, বরং অদ্ভুতভাবে “অদৃশ্য”—তাদের ছায়া যেন সবসময় শহরের প্রাচীরের সঙ্গে মিশে যাচ্ছে।

বিমল ফিসফিস করে বলল, "এরা এক সাধারণ ব্যক্তি নয়। এরা আমাদের মাঙ্কু এবং তার রহস্যের দিকে নিয়ে যাচ্ছে।"

জয়ন্তর সতর্কভাবে বলল, "আমাদের কিছু বুঝে ছাড়তে হবে। যদি এরা আমাদের পথরোধ করে, তবে আমরা বিপদের মধ্যে পড়ব।"

বিনি নিজের মনে সিদ্ধান্ত নিল—যাত্রা থামানো নয়, বরং অনুসরণকারীদের খোঁজে এগিয়ে চলা। কিন্তু তার মনে ভাসছিল এক ভয়াবহ প্রশ্ন—**এই অনুসরণকারীরা কি শুধুই অনুসরণ করছে, নাকি তারা তাদের নিয়ন্ত্রণের জন্য পরিকল্পনা করছে?**

তাদের পথ এগোতে লাগল, আর শহরের গহীনে ঢুকে তারা হারিয়ে গেল এক অদ্ভুত ছায়ার জালে—যেখানে প্রতিটি সাড়া, প্রতিটি পদক্ষেপ তাদের কাছে নতুন রহস্য ও বিপদের বার্তা নিয়ে আসছিল।

গলিপথের শেষে তারা একটি বিস্তৃত খোলা চত্বরে পৌঁছালো—শহরের এই অংশটি আগের চেয়ে আরও অচেনা, রহস্যময় এবং নিঃশব্দ। চারপাশে দেয়াল এবং অদ্ভুত গঠনযুক্ত ভবন, যেন এক পুরোনো forgotten শহরের অবশেষ। বাতাসে ছিল বিদ্যুৎসম ঝাঁকুনি—এক অদৃশ্য শক্তির অনুভূতি।

জয়ন্তর চারপাশে তাকিয়ে বলল, "এই জায়গা... এটা শুধু শহরের অংশ নয়। এখানে এমন কিছু আছে যা আমরা আগে দেখিনি।"

বিমল কপালে ভাঁজ দিয়ে বলল, "আমরা ভুলে যাওয়া এক গভীর গোপন কক্ষে ঢুকে পড়েছি।"

তাদের পেছনে ধীরে ধীরে আসছিল সেই অদৃশ্য অনুসরণকারীদের উপস্থিতি। এবার শুধু ছায়া নয়—একটি গভীর শ্বাসের শব্দ, অচেনা মৃদু পদধ্বনি, এমনকি বায়ুর স্পর্শও যেন বিপদের আভাস দিচ্ছিল। মাঙ্কু ইনকিউবেটরের ভিতর থেকে অদ্ভুতভাবে কেঁপে উঠল—বিনি তা স্পর্শ করে বুঝল, এই কেঁপুনি শুধু শারীরিক নয়; এতে ছিল এক অদ্ভুত শক্তির সংকেত।

বিনি ও জয়ন্তর একে অপরের দিকে তাকাল—তাদের চোখে ভয় আর জিজ্ঞাসার মিশ্রণ। বিমল নিঃশব্দে কাঁধে হাত রাখল, যেন প্রস্তুত হচ্ছে কোনো হঠাৎ সংঘাতের জন্য।

জয়ন্তর ফিসফিস করে বলল, "আমরা এখানে শুধু অনুসরণকারী নয়—আমরা কোন এক খেলায় পা রেখেছি, যেখানে খেলোয়াড়েরা আমাদের নিয়ন্ত্রণ করছে।"

বিনি তার মনে শক্তভাবে অনুভব করল—**এই যাত্রা শুধু মাঙ্কুর জন্য নয়, এটি মানবজাতির জন্য এক বিপজ্জনক পরীক্ষার অংশ**।

তার সামনে এক অদ্ভুত দৃশ্য ফুটে উঠল—দূরের অন্ধকারে, একটি বিশাল ছায়া ধীরে ধীরে তাদের দিকে এগোচ্ছে, আর সেই ছায়ার মাঝে লুকিয়ে আছে এক ভয়ঙ্কর শক্তির আভাস। বিনির গলায় এক অজানা শ্বাস আটকে গেল। সে বুঝল—তাদের যাত্রা শেষ নয়, বরং একটি নতুন বিপদের সূচনা।

পর্ব ৫ : ষড়যন্ত্রের জাল

অধ্যায় 41 : নকল ট্যালির আসল পরিচয়

সন্ধ্যার মতো ধীরে ধীরে শহর ঘন অন্ধকারে ঢেকে যাচ্ছে। বাতাসে এক অদ্ভুত চাপ—যেন প্রকৃতি itself তাদের কোনো বিপদের আগমনের বার্তা পাঠাচ্ছে। বিনি, জয়ন্তর, বিমল—all তিনজন নির্জন রাস্তার মোড়ে দাঁড়িয়ে—আগামী মুহূর্তের জন্য প্রস্তুত।

হঠাৎ, একটি সাদা পোশাকধারী ব্যক্তি তাদের সামনে এলো। সে ছিল ভুয়া ট্যালি—যাকে তারা বহুদিন ধরে অনুসরণ করছিল। তার চোখে অদ্ভুত এক দীপ্তি, আর কথা বলার আগে তার মুখে বিরক্তির সঙ্গে গভীর রহস্য লুকানো হাসি।

বিনি জিজ্ঞেস করল, "তুমি সত্যিই কে? তোমার আসল পরিচয় কী?"

ভুয়া ট্যালি ধীরে ধীরে নিজের কাঁধে থাকা কোট সরিয়ে নিল। আকাশে আলোছায়ার খেলা—তার মুখের অর্ধেক ছায়ায় ঢাকা, অর্ধেক আলোর মধ্যে উজ্জ্বল। তখন সে বলল, "আমার নাম... আর ট্যালি নয়। আমি... অরিয়ন ক্রেস।"

বিমল হতবাক হয়ে বলল, "অরিয়ন ক্রেস? সেই নামটি কোথা থেকে?"

জয়ন্তরের চোখে বিস্ময় আর সন্দেহের মিলন। "তুমি কেন এতদিন ভুয়া পরিচয়ে চলেছ?" সে প্রশ্ন করল, কিন্তু অরিয়ন কোনো উত্তর না দিয়ে শুধু বিনির দিকে তাকাল।

অরিয়ন ক্রেসের কণ্ঠে ছিল গভীর রহস্য আর হিমশীতল সংকল্প—"বিনি... তুমি জানবে না আমি কেন এই পথ বেছে নিয়েছি। কিন্তু আমি এখানে এসেছি তোমাদেরকে এক ভয়ঙ্কর সত্য জানানোর জন্য—একটি সত্য যা এই পৃথিবীর ভিত্তি বদলে দিতে পারে।"

বিনির হৃদস্পন্দন বেড়ে গেল। সে বুঝল—এখন যে ঘটনা ঘটতে চলেছে তা শুধু তাদের নয়, পুরো মানবজাতির জন্য এক বড় বিপদের সূচনা।

পেছনে অন্ধকারে, মাঙ্কুর অচেনা কণ্ঠে যেন ফিসফিস করল—"সবশেষে সব সত্য বেরিয়ে আসবে..."

অরিয়ন ক্রেস—যার আসল পরিচয় ভুয়া ট্যালি থেকে উদঘাটিত—তার মুখে এক অদ্ভুত গম্ভীর ভাব। সে দীর্ঘশ্বাস নিয়ে বলল, "তোমরা ভাবছ কেন আমি এতদিন আমার আসল পরিচয় লুকিয়েছিলাম? কারণ, বিনি... সত্যটা খুবই জটিল।"

বিনি ও জয়ন্তর কণ্ঠ মিলিয়ে জানতে চাইল—"তুমি কি সত্যিই আমাদের সঙ্গে কেন এভাবে গোপনীয়তা রক্ষা করছিলে?"

অরিয়ন চুপ করে এক মুহূর্ত চেয়ে রইল। তারপর ধীরে ধীরে বলল—"আমি মাফিয়া জগতের সঙ্গে যুক্ত। তবে শুধুমাত্র একটা মাফিয়া নয়—একটি আন্তর্জাতিক চক্র, যার হাত মানুষের বিজ্ঞান, রাজনৈতিক ক্ষমতা, আর অস্ত্র ব্যবসার মধ্যে গভীরভাবে আছে। তারা আমার পেছনে আসার মূল কারণ—তারা চাইছে মাঙ্কুর মতো একটি সৃষ্টিকে নিয়ন্ত্রণে রাখতে।"

জয়ন্তর তীক্ষ্ণ কণ্ঠে বলল, "তুমি কি বলছ—তারা শুধুমাত্র বৈজ্ঞানিক নয়, তারা চাইছে সামরিক ও অর্থনৈতিক ক্ষমতাও?"

অরিয়ন মাথা নাড়ল, "হ্যাঁ। মাঙ্কুর মতো একটি প্রজাতি যদি তাদের নিয়ন্ত্রণে চলে, তবে পৃথিবীর উপর তাদের আধিপত্য অটুট হবে। তারা চাইছে এমন একটি অস্ত্র, যা কোনও দেশের বা সেনার জন্য নিয়ন্ত্রণ করা কঠিন হবে।"

বিনি হতবাক হয়ে বলল, "তাহলে আমাদের এই তথ্য কীভাবে ব্যবহার করতে হবে?"

অরিয়ন ক্রেসের চোখে এক অদ্ভুত আগুন জ্বলে উঠল—"তোমাদের অবশ্যই এটা সকলের কাছে জানাতে হবে। কিন্তু সাবধান, মাফিয়া চক্রের হাত অনেক গভীর। তোমরা যা শুরু করছ, তার শেষ ভয়ঙ্কর হতে পারে।"

সেই মুহূর্তে, দূরের অন্ধকার থেকে এক অচেনা ছায়া ধীরে ধীরে তাদের দিকে এগিয়ে আসল—একটা ইঙ্গিত, যে এই সন্ধ্যা কেবল একটি ঘোষণা নয়, বরং এক ভয়ঙ্কর যাত্রার শুরুর মুহূর্ত।

বিনির মন অচেতন ভয় ও সন্দেহে ভরেছে। অরিয়নের মুখ থেকে যে তথ্যগুলো এসেছে, তা যেন এক বিষাক্ত ধোঁয়ার মতো তার মনে থমথমে করেছিল। সে জানত, এটি শুধু এক গবেষণার বিপদ নয়—এটি একটি জগৎ জুড়ে প্রলয় সৃষ্টির ষড়যন্ত্র।

বিনির চোখে এক অদ্ভুত দৃঢ়তা এসে ঠেকল। সে ভাবতে লাগল—যে শক্তি মাঙ্কুর মধ্যে নিহিত, তা যদি মাফিয়া চক্রের

হাতে চলে যায়, তাহলে শুধু বিজ্ঞান নয়, মানবজাতির অস্তিত্বই বিপন্ন হবে। তার মনে এক প্রশ্ন উদ্ভূত হল—"আমাদের শত্রু কারা?"

জয়ন্তর চুপ করে বিনিকে চেয়ে থাকল। বিনি ভয় আর সংকল্পের মিশ্র অনুভূতি নিয়ে বলল, "আমরা জানি এখন পর্যন্ত শুধু একটি নাম—অরিয়ন ক্রেস। কিন্তু তার পেছনে যে আন্তর্জাতিক চক্র আছে, তারা আমাদের প্রকৃত শত্রু। তারা আমাদের থেকে আগেই অনেক এগিয়ে আছে, এবং আমাদের প্রতিটি পদক্ষেপ তারা নজর রাখছে।"

বিনি তার কাগজপত্রের মাঝে লুকানো একটি নথি বের করল—একটি ডায়াগ্রাম যা মাফিয়া চক্রের গোপন নেটওয়ার্ককে চিত্রিত করে। বিনি বুঝল, এই নেটওয়ার্ক শুধু বিজ্ঞান নয়, রাজনীতি ও অর্থনীতির গভীর জাল—যেখানে তার শত্রুদের ছায়া রয়েছে।

সে মৃদু কণ্ঠে বলল, "আমাদের শুধু মাঙ্কুকে রক্ষা করলেই হবে না... আমাদের এই চক্রকে থামাতে হবে। আর এর জন্য প্রথমে আমাদের তাদের চিনতে হবে—আমাদের শত্রু নিশ্চিত করতে হবে।"

বৃষ্টি শুরু হলো বাইরে, যেন প্রকৃতিই এই মুহূর্তের গম্ভীরতা জানাতে চাচ্ছে। বিনি জানল, তাদের যাত্রা এখন থেকে আর আগের মতো সহজ হবে না—এটি একটি যুদ্ধের শুরু, যেখানে বিজ্ঞান, বিশ্বাস, আর মানুষের ভাগ্য লড়াই করবে।

অধ্যায় 42 : আন্তর্জাতিক মাফিয়া নেটওয়ার্ক

বৃষ্টি থামলেও বিনির মনে ঝড় থামল না। জার্মানির এক নির্জন কক্ষে বসে সে নথিপত্র এবং পুরানো ডকুমেন্টস খুঁটিয়ে দেখছিল। সেই নথিগুলো শুধু মাঙ্কুর নয়—বরং একটি ভয়ঙ্কর ইতিহাসের চাবিকাঠি ছিল।

ডায়াগ্রামের পাশেই ছিল একটি পুরনো রিপোর্ট—২০০৫ সালের একটি গোপন গবেষণা সংক্রান্ত নথি, যেখানে প্রথমবার "জেনেটিক ট্রান্সপোর্ট" বা জেনেটিক পাচারের কথা উল্লেখ আছে। নথি জানাচ্ছিল, বিশ্বের বিভিন্ন দেশে গোপনভাবে এমন এক চক্র কাজ করে এসেছে, যা জেনেটিক মডিফিকেশন এবং প্রজাতির লুকানো ট্রান্সপোর্টকে অপরাধমূলকভাবে পরিচালনা করে।

বিনির মনে হলো, মাফিয়া চক্রের মূল ভিত্তি এই জেনেটিক পাচার। এই নথিতে বর্ণিত তথ্য অনুযায়ী—বিশ্বের প্রাচীন কয়েকটি রাষ্ট্র গোপনে এই প্রযুক্তি ব্যবহার করে নিজেদের সামরিক শক্তি বাড়িয়েছে। এসব প্রক্রিয়া কখনো আইনানুগ হয়নি; বরং সবই লুকিয়ে, গোপন জায়গায় চালানো হয়েছে। বিনির চোখে প্রশ্নের ঝলক—"এই ইতিহাস কি শুধু বিজ্ঞানীর ক্ষতি আর লাভের গল্প নয়? নাকি এর পিছনে আরও বড় ষড়যন্ত্র লুকিয়ে আছে?"

তার সামনে থাকা নথি জানাচ্ছিল, এই পাচার শৃঙ্খল শুধু জেনেটিক নয়—এর মধ্যে রয়েছে রাজনৈতিক লড়াই, অর্থনৈতিক প্রতিদ্বন্দ্বিতা, এবং আন্তর্জাতিক গুপ্তচর ব্যবস্থা। মাঙ্কুর মতো একটি প্রাণী কেবল একটি পদক্ষেপ ছিল সেই বিস্তৃত ষড়যন্ত্রের পথে।

বিনি হঠাৎ বোঝল—তাদের সামনে শুধুমাত্র একটি গোপন শক্তি নয়, একটি দীর্ঘকাল ধরে গড়ে ওঠা জাল রয়েছে, যা তাদের গবেষণাকে ধ্বংস করার চেষ্টায়। এই জাল ছেদ করতে হলে শুধু বিজ্ঞান নয়, তাদের সাহস ও কৌশলও প্রয়োজন হবে।

বৃষ্টি থেমে গেলেও বিনির মনে ঝড়ের শব্দ অব্যাহত ছিল—একটি যুদ্ধে প্রবেশের ডাক, যেখানে ইতিহাস ও ভবিষ্যৎ একসাথে লড়াই করবে।

বৃষ্টি আর ঝড় থেমে গেলেও বিনির মনের মধ্যে ঝড় থামল না। সে জানত, এই জেনেটিক পাচারের ঘটনা শুধুই বিজ্ঞান নয়—এর পিছনে ছিল বিশাল অর্থের লেনদেন, মুনাফার হিসাব।

বিনির হাতে ছিল একটি গোপন আর্থিক রিপোর্ট, যা কোনো ব্যাংকের লুকানো সার্ভারে পাওয়া। রিপোর্টে লিপিবদ্ধ ছিল: এক এক প্রজেক্টের বিনিয়োগ, গবেষণার খরচ, সফলতার পর লাভ এবং সেই লাভের বিতরণ। হিসাবটি বলছিল যে—জেনেটিক পাচার শুধু সামরিক শক্তি নয়, একটি অচেনা অর্থনীতির উৎস।

প্রতিটি মডিফায়েড জীব এবং ট্রান্সজেনিক প্রাণীর 'মূল্য' ছিল কোটি কোটি ডলার। একবার একটি প্রাণী সফলভাবে বাজারে চলে গেলে, তার ক্লোন, জেনেটিক কোড এবং প্রজনন ক্ষমতা ছিল এক বিশাল সম্পদের উৎস। এই বাজার নিয়ন্ত্রণ করত একটি গোপন চক্র, যেখানে বিজ্ঞানীরাও এক ধরণের 'অদৃশ্য শ্রমিক' হিসেবে কাজ করত—তাদের গবেষণা আর প্রাণীর জীবন ছিল আর্থিক লেনদেনের অংশ।

বিনির মনে হলো—"এই গবেষণা শুধু বিজ্ঞান নয়, এটা এক বিশাল কর্পোরেট যুদ্ধ।" প্রতিটি সফল পরীক্ষা তাদের কাছে নতুন চুক্তি, নতুন বিনিয়োগ এবং নতুন ক্ষমতার দরজা খুলে দিচ্ছিল। আর সেই মুনাফা ভাগ হতে হতো শুধু নির্বাচিতদের মধ্যে।

তথ্যগুলো পড়তে পড়তে বিনির মন গম্ভীর হয়ে উঠল। শুধু জেনেটিক প্রক্রিয়াই নয়—এই পাচারের পিছনে ছিল একটি আর্থিক সাম্রাজ্য, যেখানে মানুষের নিয়ন্ত্রণের বাইরে থেকে নিয়ন্ত্রণ চলত। বিনির মনে নতুন ভয় জাগল—যদি এই ষড়যন্ত্র সামনে আসে, তা হলে শুধু বিজ্ঞান নয়, পৃথিবীর অর্থনৈতিক কাঠামোও একেবারে বদলে যাবে।

বৃষ্টি থামলেও বিনির মনে ঝড় চলছিল। সে জানল—এই যুদ্ধে মুনাফার হিসাব শুধু একটি সংখ্যা নয়, এটি ছিল তাদের বিপদের হিসাব।

বৃষ্টির শব্দ এখন এক অদ্ভুত নীরবতায় মিলিয়ে যাচ্ছিল, কিন্তু বিনির মন শান্ত হয়নি। ব্যাংকের লুকানো রিপোর্ট থেকে পাওয়া মুনাফার হিসাব এবং গোপন তথ্যগুলো যেন তার

মস্তিষ্কে এক অদৃশ্য ছায়া ফেলে দিল। প্রতিটি সংখ্যা, প্রতিটি তথ্য, প্রতিটি হিসাব — সবই একটি ভয়ঙ্কর সত্যের ইঙ্গিত দিচ্ছিল।

বিনির মনে হলো, সে শুধু একটি গবেষণা প্রজেক্টের মধ্যে নয়, বরং একটি বিশাল ষড়যন্ত্রের মাঝে পড়ে গেছে। আর এই ষড়যন্ত্র ছিল তার নাগালের বাইরে — বিজ্ঞান, অর্থনীতি এবং ক্ষমতার অন্ধকার একত্রিত হয়ে গোপন এক সেতু তৈরি করেছে।

তার হাতে থাকা তথ্যের এক ঝলক তাকে অচেতন করে তুলল। এই জেনেটিক পাচারের অর্থ শুধু সামরিক শক্তি নয় — এটি ছিল রাজনৈতিক নিয়ন্ত্রণের এক নতুন মাধ্যম। মাঙ্কুর মতো ট্রান্সজেনিক প্রাণী শুধু অস্ত্র নয়, তারা ছিল একটি জেনেটিক মুদ্রা, যার মাধ্যমে গোটা বিশ্ব অর্থনৈতিক এবং রাজনৈতিকভাবে নিয়ন্ত্রিত হতে পারত।

বিনির চোখে আতঙ্কের ছায়া ভেসে উঠল। সে ভাবল — যদি এই তথ্য ফাঁস হয়ে যায়, শুধু তার জীবনের নিরাপত্তাই নয়, পুরো মানবজাতি বিপদে পড়বে। আর যদি না ফাঁস হয়, তবে তার নিজের অস্তিত্বও হবে এক অজানা আতঙ্কের মধ্যে বন্দি।

বিনির হৃদয়ে কেঁপে উঠল। সে জানত, এই গোপন তথ্যের বোঝা তার কাঁধে চেপে বসেছে। আর এই বোঝা শুধু একটি গবেষণার ফল নয় — এটি ছিল এক ভয়ঙ্কর বিপর্যয়ের প্রাথমিক ইঙ্গিত।

বৃষ্টি থেমে গেলেও বিনির মনে ঝড় থামল না। সে বুঝল—এই যাত্রা শুধুমাত্র বিজ্ঞান এবং জ্ঞানের অনুসন্ধান নয়, এটি ছিল তার নিজের জীবনের জন্য একটি যুদ্ধ।

অধ্যায় 43 : মাঙ্কুর নতুন রূপান্তর

রাতের অন্ধকারে, বৃষ্টি থেমে গেলেও বাতাসে এক অদ্ভুত শীতলতা ছিল। বিনি একটি ছোট, অব্যবহৃত গবেষণা কেন্দ্রের দিকে এগোচ্ছে, যেটি জার্মানির এক পরিত্যক্ত অঞ্চলে গোপনে রক্ষা করা হয়েছিল। এ জায়গায় প্রবেশ করা সহজ নয় — নিরাপত্তা ব্যবস্থা ছিল চতুরভাবে গোপন, যেন কেউ একে সহজে খুঁজে না পায়। বিনি জানত, এই গবেষণাগারটি শুধু মাঙ্কু নয়, বরং তার পিছনের গোটা ষড়যন্ত্রের কেন্দ্রবিন্দু। গোপন দরজা খুলতে গিয়ে বিনির হাত কেঁপে উঠল। ভিতরে প্রবেশ করার পর একটি বিশাল কক্ষের মুখোমুখি হল — যেখানে চারপাশে জটিল যন্ত্রপাতি, হালকা নীল আলো, এবং অচেনা বৈজ্ঞানিক সরঞ্জামের সারি দেখা যাচ্ছিল। প্রতিটি যন্ত্র যেন নিজের মধ্যে একটি গল্প বলছিল। বিনির চোখে এক রহস্যময় কৌতূহল জন্মাল, কিন্তু তার হৃদয়ে ছিল গভীর এক ভয়।

কেন্দ্রের এক কোণে একটি ইনকিউবেটর আলোকিত হয়ে উঠল, এবং ভিতরে মাঙ্কুর মতো একটি অদ্ভুত প্রাণীর ছবি স্পষ্ট হয়ে আসল। প্রাণীটির দেহ কেবলই অচেনা নয়, বরং সেটির গতি এবং নড়াচড়া ছিল স্বাভাবিক প্রাণীর চেয়ে অনেক

বেশি অনাকর্ষণীয় — যেন সেটি কোনো নতুন জেনেটিক ধারার ফলাফল।

বিনি জানল, এখানকার পরীক্ষা শুধুমাত্র প্রাণীর শারীরিক গঠন নিয়ে নয়, বরং একটি গভীরতর নৈতিক এবং বৈজ্ঞানিক অনুসন্ধান। সে টেবিলে রাখা একটি ডিভাইস থেকে ডাটা সংগ্রহ করতে লাগল — প্রতিটি তথ্য বিনিকে নতুনভাবে ভাবিয়ে তুলল। মাঙ্কুর তৈরি হওয়ার পেছনে শুধু জেনেটিক ইঞ্জিনিয়ারিং নয়, ছিল এমন এক শক্তি যা মানুষের নিয়ন্ত্রণের বাইরে চলে যেতে পারে।

বিনির মনে হলো, এই গবেষণাগারে ঢুকে সে শুধুমাত্র বিজ্ঞান নয়, বরং এক বিপজ্জনক সত্যের মুখোমুখি দাঁড়াল। সে জানত, একবার এই তথ্য বাইরে বের হলে আর ফিরে যাওয়ার পথ থাকবে না।

বিনি গভীর শ্বাস নিল। নিজের হাতে এক ভয়ঙ্কর পরীক্ষা শুরু করার প্রস্তুতি নিল — একটি পরীক্ষা, যা শুধু জ্ঞানকে নয়, পুরো মানবজাতির ভবিষ্যতকে পরিবর্তন করতে পারে।

বিনি যখন ইনকিউবেটরের সামনে ডাটা নোট করতে ব্যস্ত ছিল, হঠাৎ একটি কম্পন অনুভূত হল। বাতাসে যেন ভারী শ্বাস উঠল, এবং নীল আলো আরও জ্বলজ্বল করে ফুটে উঠল। ইনকিউবেটরের কাঁচের মধ্যে মাঙ্কুর দেহ অস্বাভাবিকভাবে কুঁচকে উঠল, যেন ভিতরে কোন শক্তি তাকে নিজ থেকে বদলে দিচ্ছে।

প্রথমে শুধু একটি অদ্ভুত স্পন্দন, তারপর ধীরে ধীরে সেই স্পন্দন ক্রমশ জোরালো হয়ে ওঠল। মাঙ্কুর দেহে অচেনা

রঙের ছায়া ছড়িয়ে পড়ল — গাঢ় সবুজ থেকে গাঢ় কালো রঙে রূপান্তর, আর তার চোখ থেকে ঝিলমিল করে এক অজানা আলোর রেখা বের হল।

বিনি হতবাক হয়ে রেকর্ডিং যন্ত্রের দিকে তাকাল। তার ডাটা স্ক্রীনে স্পষ্টভাবে দেখা যাচ্ছিল — মাঙ্কুর জেনেটিক কোড ক্রমশ বিকৃত হচ্ছে, যেন একটি নতুন জীবন তার মধ্যে গড়ে উঠছে। কিন্তু শুধু সেই জেনেটিক পরিবর্তন নয়, তার শারীরিক গঠনের সঙ্গে একটি অদ্ভুত, জীবন্ত শক্তি যুক্ত হচ্ছিল — যা কোন মানববিজ্ঞানের ব্যাখ্যার বাইরে।

হঠাৎ মাঙ্কু একটি ভয়ঙ্কর গর্জন করতে থাকল। তার গলার শব্দ শুধু একটি প্রাণীর নয়, বরং যেন কোনো প্রাচীন, শক্তিশালী অস্তিত্বের ডাক। বিনি পিছনে হেটে গেল, ভয় আর কৌতূহলের মিশ্রণ তার মনের মধ্যে হাহাকার সৃষ্টি করল।

ইনকিউবেটরের ভিতর থেকে ধীরে ধীরে মাঙ্কুর রূপান্তরিত দেহ বের হতে লাগল — একটি সৃষ্টির চূড়ান্ত রূপ, যা মানুষের কল্পনার বাইরে। তার অঙ্গপ্রত্যঙ্গ মানবের চেয়ে ভিন্ন, শক্তি ও গতি এমনভাবে ফুটে উঠল যে বিনির রক্ত স্তিমিত হয়ে গেল।

বিনি বুঝতে পারল, এই রূপান্তর শুধু একটি বৈজ্ঞানিক পরীক্ষার ফল নয়, বরং একটি বিপজ্জনক নতুন প্রজাতির জন্ম। এবং এই প্রজাতি, মাঙ্কু, একদিন হয়তো পুরো বিশ্বের নিয়ন্ত্রণকে চ্যালেঞ্জ জানাবে।

বিনির চোখে আতঙ্কের পাশাপাশি এক গভীর প্রশ্ন জাগল — “আমি কি এই সৃষ্টি বন্ধ করতে পারব, নাকি আমি নিজেই এর অংশ হয়ে যাব?”

মাঙ্কুর রূপান্তর শেষ হওয়ার সাথে সাথে ইনকিউবেটরের ভিতরে অদ্ভুত এক স্থবিরতা নেমে এলো। কিন্তু স্থিরতা ছিল মায়াবী — কয়েক সেকেন্ডের মধ্যেই মাঙ্কু নিজের ভিতরের শক্তি নিয়ন্ত্রণ হারিয়ে ফেলল।

হঠাৎ একটি তীব্র কেঁপুনি ছড়াল পুরো গবেষণাগারে। বাতাস কেটে যাচ্ছে মনে হচ্ছিল, যেন বাতাসের সঙ্গেই সময়ও ভেঙে যাচ্ছে। মাঙ্কুর দেহ অস্বাভাবিকভাবে ফুঁড়ে উঠল, মাংস ও চামড়া ভেতরে থেকে বিকৃত হতে লাগল। তার গলা থেকে বের হওয়া গর্জন এখন শুধু শব্দ নয়, এক প্রকার ভয়ের ঢেউ, যা চারপাশের কাচ ও যন্ত্রপাতিকে কাঁপিয়ে দিচ্ছিল।

বিনি চিৎকার করে “স্টপ!” বললেও তার শব্দ বাতাসে হারিয়ে গেল। ইনকিউবেটরের নিয়ন্ত্রণ কনসোল লাল করে জ্বলতে লাগল — সব সিস্টেম ব্যর্থ হয়ে যাচ্ছে। বিমল ও জয়ন্তর দ্রুত ভিতরে ঢুকে এলো, কিন্তু তাদের কাছেও পরিস্থিতি নিয়ন্ত্রণের বাইরে।

মাঙ্কু তার নতুন শক্তিকে ধরে রাখতে পারছিল না। প্রতিটি অঙ্গ বদলে যাচ্ছিল, যেন সে একটি বন্য প্রজাতিতে রূপান্তরিত হচ্ছে। কেবল রূপ নয়, তার বুদ্ধি ও অনুভূতিও ভিন্ন রূপ নিতেই লাগল — এক ধরণের গভীর জ্ঞান ও বন্য জাহান্নামের শক্তি মিশে যাচ্ছিল তার অস্তিত্বে।

বিনি বুঝল যে, তারা শুধু একটি বৈজ্ঞানিক পরীক্ষা হারাননি — তারা একটি প্রাণীকে এমন এক শক্তি দিয়েছেন যা তাদের নিয়ন্ত্রণের বাইরে চলে গেছে। আর এই শক্তি, মাঙ্কুর মধ্যে, এবার স্বাধীন।

বিনির চোখে আতঙ্কের সঙ্গে এক গভীর দায়িত্বের অনুভূতি জাগল — "আমরা কি আমাদের সৃষ্টি কে বিনাশ করব, নাকি এটি আমাদের নিয়ন্ত্রণ ছাড়িয়ে যাবে?"

গবেষণাগারের বাতাস ভারী হয়ে এলো, এবং দূরের কোনে একটি বিষণ্ণ চিৎকার যেন এই নতুন বিপদের আগাম সতর্কবার্তা দিচ্ছিল।

অধ্যায় 44 : ৩১ মিনিটের সীমা ভাঙন

গবেষণাগারের ধ্বংসস্তূপের মধ্য থেকে বেরিয়ে আসার পর বিনির মন অচেতন এক প্রশ্নে বন্দী হয়ে রইল — তারা কি সত্যিই এমন এক সীমা অতিক্রম করেছে, যেটা মানুষের জ্ঞান ও নিয়ন্ত্রণের বাইরে?

শহরের চারপাশে অদৃশ্য চাপের মতো এক অজানা শক্তি ভেসে বেড়াচ্ছিল। বিনি বুঝতে পারছিল যে, মাঙ্কুর রূপান্তর শুধু একটি বৈজ্ঞানিক ঘটনা নয় — এটি এক নতুন জগতের প্রবেশদ্বার। এমন একটি সীমারেখা, যা পার করলে বিজ্ঞান আর কল্পনার মধ্যে পার্থক্য মুছে যাবে।

বিনি, বিমল ও জয়ন্তর একটি অচেনা জায়গায় পৌঁছালেন — যেখানে সময় যেন স্থির হয়ে গেছে। চারপাশে বাতাস ভারী, এবং স্থূল জ্বালায় ভরা; এমন মনে হচ্ছিল তারা একধরনের নতুন বাস্তবতায় প্রবেশ করেছে। মাঙ্কুর নিস্তব্ধ অঙ্গনীর্তন, যা আগে ভয় সৃষ্টি করেছিল, এখন যেন তাদের প্রতি একটি নতুন ইঙ্গিত দিচ্ছিল — "আমি শুধু শুরু।"

বিমল কণ্ঠে কেঁপে উঠল:

"আমরা এক নতুন সীমারেখায় দাঁড়িয়ে আছি। এটা শুধু একটি গবেষণা নয় — এটি মানব ইতিহাসের পরবর্তী অধ্যায়ের সূচনা।"

জয়ন্তর নীরবভাবে ইনকিউবেটরের ভাঙা রুমের দিকে তাকালেন, যেখানে এখনও লাল আলো জ্বলছিল — যেন একটি সংকেত, নতুন সীমারেখার উপস্থিতি ঘোষণা করছে।

বিনি নিজের ভিতরে এক অদ্ভুত সিদ্ধান্ত নিয়েছিল — তারা এই সীমারেখা অতিক্রম করবে, কিন্তু তার মূল্য কী হতে পারে তা তিনি জানতেন না। এক অদৃশ্য ভয় ও এক অজানা আশা একই সাথে তাকে চালিত করছিল।

তাদের পথ এখন কেবল এক — অজানা সীমারেখা অতিক্রম করা, যেখানে বিজ্ঞান, নৈতিকতা, এবং অস্তিত্বের ধারণা নতুন অর্থ পাবে।

বিনির মনের মধ্যে নতুন সীমারেখার সেই অজানা দৃশ্য থেকে সরে আসতে সময় লাগেনি। ইনকিউবেটরের ভাঙা অংশে ফিরে গিয়ে তিনি চমকে দেখলেন — মাঙ্কুর জিন নিয়ন্ত্রণ

পুরোপুরি ধ্বংসপ্রায় হয়ে গেছে। যত পরীক্ষামূলক স্থিতি বিনি আগে তৈরি করেছিলেন, সবই নষ্ট হয়ে গেছে।

“এটা সম্ভব নয়,” বিমল কণ্ঠে কম্পন নিয়ে বললেন। “আমরা তো আগে এমন পরিস্থিতি কখনো দেখি নি।”

বিনি, নিজের যন্ত্রপাতি পরীক্ষা করতে গিয়ে বুঝলেন — মাঙ্কুর কোষগুলো এমন একটি অজানা পরিবর্তন শুরু করেছে যা বিজ্ঞান এখনো ব্যাখ্যা করতে পারেনি। জিন নিয়ন্ত্রণের প্রোগ্রাম ধীরে ধীরে বিঘ্নিত হয়ে যাচ্ছে, এবং মাঙ্কু নিজের ইচ্ছায় রূপান্তরিত হচ্ছে।

জয়ন্তর অবাক হয়ে বলল, “আমরা যা নিয়ন্ত্রণে নিয়েছিলাম, সেটা এখন আমাদের বাইরে চলে গেছে।”

বিনির ভিতরে এক গভীর ভয় জন্ম নিল। তিনি বুঝতে পারলেন যে, এই ব্যর্থতা শুধু একটি বৈজ্ঞানিক ত্রুটি নয় — এটা একটি বিপর্যয়ের পূর্বাভাস। মাঙ্কুর পরিবর্তন এখন অনিয়ন্ত্রিত, এবং তার সম্ভাব্য পরিণতি জানা নেই।

মাঙ্কুর চোখে অদ্ভুত উজ্জ্বলতা। সে যেন নিজের অস্তিত্বের নতুন শক্তি অনুভব করছে। ইনকিউবেটরের ভেতর থেকে একটি হালকা কম্পন শুরু হলো — যা ধীরে ধীরে ঘর জুড়ে ছড়িয়ে পড়ল।

বিনি জানতেন, এই মুহূর্তে তাদের হাতে সময় নেই। জিন নিয়ন্ত্রণে ব্যর্থতা শুধুমাত্র এক গবেষণার পতন নয় — এটি একটি নতুন বাস্তবতার জন্ম, যেখানে নিয়ন্ত্রণের ধারণা অপ্রযোজ্য হবে।

বিমল গম্ভীরভাবে বললেন, "আমরা এখন এমন এক পথে দাঁড়িয়ে, যেখানে ফেরার পথ নেই।"

বিনির চেয়ে গাঢ় ভাবে এই কথা একবারে সবকিছুর প্রেক্ষাপট বদলে দিল। তাদের সিদ্ধান্ত এখন আর শুধু অনুসন্ধান নয় – এটি বাঁচার সংগ্রাম।

মাঙ্কুর দেহে অদ্ভুত কম্পন আর বিস্ফোরণাত্মক শক্তি বেড়ে চলেছে। ইনকিউবেটরের ভেতর থেকে বের হওয়া আলো ধীরে ধীরে রক্তচাপের মতো ঘর জুড়ে ছড়িয়ে পড়ল। বিনির চোখে স্পষ্ট হল—মাঙ্কুর রূপান্তর এখন শুধু এক বৈজ্ঞানিক ঘটনা নয়; এটি ভয়ঙ্কর এক শক্তির জন্ম।

হঠাৎ, মাঙ্কু চিৎকার করে উঠল—একটি এমন guttural শব্দ, যা মানুষের ভাষায় প্রকাশ করা যায় না। তার দেহে বিকট রূপান্তরের চিহ্ন—চামড়ায় ফাটল, অস্থিসন্ধিতে অস্বাভাবিক বিস্তার, এবং একটি ক্রমবর্ধমান দাগ—সবই ভয়ঙ্করভাবে দৃঢ় হয়ে উঠল।

বিমল পিছিয়ে গেলেন, তার চোখে ভয় ও অনিশ্চয়তার মিশ্রণ। জয়ন্তর নিজের অস্ত্র প্রস্তুত করল, কিন্তু বিনি হুঁশিয়ার করল, "এটা আর অস্ত্রের লড়াই নয়। এটা আমাদের বাঁচার পরীক্ষা।"

মাঙ্কুর চোখে লাল আগুনের মতো ঝিলিক, আর মুখে এক অচেনা হিংস্র হাসি ফুটে উঠল। তার শক্তি যেন কোনও সীমা ছুঁয়ে ফেলেছে। ঘরের পরিবেশ বদলে গেল – হাওয়া ভারী, শব্দ বিকৃত, এবং চারপাশে একটা অবাঞ্ছিত চাপ অনুভূত হতে লাগল।

মাঙ্কু এক ঝাঁপে ইনকিউবেটরের দরজা ভেঙে ফেলল। ধাতব কাঠামোর টুকরো উড়ল, কাঁচ ভেঙে ছিটকে পড়ল। সে বেরিয়ে এসে চারপাশে আক্রমণাত্মক ভঙ্গিতে ধেয়ে এল—এমনভাবে যেন সে শুধু নিজের অস্তিত্ব রক্ষা নয়, বরং এই পৃথিবীকে নতুন করে লিখতে চাইছে।

বিনি জানলেন, এই মুহূর্তে তাদের একমাত্র পথ হল পালানো বা যুদ্ধ। কিন্তু মাঙ্কুর শক্তি ও রূপান্তরের ধরণ এমন যা আগে কেউ কল্পনাও করতে পারেনি।

বিমল কণ্ঠে কাঁপতে কাঁপতে বললেন, "আমরা এক অজানা যুদ্ধে ঢুকে পড়েছি... যেখানে শেষ কথা এখনও লেখা হয়নি।"

ঘরের মধ্যে এক মৃদু থরথরানি শুরু হল—এক হিংস্রতার বিস্ফোরণ, যা শুধু শারীরিক নয়, মানসিকও। বিনি, জয়ন্তর, বিমল—তাদের তিনজনেরই জানতেন, এই রাত তাদের জীবনের চূড়ান্ত পরীক্ষা।

অধ্যায় 45 : আলেকজান্দ্রিয়ার প্রাচীন সূত্র

হিংস্রতার সেই বিস্ফোরণের পর বৃষ্টি ম্লান হয়ে এল। ঘরের ভেতরের ধুলো ও ধোঁয়া ধীরে ধীরে ছাঁকে নেমে এল, আর মাঙ্কুর চিৎকার থেমে গেল। তবে শান্তি ছিল অস্থায়ী—বিনি জানতেন, এটি এক ভয়ঙ্কর সংকেত মাত্র।

বিমানবন্দরের আলো-অন্ধকারে বিমল ও জয়ন্তর এক পাশে দাঁড়িয়ে আছেন, বিনি অন্য দিকে এগিয়ে যাচ্ছেন। তার হাতে

ছিল একটি পুরোনো নথি—যা ভুয়া ট্যালি ও মাঙ্কুর সংক্রান্ত গবেষণার অন্তর্ভুক্ত রহস্যময় তথ্য বহন করছিল। সেই নথিতে লেখা ছিল একটি শব্দ—"অর্ক্যান পাণ্ডুলিপি"।

বিনি মনেই মনে জানতেন, এটি একটি প্রাচীন গ্রন্থ, যা ট্রান্সজেনিক শক্তি নিয়ন্ত্রণের গোপন সূত্র বহন করে। কিন্তু এর অস্তিত্ব যাচাই করার জন্য প্রয়োজন ছিল কঠিন গবেষণা ও বিপদের পথে পা রাখা।

বিমল বললেন, "বিনি, যদি এই পাণ্ডুলিপি সত্যিই আছে, তবে মাঙ্কুর রহস্য এবং আমাদের বিপদের কারণ দুটোই উন্মোচিত হবে। কিন্তু তার খোঁজে আমাদের এমন স্থানে যেতে হবে যা ইতিহাসে হারিয়ে গেছে।"

জয়ন্তর শিহরিত কণ্ঠে বললেন, "আমরা কি প্রস্তুত এমন এক অভিযানের জন্য, যেখানে জীবন আর মৃত্যু যেন এক জটিল গাণিতিক সমীকরণ?"

বিনি এক গভীর নিঃশ্বাস নিলেন। তিনি জানতেন, এই মুহূর্তে সিদ্ধান্তই তাদের ভাগ্য নির্ধারণ করবে। মাঙ্কুর সেই হিংস্র রূপান্তর শুধু একটি সংকেত—অর্ক্যান পাণ্ডুলিপির খোঁজ তাদের এক অনিশ্চিত যাত্রায় নিয়ে যাবে।

তারা তিনজন একঝাঁক হয়ে সিদ্ধান্ত নিলেন—অর্ক্যান পাণ্ডুলিপির সন্ধান শুরু হবে আজ থেকেই। কিন্তু তারা জানতেন না, এই অনুসন্ধান তাদের কে নিয়ে যাবে এমন এক অন্ধকারে, যা ইতিহাসে কখনো লেখা হয়নি।

একটি প্রাচীন রহস্যের দরজা খুলতে চলেছে—যা শুধু বিজ্ঞান নয়, সভ্যতার মূল ভিত্তিকে চ্যালেঞ্জ জানাবে।

অর্ক্যান পাণ্ডুলিপির সন্ধানের পথে বিনি, বিমল, ও জয়ন্তর পৌঁছলেন একটি ধুলো-আচ্ছন্ন গ্রন্থাগারে—যেখানে সময়ের চিহ্নগুলো যেন দেয়ালে আঁকা ইতিহাসের মতো গেঁথে আছে। চারপাশে ছড়িয়ে থাকা পাণ্ডুলিপি ও প্রাচীন লেখা তাদের চারপাশে এক অদ্ভুত নীরবতা সৃষ্টি করছিল।

বিনির চোখ পড়ল একটি ভগ্নাংশে লিখিত লিপির উপর—যেখানে বর্ণিত ছিল "জিন পুনর্জন্ম" বা *Genetic Rebirth* এর ধারণা। এই ধারণা ছিল একটি শতাব্দী প্রাচীন গোপন বিজ্ঞান, যা জিনের মধ্যে থাকা শক্তিকে পুনরায় জীবন্ত করে তোলার কৌশল বর্ণনা করেছিল।

পাণ্ডুলিপি ব্যাখ্যা করছিল—প্রতিটি জীবন্ত সত্তার মধ্যে এমন এক আণবিক স্মৃতি থাকে, যা প্রজন্মের পর প্রজন্মে সংরক্ষিত থাকে। যদি সেই স্মৃতি বা জিনকে সঠিকভাবে পুনরায় সক্রিয় করা যায়, তবে মৃতপ্রায় কোষ বা জীবিত সত্তাকে নতুনভাবে জন্ম দেওয়া সম্ভব। এটি ছিল এক ধরনের "জেনেটিক পুনর্জন্ম"—একটি ধারণা যা বিজ্ঞান ও মিথের সীমান্তকে মিলিয়ে দেয়।

বিনি গভীরভাবে পড়তে পড়তে থামলেন। তার মনে হলো—মাঙ্কুর অস্বাভাবিক শক্তি ও আচরণ সম্ভবত এই প্রাচীন জিন পুনর্জন্মের ফলাফল। তবে এর গোপন সূত্র এতটাই শক্তিশালী, যে এটি শুধুমাত্র একটি বৈজ্ঞানিক বিপ্লব নয়, বরং এক বিপজ্জনক অস্ত্রের সম্ভাবনা রাখে।

বিমল ও জয়ন্তর বিনির পাশে এসে দাঁড়ালেন। বিমল বললেন, "যদি এই ধারণা সত্যি হয়, তবে আমরা একে শুধু

পরীক্ষা করব না—এটি পুরো মানবজাতির ভবিষ্যত বদলে দিতে পারে।"

জয়ন্তর চিন্তায় ডুবে বললেন, "কিন্তু এই শক্তির ভেতর কি আছে সেই ভয়ঙ্কর ঝুঁকি—যা আমরা বুঝতে পারছিনা?"

বিনি নির্দিষ্টভাবে উত্তর দিলেন, "আমাদের জানতে হবে। কারণ, ইতিহাসের গোপন দরজা একবার খুললে আর তা বন্ধ করা যায় না।"

গ্রন্থাগারের গভীরে লুকিয়ে থাকা সেই পাণ্ডুলিপি যেন তাদের ডাকছে—একটি রহস্যময় যাত্রায়, যেখানে জিন পুনর্জন্ম শুধু একটি ধারণা নয়, বরং এক বিস্ফোরক সত্যে পরিণত হবে।

গ্রন্থাগারের ধুলোঢাকা আলোচনায় বিনি, বিমল ও জয়ন্তর নতুন এক বাস্তবতার সম্মুখীন হলেন—যা শুধু প্রাচীন পাণ্ডুলিপির মধ্যে সীমাবদ্ধ নয়, বরং আধুনিক জেনেটিক বিজ্ঞান ও প্রযুক্তির সাথে অবিস্মরণীয়ভাবে মিলে যাচ্ছে।

বিনি তার ল্যাপটপ খুলে দেখালেন সম্প্রতি প্রকাশিত কিছু জার্নাল আর্টিকেল। সেখানে বর্ণিত হয়েছে "জেনোম এডিটিং", "ক্রিস্পার প্রযুক্তি", এবং "জিন থেরাপি"—যা আজকের বিজ্ঞানে সীমাহীন সম্ভাবনা তৈরি করছে। কিন্তু এই প্রযুক্তিগুলো প্রাচীন পাণ্ডুলিপিতে বর্ণিত জিন পুনর্জন্মের ধারণার এক রহস্যময় প্রতিচ্ছবি।

বিমল ধীরে বললেন, "বিনি, দেখছি—তোমার গবেষণা শুধু অতীতের ইতিহাস নয়, বরং বর্তমানের বিজ্ঞানকে নতুন আলো দেখাচ্ছে। আমাদের ধারণা হয়তো সঠিক।"

জয়ন্তর সংযোজন করলেন, "তাহলে কি আমরা একটি বৈজ্ঞানিক বিপ্লবের মুখে দাঁড়িয়েছি? এমন শক্তি যা শুধু চিকিৎসা নয়, বরং জীবনের সীমা ও মানুষের অস্তিত্ব পরিবর্তন করতে পারে।"

বিনি গভীর নিঃশ্বাস নিয়ে বললেন, "ঠিক তাই। কিন্তু আমাদের মনে রাখতে হবে—প্রাচীন জ্ঞানের সাথে আধুনিক বিজ্ঞান মিলে যখন এমন সম্ভাবনা তৈরি করে, তখন এর বিপদের মাত্রা অসীম। এক অল্প ভুল পদক্ষেপ পুরো মানবজাতির জন্য পরিবর্তনশীল পরিণতি ডেকে আনতে পারে।"

তারা একে অপরের দিকে তাকালেন—চোখে ছিল দৃঢ়তা ও সংকল্পের মিশ্রণ।

বিমল মৃদু কণ্ঠে বললেন, "তাহলে আমাদের কাজ শুধু অনুসন্ধান নয়—আমাদের অবশ্যই নিশ্চিত হতে হবে আমরা কোন পথে যাচ্ছি।"

বিনি nodded করে বললেন, "এখন সময় এসেছে পদক্ষেপের... আমরা এক নতুন যুগের প্রান্তে দাঁড়িয়ে আছি, যেখানে বিজ্ঞান ও ইতিহাস একসাথে আমাদের ভবিষ্যতের দিক নির্দেশ করবে।"

এভাবে তারা প্রাচীন পাণ্ডুলিপি ও আধুনিক বিজ্ঞানের সংযোগে এক নতুন অধ্যায়ের সূচনা করলেন—এক অধ্যায় যা মাঙ্কুর রহস্য, জিন পুনর্জন্ম এবং মানবজীবনের নতুন সীমারেখা নিয়ে গড়ে উঠবে।

অধ্যায় 46 : বিনির নৈতিক দ্বন্দ্ব

জার্মানির নিভৃত গবেষণাগারের এক কোণে বসে বিনি, বিমল ও জয়ন্তর গভীর নীরবতায় নিজেদের ভাবনায় নিমগ্ন ছিলেন। চারপাশে শুধু বাতাসের হালকা ফিসফিস, দূরে দূরে বৈদ্যুতিক যন্ত্রের মৃদু শব্দ—মুহূর্তের মতো সময় থেমে গেছে।

বিনি মৃদু কণ্ঠে বললেন, "আমরা যে পথ বেছে নিয়েছি, তা শুধু একটি বৈজ্ঞানিক অভিজ্ঞতা নয়—এটা এক শক্তির সন্ধান। কিন্তু এই শক্তি কি হবে মানবতার জন্য স্রষ্টা, নাকি ধ্বংসের পথপ্রদর্শক?"

বিমল চিন্তাভাবনায় যোগ করলেন, "সৃষ্টি মানে নতুন জীবন, নতুন সম্ভাবনা... কিন্তু যদি আমরা নিয়ন্ত্রণ হারাই, তবে সেই সৃষ্টি হয়ে যাবে ভয়াবহ ধ্বংসের শিকড়। আমাদের হাতে আছে এমন ক্ষমতা, যা ইতিহাসে আগে কখনো ছিল না।"

জয়ন্তর ধীরে বললেন, "বিনির গবেষণা শুধু জিনের পুনর্জন্ম নয়, এটা একটি শক্তির দ্বন্দ্ব—যেখানে সৃষ্টি ও ধ্বংস একে অপরের বিপরীত ধারায় অবস্থান করছে। আমরা কি সেই সীমা অতিক্রম করতে পারব, যেখানে বিজ্ঞান মানুষের নিয়ন্ত্রণের বাইরে চলে যায়?"

বিনি নিজের নোটবুকে কিছু লিখলেন—একটি সূত্র, যা একদিকে মানবজীবনের পুনর্গঠন নির্দেশ করে, অন্যদিকে বিপর্যয়ের দ্বার খুলে দেয়। তার লেখায় স্পষ্ট ছিল দ্বিধা ও দৃঢ়তার মিশ্রণ।

তারা জানতেন—এই গবেষণার ফলাফল শুধু তাদের নয়, পুরো মানবজাতির ভবিষ্যতকে নতুন রূপ দিতে পারে। কিন্তু সেই নতুন রূপ কি হবে এক সৃজনশীল জগৎ, নাকি এক ধ্বংসাত্মক বিপর্যয়—সেই প্রশ্নের উত্তর ছিল এখনও অজানা।

বিমল চুপ করে বললেন, "আমাদের সিদ্ধান্ত এক মুহূর্তের মধ্যে ইতিহাসের পথে চিহ্ন রাখবে।"

জয়ন্তর মাথা নেড়ে যোগ করলেন, "এখন সময় এসেছে সিদ্ধান্ত নেওয়ার—তবে সেটা কি হবে সৃষ্টি, নাকি ধ্বংস?"

বিনি গভীরভাবে নিশ্বাস নিয়ে বললেন, "আমরা যাচ্ছি সেই পথে, যা এখনও কেউ অতিক্রম করেনি।"

এভাবে, তারা পদার্পণ করল এক নতুন অধ্যায়ের দিকে—এক অধ্যায়ের যেখানে সৃষ্টির স্বপ্ন ও ধ্বংসের শীতল ছায়া একসাথে লড়াই করবে।

গভীর রাতের নীরবতায় জার্মানির নিভৃত গবেষণাগারে বাতাস ভারী হয়ে ওঠে—যেখানে শুধু যন্ত্রপাতির হালকা গুঞ্জন আর তাদের তিনজনের ভাবনায় গভীর চিন্তার শব্দ। বিনি, বিমল ও জয়ন্তর জানতেন যে তাদের হাতে শুধু জ্ঞান নেই, বরং রয়েছে এমন এক শক্তি, যার প্রভাব পুরো মানবজাতির ভাগ্য পরিবর্তন করতে পারে।

বিনি ধীরে বললেন, "আমাদের কাজ শুধু বিজ্ঞান নয়—এটা এক দায়িত্ব। আমরা যদি সঠিকভাবে না চিন্তা করি, তবে আমাদের আবিষ্কার মানবজাতির জন্য অভিশাপ হয়ে দাঁড়াতে পারে।"

বিমল মুখ ঝাপটে উত্তর দিলেন, "বিজ্ঞানীর দায়িত্ব শুধু সত্য উদঘাটন নয়, তার সম্ভাব্য প্রভাবের জন্যও দায়িত্ব নেওয়া। আমরা যদি এই শক্তিকে ভুল হাতে দিই, তবে সেটা মানবতার জন্য বিপর্যয় ডেকে আনবে।"

জয়ন্তর চুপ করে তাদের দিকে তাকিয়ে বললেন, "আমাদের প্রতিটি পদক্ষেপে থাকা উচিত সতর্কতা—কারণ আমরা শুধু এক পরীক্ষা চালাচ্ছি না, আমরা এক নতুন যুগের জন্ম দিতে যাচ্ছি। সেই যুগ যদি অন্ধকারে যায়, তবে আমাদের হাত থাকবে সেই দায়ের ভার।"

বিনি নীরব হয়ে নিজের নোটবুকে লিখলেন—"জ্ঞান আর শক্তি যতই অমিত হবে, ততই তার সাথে বাড়ে দায়িত্বের পরিধি। আমরা যে পথ বেছে নিচ্ছি, তা শুধুই বৈজ্ঞানিক নয়, তা নৈতিকতারও পরীক্ষা।"

তাদের মধ্যে নীরবতা কিছুক্ষণ স্থায়ী হলো—প্রত্যেকের মনে বাজছিল একটাই প্রশ্ন: "আমরা কি এই দায়িত্ব নিতে প্রস্তুত?"

বিমল অচেতনভাবে বললেন, "একজন বৈজ্ঞানিক শুধুমাত্র জ্ঞানীর নয়—সে একজন রক্ষকও।"

জয়ন্তর সজাগ কণ্ঠে বললেন, "তাহলে আমরা কেবল আবিষ্কার করব না, আমরা সেই আবিষ্কারের দায়িত্বও গ্রহণ করব।"

বিনি মাথা নেড়ে বললেন, "আমাদের কাজ শুধু মানবজীবন পুনর্গঠন নয়—আমাদের কাজ হবে সেই শক্তির ব্যবহারকে নিয়ন্ত্রণ করা।"

রাত গভীর হলো, কিন্তু তাদের মধ্যে এক অদৃশ্য সংকল্প জন্ম নিল—এক বৈজ্ঞানিক দায়িত্ববোধ, যা সৃষ্টির পথে তাদের অটল পথপ্রদর্শক হবে।

বহু রাত পেরিয়ে, গবেষণাগারের বাতাসে এখনও দগদগে চিন্তার গন্ধ বয়ে চলছিল। তিনজন বিজ্ঞানী—বিনি, বিমল ও জয়ন্তর—তাদের আলোচিত দায়িত্ববোধের প্রেক্ষিতে এক ভয়ঙ্কর প্রশ্নের মুখোমুখি দাঁড়িয়েছিলেন।

বিনি চুপচাপ জানালার দিকে তাকিয়ে বললেন, “আমরা কি একে শুধুমাত্র বিজ্ঞান হিসেবে দেখব, নাকি মানবতার ইতিহাসে এক বিপ্লব হিসেবে?” তার কণ্ঠে ছিল অস্থিরতা আর গভীর সংশয়।

বিমল উত্তর দিলেন, “আমাদের হাতে এমন শক্তি আছে যা জীবনকে বদলে দিতে পারে, কিন্তু সেই পরিবর্তন কি মানবতার জন্য সত্যিই ভালো হবে? আমাদের কি তা যাচাই করার অধিকার আছে?”

জয়ন্তর নীরবে তাদের দিকে তাকিয়ে বললেন, “বিজ্ঞানের সর্বশক্তি হলে কি মানুষের নৈতিকতা হারিয়ে যায়? আমরা কি একে ব্যবহার করে নতুন সৃষ্টি করব, নাকি ধ্বংসের পথ বেছে নেব?”

বিনি জানালার আড়ালে একটি দূর নীল আলো দেখলেন—মনে হলো যেন মহাবিশ্ব নিজেই তাদের দিকে প্রশ্ন ছুঁড়ে দিয়েছে। সেই প্রশ্ন ছিল, “তোমরা কি প্রস্তুত মানবতার ভাগ্য নিজের হাতে নিতে?”

তাদের মধ্যে নীরবতা নেমে এলো, কারণ তারা বুঝেছিলেন—এখন শুধু গবেষণা নয়, মানবতার ভবিষ্যত নির্ধারণের সিদ্ধান্ত তাদের হাতে।

বিমল বললেন, "যদি আমরা এগোই, তবে শুধু বিজ্ঞানী হিসেবে নয়—একজন নীতিনির্ধারক হিসেবে আমাদের পথ বেছে নিতে হবে।"

জয়ন্তর যোগ করলেন, "এটাই আমাদের মানবতার প্রশ্ন—আমরা কি সেই মানুষ হই, যারা ক্ষমতার দোহাই দিয়ে নৈতিক দায়িত্বকে উপেক্ষা করে, নাকি আমরা সেই মানুষ হই, যারা জ্ঞানকে মানবতার কল্যাণে কাজে লাগায়?"

বিনি গভীর শ্বাস নিয়ে নোটবুকে লিখলেন—

"আমাদের এই গবেষণা মানবতার ইতিহাসের একটি ক্রান্তিকাল। আমাদের পদক্ষেপ শুধুমাত্র বিজ্ঞান নয়, মানবতার পরিক্ষা।"

তাদের চোখে প্রতিজ্ঞা জ্বলে উঠল—যে পথে যাই, সেই পথ হবে বিজ্ঞান ও মানবতার মিলনের পথ। কিন্তু সেই পথ কি হবে আলোয় ভরা, নাকি অন্ধকারে ঢেকে যাবে, তা কেবল সময়ই বলে দেবে।

অধ্যায় 47 : বন্ধুত্ব ও বিশ্বাসঘাতকতা

রাতের নীরবতা গবেষণাগারের কক্ষে ভারী হয়ে ছিল। শুধু বাতাসের সেঁকা শব্দ আর দূর থেকে আসা মৃদু বৃষ্টি বাজছিল। বিনি তখন একটি নথি হাতে পড়ে ছিলেন, আর বিমল ও জয়ন্তর মুখোমুখি দাঁড়িয়ে গভীর আলোচনায় মগ্ন ছিলেন।

বিমল কণ্ঠে ছিল কঠোরতা, “জয়ন্তর, তুমি বুঝতে পারছ না। আমরা এমন কাজ করছি যা নিয়ন্ত্রণের বাইরে চলে যেতে পারে। আমাদের আগে থামতে হবে। মাঙ্কুর মতো সৃষ্টি যদি ছাড়া পায়, তা বিশ্বজুড়ে অশান্তি বয়ে আনবে।”

জয়ন্তর তার চোখে জ্বলন্ত তীব্রতা নিয়ে উত্তর দিলেন, “বিমল, আমরা শুধু থামিয়ে রাখলে ইতিহাসে এক সুযোগ হারাব। বিজ্ঞান যে শুধু সীমাবদ্ধতার মধ্যে আটকে থাকে, তা কি সত্যিই বিজ্ঞানের মর্যাদা? আমরা এগোতে হবে—যদি মানবতার জন্য ঝুঁকি থাকে, তবে সেটাই আমাদের দায়িত্ব।”

বিমল আগুনে পোড়ানো কথায় বললেন, “তুমি দায়িত্বকে অবহেলা করছো। আমরা এমন এক শক্তি তৈরি করছি যার প্রভাব আমরা অনুমান করতে পারি না। তা কি তুমি স্বেচ্ছায় মানুষের ভবিষ্যত ঝুঁকিতে ফেলবে?”

জয়ন্তর হেসে বললেন, “বিমল, বিজ্ঞান সবসময়ই ঝুঁকির সঙ্গে জন্মেছে। আমরা নতুন জ্ঞানের দরজা খুলছি—তুমি সেই দরজা বন্ধ করতে চাইছ, আর আমি চাই খুলে যাক।”

বিমলের গলায় তীব্র বিরক্তি ও উদ্বেগের মিশ্রণ ছিল, “আমরা এখানে শুধু গবেষক নই—আমরা নৈতিকতার রক্ষক। আর তুমি সেই দায়িত্ব ভুলে যাচ্ছ।”

জয়ন্তর বিনির দিকে তাকিয়ে বললেন, “বিনি, তুমি আমাদের মধ্যে মধ্যস্থতাকারী হও। এই দ্বন্দ্ব শুধু বিজ্ঞান নয়, মানবতার ভবিষ্যতের দ্বন্দ্ব।”

বিনি নীরবভাবে মাথা নিলেন, মনে হলো—এই দ্বন্দ্ব তাদের যাত্রার সবচেয়ে বড় বাঁধা।

বিমল ও জয়ন্তরের মধ্যে যুদ্ধে শুধু মতবাদ নয়—মানবতার ভবিষ্যতের স্বপ্ন ও ভয় লড়াই করছিল।

বৃষ্টি কক্ষের বাইরে আরও জোরালো হয়ে উঠল, যেন প্রকৃতিই তাদের দ্বন্দ্বের সাক্ষী হয়ে দাঁড়িয়েছে।

বিমল ও জয়ন্তরের তীব্র বিতর্কের পর বিনি একাকী গবেষণাগারের ধীরে অন্ধকারে হাঁটছিলেন। মাথার মধ্যে শত প্রশ্ন—কিন্তু তার মন একটা চিন্তায় আটকে গেল: কেউ তাদের কাজের খবর বাইরে পাচ্ছে কি?

তাহার সন্দেহ শুধু আবেগ নয়—এক একটি ইঙ্গিত তাকে ভয় দেখাচ্ছিল।

গত কয়েকদিনে ল্যাবের নিরাপত্তা লগে অজানা প্রবেশের চিহ্ন মিলেছিল। সিসিটিভি রেকর্ডে একটি অচেনা ছায়া দেখা গিয়েছিল, যা যেকোনো পরিচিত গবেষক বা নিরাপত্তা কর্মীর নয়। আর আজ সকালে, বিমল নিজের ডেস্কে একটি গোপন নোট পেয়েছিলেন—যার মধ্যে শুধুমাত্র লেখা ছিল:

"তোমরা যা করছ, সেটি বন্ধ করো, না হলে ফলাফল ভয়াবহ হবে।"

বিনির মনে হলো—এই নোট এক সচেতন হুমকি, যা স্রেফ কাকতালীয় নয়। তিনি ল্যাবের কোণে রাখা নিরাপত্তা ডিভাইসের লগ চেক করলেন—উদ্বেগজনকভাবে কিছু ডেটা সরানো বা পরিবর্তন করার চিহ্ন মিলল।

বিমল ও জয়ন্তরের দ্বন্দ্বের মধ্যে বিনি বুঝলেন—তাদের গবেষণা শুধু ল্যাবের মধ্যে সীমাবদ্ধ নেই। হয়তো কেউ

তাদের জিন পরীক্ষার তথ্য চুরি করছে, বা আন্তর্জাতিক কোনো গোপন চক্র তাদের কাজে আগ্রহ দেখাচ্ছে।

তবে সবচেয়ে ভয়ঙ্কর ভাবনাটি ছিল—এই তথ্য ফাঁস শুধু গবেষণাকে নয়, পুরো মানবজাতির ভবিষ্যতকে বিপদের মুখে ফেলতে পারে।

বিনি চুপ করে বসে রেকর্ড লগগুলো বারবার পড়তে লাগলেন, আর মনে মনে সিদ্ধান্ত নিলেন—তাদের পরবর্তী পদক্ষেপ শুধুমাত্র গবেষণার জন্য নয়, এই তথ্য ফাঁসের উৎস খুঁজে বের করার জন্য হতে হবে।

বৃষ্টির শব্দ আরও তীব্র হয়ে উঠল, যেন প্রকৃতিই বিনিকে সতর্ক করে দিচ্ছে—কিছু বিপদ কাছেই, যা তারা এখনও পুরোপুরি বুঝতে পারেনি।

বিমল ও জয়ন্তরের তীব্র বিতর্কের পর বিনি একাকী গবেষণাগারের ধীরে অন্ধকারে হাঁটছিলেন। মাথার মধ্যে শত প্রশ্ন—কিন্তু তার মন একটা চিন্তায় আটকে গেল: কেউ তাদের কাজের খবর বাইরে পাচ্ছে কি?

তাহার সন্দেহ শুধু আবেগ নয়—এক একটি ইঙ্গিত তাকে ভয় দেখাচ্ছিল।

গত কয়েকদিনে ল্যাবের নিরাপত্তা লগে অজানা প্রবেশের চিহ্ন মিলেছিল। সিসিটিভি রেকর্ডে একটি অচেনা ছায়া দেখা গিয়েছিল, যা যেকোনো পরিচিত গবেষক বা নিরাপত্তা কর্মীর নয়। আর আজ সকালে, বিমল নিজের ডেস্কে একটি গোপন নোট পেয়েছিলেন—যার মধ্যে শুধুমাত্র লেখা ছিল:

"তোমরা যা করছ, সেটি বন্ধ করো, না হলে ফলাফল ভয়াবহ হবে।"

বিনির মনে হলো—এই নোট এক সচেতন হুমকি, যা স্রেফ কাকতালীয় নয়। তিনি ল্যাবের কোণে রাখা নিরাপত্তা ডিভাইসের লগ চেক করলেন—উদ্বেগজনকভাবে কিছু ডেটা সরানো বা পরিবর্তন করার চিহ্ন মিলল।

বিমল ও জয়ন্তরের দ্বন্দ্বের মধ্যে বিনি বুঝলেন—তাদের গবেষণা শুধু ল্যাবের মধ্যে সীমাবদ্ধ নেই। হয়তো কেউ তাদের জিন পরীক্ষার তথ্য চুরি করছে, বা আন্তর্জাতিক কোনো গোপন চক্র তাদের কাজে আগ্রহ দেখাচ্ছে।

তবে সবচেয়ে ভয়ঙ্কর ভাবনাটি ছিল—এই তথ্য ফাঁস শুধু গবেষণাকে নয়, পুরো মানবজাতির ভবিষ্যতকে বিপদের মুখে ফেলতে পারে।

বিনি চুপ করে বসে রেকর্ড লগগুলো বারবার পড়তে লাগলেন, আর মনে মনে সিদ্ধান্ত নিলেন—তাদের পরবর্তী পদক্ষেপ শুধুমাত্র গবেষণার জন্য নয়, এই তথ্য ফাঁসের উৎস খুঁজে বের করার জন্য হতে হবে।

বৃষ্টির শব্দ আরও তীব্র হয়ে উঠল, যেন প্রকৃতিই বিনিকে সতর্ক করে দিচ্ছে—কিছু বিপদ কাছেই, যা তারা এখনও পুরোপুরি বুঝতে পারেনি।

অধ্যায় 48 : সামরিক বাহিনীর আগ্রহ

বৃষ্টি থেমে যাওয়ার পরও জার্মানির নিস্তব্ধ গ্রামে রহস্য ও উত্তেজনা থামেনি। বিনি যখন ল্যাবে গভীরভাবে ব্যস্ত, ঠিক

তখনই দরজার ধাক্কা দিয়ে প্রবেশ করল একজন আনুষ্ঠানিক পোশাকধারী ব্যক্তি — সেনাবাহিনীর উচ্চপদস্থ কর্মকর্তা। তার কাঁধে ছিল দেশীয় সেনাবাহিনীর প্রতীক, আর চোখে গভীর সংকল্প।

"প্রফেসর গhoshal?" — তার কণ্ঠে ছিল authority ও বিনয়ের মিশ্রণ। বিনি অস্বাভাবিকভাবে মাথা নোড়াল। "আমি লেফটেন্যান্ট কর্নেল হ্যান্স। আমাদের এক গোপন প্রোজেক্টে আপনার গবেষণার জ্ঞানের প্রয়োজন," তিনি বললেন।

বিনির মন জিজ্ঞাসা করল—এই প্রস্তাব কি এক সুযোগ নাকি এক ফাঁদ? কর্নেল হ্যান্স অবিরাম কথা বললেন—"আমরা জানি আপনার ট্রান্সজেনিক গবেষণা শুধু বৈজ্ঞানিক ক্ষেত্রে নয়, সামরিক স্তরেও বিপ্লব ঘটাতে পারে। আমরা চাই আপনার গবেষণা আমাদের সঙ্গে ভাগাভাগি হোক, যাতে এটি দেশের নিরাপত্তায় ব্যবহৃত হতে পারে।"

বিনি স্থির হয়ে ভাবতে লাগল। সেনাবাহিনীর প্রস্তাব শোনার সঙ্গে সঙ্গে তার মনে এক অদ্ভুত দ্বন্দ্ব জন্ম নিল—এক দিকে ছিল বিশ্বস্ততার দায়িত্ব, অন্য দিকে সম্ভাব্য বিপদ ও নৈতিক জিজ্ঞাসা।

কর্নেল হ্যান্স যোগ করলেন—"আমরা চাই আপনার দল আমাদের সঙ্গে যুক্ত হোক। আমরা আপনাদের নিরাপত্তা ও সম্পূর্ণ গবেষণা স্বাধীনতা নিশ্চিত করব। তবে এর বিনিময়ে আমাদের কিছু শর্ত আছে।"

বিনি বুঝল, শর্তগুলো হয়তো একদিন তার গবেষণার স্বাধীনতাকে প্রশ্নবিদ্ধ করবে। তবে এই প্রস্তাব এক নতুন পথ খুলে দিল—বিশ্ববিজ্ঞান ও সামরিক শক্তির সংযোগের একটি ঝুঁকিপূর্ণ গেট।

বিনির চোখে উঠল এক অদ্ভুত দীপ্তি, আর তার মনে ঠাঁই নিল এক সংকল্প—"আমি সিদ্ধান্ত নেব, কিন্তু সেটি হবে শুধু আমার।"

বাহিরে বৃষ্টি থেমে গেল, কিন্তু বিনির সামনে শুরু হলো নতুন একটি ঝুঁকিপূর্ণ অধ্যায়ের দরজা।

বিনি ল্যাবের এক কোণে বসে কর্ণেল হ্যান্সের কথা ভাবছিল। দরজার ওপারে সেনাবাহিনীর পদক্ষেপে পুরো জায়গাটা যেন বদলে গেছে। কর্ণেল বলেছিল, “আপনার গবেষণা শুধুই বিজ্ঞান নয় — এটি এক শক্তিশালী অস্ত্র।” বিনি জানত, এই কথার মধ্যে ছিল ভয় ও সম্ভাবনার মিশ্রণ।

কর্ণেল হ্যান্স বিস্তৃত কাগজপত্র টেবিলের উপর রাখলেন — যেখানে মাঙ্কুর জিনোম বিশ্লেষণ, তার শক্তি ও বিকাশের তথ্য সংক্ষেপে দেওয়া ছিল। “আপনি জানেন মাঙ্কুর ক্ষমতা কতোটা ভয়ঙ্কর। যদি আমরা এটাকে সামরিক প্রয়োজনে ব্যবহার করি, তবে এটি শুধু প্রতিরক্ষা নয়, এক নতুন যুদ্ধাস্ত্র হবে,” কর্ণেল বললেন, কণ্ঠে দৃঢ়তা আর ভয়ানক উত্তেজনা।

বিনি তার চোখে চশমা বেঁধে ডাটা পড়তে লাগল। মাঙ্কু, যে একসময় ছিল একটি জীবন্ত জিন পরীক্ষা, এখন সেনাবাহিনীর হাতে এক সম্ভাব্য অস্ত্রের আকার নিচ্ছে। বিনির মনে প্রশ্নের

ঝড় উঠল — এটি কি বৈজ্ঞানিক অগ্রগতি নাকি নৈতিক বিপর্যয়?

"আপনি কি সত্যিই চান এটিকে যুদ্ধাস্ত্র হিসেবে ব্যবহার করতে?" বিনি কর্ণেলের দিকে প্রশ্ন তুললেন।

কর্ণেল হ্যান্সের উত্তর ছিল স্পষ্ট—"বিনি, পৃথিবীর নিরাপত্তা এখন শক্তির ভারসাম্যের ওপর নির্ভর করছে। মাঙ্কু আমাদের হাতে থাকলে আমরা কোনো হুমকিকে প্রতিরোধ করতে সক্ষম হব।"

বিনির মাথায় হঠাৎ এক ভয়াবহ দৃশ্য ভেসে উঠল—এক যুদ্ধক্ষেত্র, যেখানে মাঙ্কু শুধু ধ্বংসের প্রতীক হয়ে থাকবে। তার বিজ্ঞান কি এমন এক পথ তৈরি করবে যেখানে মানুষের নিয়ন্ত্রণের বাইরে চলে যাবে?

বিনি জানত, এই সিদ্ধান্ত শুধু তার নয়—এটি হবে মানবজাতির ভবিষ্যতের একটি নির্ণায়ক অধ্যায়। কিন্তু সেনাবাহিনীর দাবি ছিল স্পষ্ট: “মাঙ্কু যুদ্ধাস্ত্র হিসেবে ব্যবহারের জন্য প্রস্তুত করা।”

বিনির চোখে ঝলমল করল এক প্রশ্নের অন্ধকার — বিজ্ঞান কি যুদ্ধের হাতে হাত বেঁধে চলতে পারে?

বহিরে ঝড়ের শব্দ থামছে, কিন্তু বিনির মনে গড়ে উঠল এক অনিশ্চিত যুদ্ধের ধ্বনি।

বিনির মস্তিষ্কে ঝড় বয়ে যাচ্ছিল। কর্ণেল হ্যান্সের আগ্রহ, সেনাবাহিনীর প্রস্তাব — সবই এক ভয়ানক বাস্তবতার মুখোমুখি দাঁড় করাচ্ছিল। সে জানত, মাঙ্কু শুধু একটি জৈবিক

পরীক্ষা নয়; এটি একটি প্রাণ, একটি শক্তি যা কখনো মানুষের নিয়ন্ত্রণের বাইরে যেতে পারে।

"আমি এর সাথে অংশ নিতে পারব না," বিনি শেষ করে বলল, কণ্ঠে দৃঢ়তা ও অভিমানের মিশ্রণ। কর্ণেল হ্যান্স চমকে বলল, "বিনি, এটা শুধু তোমার সিদ্ধান্ত নয়—এটি পৃথিবীর নিরাপত্তার প্রশ্ন।"

বিনি চুপ করে থাকল। তার মনে এক ভয় জাগছিল—যে ভয় শুধু একজন বিজ্ঞানীর নয়, মানবতারও। "আপনার নিরাপত্তা... যদি এর জন্য একটি প্রাণকে অস্ত্র বানানো হয়, তবে আমরা কী মানুষ থাকব? আমি এটা করতে পারব না।" তার শব্দে ছিল এক অচেনা দৃঢ়তা।

কর্ণেল হ্যান্স কিছুক্ষণ চুপ করে থাকল, তারপর শান্তভাবে বলল, "তুমি জানো, বিনি, এই সিদ্ধান্তের মূল্য অনেক বড়—তুমি শুধু একটি বিজ্ঞানকে নয়, পৃথিবীর ভবিষ্যতকে প্রত্যাখ্যান করছ।"

বিনির চোখে তখন এক অচেনা অগ্নি জ্বলছিল। "যদি সেই ভবিষ্যত হয় ভয় ও ধ্বংসের, তবে আমি সেই পথে যেতে রাজি নই," সে বলল।

কর্ণেল হ্যান্স ধীরে ধীরে মাথা নেড়ে বলল, "তোমার এই প্রত্যাখ্যান এক নতুন যুদ্ধের শুরু হতে পারে... তবে তুমি নিজের নৈতিকতার পাশে দাঁড়িয়েছ।"

বাহিরে ঝড় থেমে গেল, কিন্তু বিনির মনে জন্ম নিল এক নতুন সংকল্প—বিজ্ঞানের জন্য নয়, মানবতার জন্য লড়াই।

অধ্যায় 49 : রাজনৈতিক শক্তির হস্তক্ষেপ

বিনির প্রত্যাখ্যানের খবর অচিরেই বিস্তৃত হলো। সংবাদমাধ্যম, বৈজ্ঞানিক জার্নাল, রাষ্ট্রীয় তদন্ত সংস্থা—সবাই এ বিষয় নিয়ে আলোচনা শুরু করল। কর্নেল হ্যান্সের কথায় জেগে উঠল এক আন্তর্জাতিক সংঘর্ষের আভাস।

বিনির ছোট গবেষণাগারটি এখন আন্তর্জাতিক মানচিত্রে গুরুত্বপূর্ণ অবস্থানে চলে এসেছে। বিভিন্ন দেশ, গবেষণা প্রতিষ্ঠান, এবং সেনাবাহিনী — সবাই এক কথায় চাইছিল এই গবেষণার নিয়ন্ত্রণ নিজেদের হাতে নিতে। বার্লিনে বৈজ্ঞানিক সম্মেলনে বিষয়টি নিয়ে তীব্র বিতর্ক চলছিল, যেখানে বক্তারা দ্বন্দ্বে মাতিয়ে তুলছিলেন বিশ্বমঞ্চ।

বিনির উপর চাপ তৈরি হচ্ছিল একাধিক দিক থেকে। একদিকে ছিল রাষ্ট্রীয় নিরাপত্তা, অন্যদিকে ছিল বৈজ্ঞানিক কৌতূহল, আর তার মাঝেই মানুষের নৈতিকতার প্রশ্ন। সংবাদে উঠল "বিনি বনাম বিশ্ব"—এক বিরল গল্প যেখানে একটি ব্যক্তির নৈতিক সিদ্ধান্ত আন্তর্জাতিক রাজনীতির কেন্দ্রে পরিণত হলো।

ফলে, বিনির শান্ত গবেষণাগার এখন আন্তর্জাতিক চাপে নড়ে ওঠে—প্রত্যেক পক্ষ চাইছিল মাঙ্কুর নিয়ন্ত্রণ। তিনি বুঝতে পারছিলেন, শুধু বিজ্ঞান নয়, এখন যুদ্ধের মঞ্চে উঠেছে নৈতিকতার লড়াই।

বাহিরে বাতাসে এক অদ্ভুত উত্তেজনা ছিল—যে উত্তেজনা শুধু বৈজ্ঞানিক জগতের নয়, পুরো বিশ্বের জন্য ছিল এক নতুন সংকেত।

বিনির গবেষণার খবর বিশ্বমঞ্চে পৌঁছানোর পর, বিষয়টি জাতিসংঘের নিরাপত্তা পরিষদের আলোচনার কেন্দ্রবিন্দুতে পরিণত হয়। বিভিন্ন দেশের প্রতিনিধি একত্রিত হয়ে মাঙ্কুর বিষয়টি নিয়ে তীব্র বিতর্ক শুরু করল।

যুক্তরাষ্ট্র, রাশিয়া, চীন ও ইউরোপীয় ইউনিয়নের প্রতিনিধিরা একে "জেনেটিক নিরাপত্তা" ও "বিশ্বশক্তির ভারসাম্য" বিষয়ক গুরুতর ইস্যু হিসেবে উপস্থাপন করল। একপক্ষ চাইছিল মাঙ্কুকে আন্তর্জাতিক নিয়ন্ত্রণে আনা হোক, অন্য পক্ষ দাবি করছিল যে এটি বৈজ্ঞানিক স্বাধীনতার মধ্যে পড়ে এবং এর ফলে মানবতার জন্য নতুন সুযোগ তৈরি হবে।

জাতিসংঘের সদস্য রাষ্ট্রগুলোর মধ্যে গরমাগরম বাক্যবিনিময় শুরু হলো। নিরাপত্তা পরিষদের সভা শুরু হল অগণিত প্রশ্ন ও অভিযোগ নিয়ে। কেউ বলল, "এটি এক নতুন অস্ত্রশস্ত্র"—তারা দেখল মাঙ্কুর শক্তি সামরিক ব্যবহারের সম্ভাবনা বহন করে। অন্যরা বলল, "এটি জীবন ও বিজ্ঞানকে নতুন মাত্রা দিতে পারে"—তারা বিজ্ঞান ও প্রযুক্তির স্বাধীনতা রক্ষার দাবি জানাল।

মঞ্চে কথার উত্তাপ বাড়ছিল, কিন্তু বিনির মনের মধ্যে জেগে উঠল এক অদ্ভুত চাপ। তিনি জানতেন, এই বিতর্কের ফলাফল শুধু বৈজ্ঞানিক নয়, রাজনৈতিক এবং নৈতিক ক্ষেত্রেও বিপ্লব সৃষ্টি করবে।

জাতিসংঘের সভার শেষ প্রান্তে একটি সিদ্ধান্ত নেওয়া হলো—বিনিকে এবং মাঙ্কুকে নিয়ে বিশেষ তদন্ত কমিটি গঠন করতে হবে। কিন্তু এই কমিটির প্রকৃতি ও উদ্দেশ্য নিয়ে সন্দেহ আর ভয় তৈরি করল। বিনির মনে হচ্ছিল, তিনি যেন এক বিপজ্জনক খেলায় ফাঁদে পড়েছেন।

জাতিসংঘের বিতর্কের পর, বিনির জীবন আর আগের মতো আর হবে না—এটি সে বুঝতে পারছিল। সভা শেষে, একটি অচেনা প্রতিনিধি নির্জন কক্ষে বিনির সঙ্গে দেখা করতে চাইল। তার পরিচয় জানাতে চাইল না, শুধু একটি লিফলেট আর একটি শব্দবিহীন দিকনির্দেশনা রেখে গেল।

লিফলেটে লেখা ছিল—**"বিশ্বের ভারসাম্য মাঙ্কুর নিয়ন্ত্রণে। তুমি চাইছ কি সেটি স্বাধীন থাকবে, নাকি নির্দিষ্ট শক্তির হাতে যাবে?"**

বিনির মধ্যে কৌতূহল ও সন্দেহ একসাথে জেগে উঠল। তিনি বুঝতে পারছিলেন—এটি শুধুমাত্র একটি বৈজ্ঞানিক প্রস্তাব নয়, বরং এক গোপন আন্তর্জাতিক সমঝোতা। এতে উল্লেখ ছিল যে, যদি বিনি মাঙ্কুর ওপর তার নিয়ন্ত্রণ স্বেচ্ছায় ছেড়ে দেয়, তবে তাকে ও তার গবেষণাকে আন্তর্জাতিকভাবে নিরাপত্তা, অর্থায়ন এবং প্রযুক্তিগত সহযোগিতা দেওয়া হবে।

তবে বিনির সামনে ছিল একটি বড় дил◌েম—এই সমঝোতা মানে হবে বৈজ্ঞানিক স্বাধীনতার হারানো, এবং মাঙ্কুর ক্ষমতা এক নির্বাচিত গোষ্ঠীর হাতে পড়া। অন্যদিকে প্রত্যাখ্যান মানে হবে এক বিরাট রাজনৈতিক ও নিরাপত্তা ঝুঁকি।

বিনির মনে হলো, এই সিদ্ধান্ত শুধু তার নিজের নয়—এটি হবে মানবতার ভবিষ্যৎ নির্ধারণের এক নৈতিক পরীক্ষা। তিনি জানতেন, এই মুহূর্তে এক চুপচাপ সিদ্ধান্ত তার ও বিশ্বের ভাগ্য পরিবর্তন করতে পারে।

বিনির চোখে অদ্ভুত এক আতঙ্ক ও দায়িত্ববোধ মিলেমিশে উঠল—যেন একটি বিশ্বব্যাপী ষড়যন্ত্রের দরজা খুলে দিয়েছে।

অধ্যায় 50 : বিশ্বজুড়ে আতঙ্কের আভাস

বিনির গোপন সিদ্ধান্ত নেওয়ার আগের রাতেই, একটি অজানা সংবাদ মাধ্যম রাতের অন্ধকারে একটি বিস্ফোরক খবর প্রকাশ করল। খবরের শিরোনাম ছিল—

"বিশ্বজুড়ে গোপন বৈজ্ঞানিক প্রকল্প, যার কেন্দ্রবিন্দুতে অদ্ভুত একটি প্রাণী: মাঙ্কু"।

খবরের বডি থেকে স্পষ্ট হলো যে, একটি আন্তর্জাতিক বৈজ্ঞানিক দল দীর্ঘদিন ধরে একটি গোপন গবেষণায় লিপ্ত ছিল, যেখানে জিন পরিবর্তনের মাধ্যমে একটি অদ্ভুত প্রাণী তৈরি করা হয়েছিল। এ খবরের সাথে ছিল মাঙ্কুর ছবি, যেটি অস্পষ্ট হলেও মানুষের আগ্রহ ও আতঙ্ক একসাথে জাগিয়ে তুলছিল।

সংবাদটি মুহূর্তেই ভাইরাল হয়ে গেল। সামাজিক যোগাযোগ মাধ্যম, টেলিভিশন, এবং অনলাইন নিউজ পোর্টালে খবরের তীব্র প্রতিক্রিয়া দেখা দিল। বিজ্ঞানী ও রাজনৈতিক বিশ্লেষকরা

দ্বিধায় পড়লেন—এটি কি একটি বৈজ্ঞানিক অগ্রগতি, নাকি বিপজ্জনক নৈতিক সীমার লঙ্ঘন?

বিনির ফোন বারবার বাজতে লাগল—বন্ধুরা, সহকর্মীরা, সাংবাদিকরা সবাই জানতে চাইছিল এই প্রকল্পের সত্যতা। তবে বিনি জানত, যদি খবর সত্যি হয়, তাহলে তার কাজ আর গোপন থাকবে না। তবে, এটিই কি তার পরিকল্পনা ভেদ করে দিতে পারে? নাকি কেউ ইতিমধ্যেই তার নিয়ন্ত্রণে থাকা গোপন তথ্য ফাঁস করেছে?

রাতের নীরবতায় বিনি জানত—এটি শুধু সংবাদ ফাঁস নয়, এটি একটি যুদ্ধের শুরু, যেখানে তথ্যই হবে প্রধান অস্ত্র।

সংবাদমাধ্যমে মাঙ্কুর রহস্য ফাঁস হওয়ার পরই সাধারণ মানুষের মধ্যে আতঙ্কের বাতাবরণ সৃষ্টি হলো। সোশ্যাল মিডিয়া জুড়ে গুঞ্জন ছড়িয়ে পড়ল—"মাঙ্কু কি মানবজাতির জন্য হুমকি?" "এ কি নতুন জীববিদ্যার বিপর্যয়?" "এটি কি যুদ্ধের হাতিয়ার হতে পারে?"

রাস্তার ছোট দোকান থেকে শুরু করে বড় শহরের অফিস-লবি—সব জায়গায় মানুষের মুখে শুধুই একই প্রশ্ন: "আমরা কি নিরাপদ?" খবরের আলোচনায় বিজ্ঞানীরাও বিভক্ত হয়ে পড়ল—কেউ বললেন এটি মানবতার জন্য যুগান্তকারী অগ্রগতি, আবার কেউ এটিকে দেখলেন ভয়ঙ্কর বিপদের দিকে ইঙ্গিত হিসেবে।

অতিরিক্ত সংবাদ, ভিডিও ক্লিপ, গোপন তথ্য ফাঁস—সব মিলিয়ে একটি “প্যারানোয়া মেজাজ” তৈরি করল। কিছু মানুষ নিরাপত্তার কারণে বাইরে বের হতে ভয় পেতে লাগল। স্কুল

ও বিশ্ববিদ্যালয়ে শিক্ষার্থীরা এই বিষয় নিয়ে বিতর্কে ঝাঁপিয়ে পড়ল।

রাজনৈতিক নেতারা জনগণ শান্ত রাখার চেষ্টা করলেও, প্রতিটি রাজনৈতিক সভায় মাঙ্কু বিষয়টি উঠে আসত। বিভিন্ন দেশে সমালোচনামূলক বিক্ষোভ শুরু হলো—"জীববিজ্ঞানে সীমা আছে" এবং "মানবতা রক্ষার দাবি" নিয়ে লাঠি, ব্যানার ও গর্জন দেখা দিল।

বিনির মন গভীর অস্থিরতায় ভরে উঠল। সাধারণ মানুষের ভয় তাকে বোঝাল—তার কাজ শুধুই গবেষণা নয়, এটি ইতিমধ্যেই মানবতার ভবিষ্যতের ওপর গভীর প্রভাব ফেলেছে।

রাতের অন্ধকারে, বিনি বুঝতে পারল—এখন পরিস্থিতি শুধু বৈজ্ঞানিক নয়, এটি একটি সামাজিক এবং রাজনৈতিক বিপর্যয়ের দিকে এগিয়ে যাচ্ছে।

সংবাদমাধ্যমে ফাঁসের পর, বিষয়টি রাষ্ট্র এবং আন্তর্জাতিক মঞ্চে অগ্নিগর্ভ হয়ে উঠল। জাতিসংঘের জরুরি বৈঠক ডাকা হলো। সভা চলাকালীন দেশগুলো নিজেদের নিরাপত্তা ও শক্তি বৃদ্ধি করার প্রস্তাব নিয়ে হাজির হলো। বিজ্ঞানী ও সামরিক প্রতিনিধিরা একে অন্যের দিকে অভিযোগ ছুড়ল—"এ কি মানবতার অর্জন, নাকি বিপদের বীজ?"

একপাশে রাজনৈতিক নেতারা চূড়ান্ত পদক্ষেপের জন্য চাপ সৃষ্টি করল, অন্যপাশে গোপন সমঝোতা শুরু হলো—যেখানে কিছু শক্তিশালী রাষ্ট্র মাঙ্কুকে নিয়ন্ত্রণ করার পরিকল্পনা করল।

এই পরিকল্পনা ছিল জনসমক্ষে গোপন, কারণ এর ফলে বড় ধরনের রাজনৈতিক ও মানবিক বিপর্যয় সৃষ্টি হতে পারে। বিনি বুঝতে পারল, মাঙ্কু শুধুমাত্র একটি বৈজ্ঞানিক সাফল্য নয়—এটি এখন একটি রাজনৈতিক অস্ত্র। তার কাজের ফলাফল পৃথিবীর রাজনৈতিক ভারসাম্য বদলে দিতে পারে। এর ফলে মানুষের স্বাধীনতা, নিরাপত্তা ও অস্তিত্বের প্রশ্ন উঠে এসেছে।

মাঙ্কু নিয়ে গোপন সমঝোতার সংবাদ বাইরে ফাঁস হলে, বিশ্বজুড়ে অস্থিরতা ছড়িয়ে পড়ে। একদিকে আছে গবেষকদের আতঙ্ক, অন্যদিকে আছে রাষ্ট্রের লুকিয়ে নেওয়া আগ্রাসী পরিকল্পনা।

বিনির মনে এক অদ্ভুত ভয় বাসা বেঁধে গেল—মানবজাতির ভবিষ্যৎ এখন শুধুই তার গবেষণার উপর নির্ভর করছে, কিন্তু সেই ভবিষ্যৎ অন্ধকারে ঢেকে আছে।

শেষে সে একাকী ভাবতে লাগল—

"আমরা কি সত্যিই এই রহস্যের দায় নিতে প্রস্তুত?"

এভাবেই অধ্যায় ৫০ শেষ হয়, যা পুরো গল্পকে একটি গভীর ক্লাইম্যাক্সে নিয়ে যায়, যেখানে বিজ্ঞান, নৈতিকতা, রাজনীতি এবং মানবতার ভবিষ্যৎ এক জায়গায় সংঘর্ষ করছে।

পর্ব ৬ : চূড়ান্ত দ্বন্দ্ব

অধ্যায় 51 : মাঙ্কুর নিয়ন্ত্রণ রূপ

শহরটি রাত্রির অন্ধকারে গভীর নীরবতায় ডুবে ছিল। হঠাৎ, দূরের দিক থেকে এক অদ্ভুত গর্জন শোনা গেল—যেমন কেউ পৃথিবীর বুকে চূর্ণপ্রতিষ্ঠা করার চেষ্টা করছে। প্রথমে মানুষরা এটিকে মাত্র এক ভূমিকম্পের প্রতিক্রিয়া ভেবে নিল, কিন্তু কয়েক মিনিটের মধ্যে পরিস্থিতি বদলে গেল।

রাস্তার চারপাশে গাড়ি উল্টে যাচ্ছিল, কাচ ভাঙছিল, মানুষের চিৎকার আর ভয়ংকর ধ্বংসযজ্ঞ চারপাশে গর্জন তুলছিল। আকাশে অদ্ভুত আলো ঝলমল করছিল—লাল, নীল ও সবুজ আলো এক সাথে মিলেমিশে এক ভয়ানক দৃশ্য সৃষ্টি করছিল। টেলিভিশন ও ফোনের স্ক্রিনে বারবার জানানো হচ্ছিল—শহরে একটি অজানা শক্তি আক্রমণ চালাচ্ছে। সেনাবাহিনী দ্রুত মোতায়েন হলেও, তাদের অস্ত্র যেন অকার্যকর। একে একে এলাকায় ধ্বংসের ঘটনা ঘটতে থাকল।

বিনি, অন্যদের মতো, আতঙ্কিত হয়ে গেল। কিন্তু তার মনে এক ভয়াবহ উপলব্ধি জাগল—মাঙ্কু যেন এর সাথে সরাসরি যুক্ত। তার গোপন পরীক্ষা, তার জিন প্রকল্প—সবকিছু যেন এখন এক ভয়ঙ্কর বাস্তবতায় রূপ নিয়েছে।

শহরের মধ্য দিয়ে ছড়িয়ে পড়া ধ্বংসযজ্ঞের মধ্যে, একাধিক মানুষ নিখোঁজ হয়ে যাচ্ছে। আশেপাশের পরিবেশে স্থিরতা নেই—প্রতিটি মুহূর্তে মানুষের প্রাণহানি ও বিপর্যয়ের ছায়া বাড়ছে।

বিনির মনে প্রশ্ন উঁকি দিতে থাকে—
"এই তাণ্ডব কি সত্যিই আমাদের তৈরি, নাকি এটি কোনো লুকানো শক্তির প্রহসন?"

এইভাবে, শহরে তাণ্ডবের দৃশ্য গল্পকে একটি উত্তপ্ত ও হুমকিপূর্ণ পর্যায়ে নিয়ে যায়, যা পরবর্তী পর্বের ক্লাইম্যাক্সের ভিত্তি স্থাপন করে।

শহরের তাণ্ডব ক্রমশ ভয়াবহ রূপ নিতে লাগল। ধ্বংসযজ্ঞের আওয়াজে রাত যেন দিনে রূপান্তরিত হয়ে গেল—গর্জন, চিৎকার, ধ্বংসের শব্দ এক অপার্থিব সঙ্গীত তৈরি করেছিল। রাস্তার ধারে বহু মানুষ আহত হয়ে পড়েছিল; কেউ কেউ রক্তাক্ত অবস্থায় সাহায্যের জন্য চিৎকার করছিল। হাসপাতাল ও জরুরি সেবা কেন্দ্রগুলো মুহূর্তেই পূর্ণ হয়ে গেল। অনেকেই নিরাপদ আশ্রয়ের পথে ছুটে যাচ্ছিল, আবার অনেকেই ধ্বংসস্তূপের নিচে চাপা পড়ে নিখোঁজ হয়ে যাচ্ছিল।
বিনিও বাইরে বেরিয়ে পরিস্থিতি পর্যবেক্ষণ করল। তার চোখে ভয়ের ছায়া, কিন্তু সাথে ছিল এক গভীর উদ্বেগ—এটি শুধু একটি আক্রমণ নয়, এটি যেন পরিকল্পিত এক ধ্বংসের ফলাফল।

একসময় সে লক্ষ্য করল—শহরের এক নির্দিষ্ট অঞ্চলে প্রাণহানির হার অন্য জায়গার তুলনায় অসাধারণভাবে বেড়ে যাচ্ছে। সেখানে শুধু ধ্বংস নয়, যেন একটি জৈব বা জেনেটিক বিস্ফোরণ ঘটেছে। মৃতদের দেহে অদ্ভুত জৈব চিহ্ন ও বিকৃতির ছাপ দেখা যাচ্ছিল—যা পরিষ্কার ইঙ্গিত দিচ্ছিল যে এটি একটি স্বাভাবিক আক্রমণ নয়।

সৈন্যদল চেষ্টা করছিল পরিস্থিতি নিয়ন্ত্রণে আনতে, কিন্তু প্রতিটি প্রচেষ্টা ব্যর্থ হচ্ছিল। শহরের বুকে আতঙ্ক ও মৃত্যু এক গভীর নীরবতায় মিলিত হয়ে যাচ্ছিল।

বিনির মনে এক ভয়ঙ্কর সত্য উত্থিত হতে শুরু করল—মাঙ্কুর শক্তি কেবল পরীক্ষা বা গোপন গবেষণার বিষয় নয়; এটি মানুষের অস্তিত্বকে শূন্যে পরিণত করার এক ভয়ঙ্কর অস্ত্র হতে পারে।

এখানেই গল্পে সৃষ্টি হলো **মানবতার এক নতুন সংকট**, যা পরবর্তী পর্বে আরও গভীরভাবে প্রকাশ পাবে।

বিনির বুক ভর করে এক অচেনা ভার—অপরাধবোধের চাপ। শহরের রক্তক্ষয়ী তাণ্ডবের মধ্যে দাঁড়িয়ে সে অনুভব করল, এই ধ্বংসের মূল উৎস তারই সৃষ্টি, মাঙ্কু। এই অদ্ভুত প্রাণী, যা তার গবেষণার ফল, এখন মানুষের মৃত্যুর কারিগর হয়ে উঠেছে।

সে মনে মনে বলল, "আমিই তো তাকে তৈরি করেছি... আমি কি মানবতার জন্য, নাকি ধ্বংসের জন্য এই পথ বেছে নিয়েছি?" নিজের হাতে তৈরি এক অস্ত্র—এক জীবন—যার নিয়ন্ত্রণ এখন তার হাতের বাইরে চলে গেছে।

বিমল ও জয়ন্তের কথাগুলো ঘুরপাক খাচ্ছিল বিনির মনে। তাদের সতর্কবার্তা আর সতর্কতার ভাষা—সবই যেন আজকের ভয়াবহতায় সত্যি প্রমাণিত হচ্ছে। কিন্তু বিনি জানে, এখন পেছনে ফিরে যাওয়ার কোনো রাস্তা নেই।

তবে অপরাধবোধ শুধু দুঃখ নয়; এতে আছে এক ধরনের দায়বদ্ধতা—মানবতার প্রতি। সে সিদ্ধান্ত নিল, মাঙ্কুকে থামাতে

হবে, নিজের জীবন ঝুঁকিতে ফেলেও, যাতে বাকি পৃথিবী বাঁচতে পারে।

বিনির চোখে অদ্ভুত এক অস্থির দীপ্তি—একদিকে ভয়, অন্যদিকে এক অদম্য সংকল্প।

সে বুঝল, এই অভিযান আর গবেষণা নয়, এটি হবে **মানবতার ভাগ্য রক্ষা করার এক যুদ্ধ**।

অধ্যায় 52 : জার্মানির রাস্তায় তাণ্ডব

রাত গভীর, শহরের ধ্বংসের চিহ্ন এখনও তাজা। সামরিক বাহিনী মাঙ্কু ধ্বংসের জন্য এক বড় অভিযান চালায়—হেলিকপ্টার, ড্রোন, ভারী অস্ত্র—সবই প্রস্তুত। তবে মাঙ্কু সাধারণ প্রাণীর মতো নয়; সে একটি অদ্ভুত জৈবিক ক্ষমতার অধিকারী, যা কোনো অস্ত্র বা শক্তির কাছে সহজে রুখে দাঁড়াতে পারে।

অভিযানের প্রথম কয়েক মিনিটে সৈন্যরা অগ্রগতি অর্জন করে মনে করেছিল—তাদের শক্তি যথেষ্ট। কিন্তু হঠাৎ, মাঙ্কু এমন এক আচরণ দেখায় যা সবাইকে স্তব্ধ করে দেয়। সে তার দেহের আকার পরিবর্তন করে, দ্রুত গতিতে লুকিয়ে যায় এবং হামলার সব পরিকল্পনা ভেঙে দেয়।

ড্রোন ধ্বংস, বাহিনীর যানবাহন ক্ষতিগ্রস্ত, এবং সৈন্যরা নিয়ন্ত্রণ হারাতে শুরু করে। কেউ কেউ প্রাণ বাঁচাতে পিছু হটে, আবার কেউ মারা যায় অজানা এক শক্তির সামনে।

অভিযান থেমে যায়। সামরিক বাহিনীকে ব্যর্থতা স্বীকার করতে হয়—মাঙ্কুর সাম্রাজ্য এতটাই শক্তিশালী যে প্রচলিত অস্ত্র শূন্যের সমান।

এক করুণতকর ক্ষণ—যখন বিনি দূর থেকে ঘুরে দাঁড়িয়ে দেখছিল। তার মনে কেবল একটাই কথা: এই পরিস্থিতি কোনো সাধারণ যুদ্ধ নয়, এটি এক নতুন "অভিশাপ" সৃষ্টি করেছে, যা নিয়ন্ত্রণের বাইরে চলে গেছে।

অভিযানের ব্যর্থতার ধোঁয়া এখনও বাতাসে ভাসছে। শহরের ধ্বংসযজ্ঞ থেমে গেলেও আতঙ্কের মাত্রা কমেনি। সৈন্যরা যখন আহতদের উদ্ধার করে ফিরছে, তখন মাঙ্কু—অদ্ভুত চুপচাপভাবে—একপ্রকার কুয়াশার মতো আবরণে ঢাকা একটি এলাকা তীর্থ করে বসে আছে।

বিনি সেই দৃশ্য দেখতে পায় দূর থেকে। তার হৃদয়ে এক অচেনা শঙ্কা জেগে ওঠে। মাঙ্কুর দেহ হালকা আলোর মধ্যে ঝলমল করছে, যেন কোনো অদ্ভুত শক্তি গঠিত হচ্ছে। তার চারপাশে এমন এক জোয়ার-ঘূর্ণি তৈরি হচ্ছে, যা শব্দহীন কিন্তু চূড়ান্ত ভয়ঙ্কর।

হঠাৎ, মাঙ্কু তার শক্তি মুক্ত করে—a type of bio-energetic pulse—যা মুহূর্তের মধ্যে পারিপার্শ্বিক সবকিছুকে কেঁপে দেয়। জানালা-দরজা ভাঙে, দেয়াল ফাটে, রাস্তা চূর্ণবিচূর্ণ হয়ে যায়। সেনারা এক এক করে পিছিয়ে যায়, তাদের অস্ত্র কাজে আসছে না।

মাঙ্কুর চোখ—যেমন আগুনে দগ্ধ—সবদিকেই আতঙ্ক ছড়িয়ে দেয়। তার শক্তি শুধু ধ্বংস নয়, এটি এমন এক

বায়োট্রান্সফরমেশন শক্তি, যা নিজের পরিবেশকে পরিবর্তন করতে পারে। যা একবার মুক্ত হবে, তা আর নিয়ন্ত্রণে আনা সম্ভব নয়।

বিনি বুঝতে পারে—এখন মাঙ্কু শুধু একটি প্রাণী নয়, এটি একটি জৈব অস্ত্র, যার ভয়ঙ্কর ক্ষমতা পুরো পৃথিবীর জন্য এক চূড়ান্ত বিপদের সঙ্কেত।

মাঙ্কুর প্রকাশিত শক্তির প্রভাব ছড়িয়ে পড়ছে শহরের প্রতিটি কোণে। স্থিরতা হারানো বাতাসে মানুষের চিৎকার ও আতঙ্কের শব্দ মিশে যাচ্ছে—এক ধরনের অবর্ণনীয় হাহাকার তৈরি করছে।

রাস্তার মোড়, বাজার, মেট্রোরেল স্টেশন—সব জায়গা এক ধরণের অগণিত বিশৃঙ্খলায় পরিণত হচ্ছে। গাড়িগুলো উল্টে পড়ছে, সিগন্যাল বাতিগুলো ঝলসে যাচ্ছে, আর হাজার হাজার মানুষ অজ্ঞান অবস্থায় ছুটে যাচ্ছে নিরাপদ আশ্রয়ের খোঁজে। টেলিফোন নেটওয়ার্ক বন্ধ হয়ে যাচ্ছে, সেনারা ব্যর্থ হয়ে যাচ্ছেন—কারণ মাঙ্কুর শক্তি শুধু শারীরিক ধ্বংস নয়, এটি একটি প্রকার জ্যোতির্বিজ্ঞানী বিশৃঙ্খলা তৈরি করছে। পুরো শহর যেন একটি অচেনা বাস্তবতায় ঢুকে যাচ্ছে।

বিনি নিজের চোখে দেখে—তার আবিষ্কার শুধুই একটি বৈজ্ঞানিক পরীক্ষা নয়; এটি এখন মানবজাতির ওপর একটি ভয়ঙ্কর হুমকি হয়ে দাঁড়িয়েছে। তার মধ্যে ভেতরে এক ভয়ঙ্কর দ্বন্দ্ব জেগে ওঠে—কীভাবে বন্ধ করবে এই বিপর্যয়, আর কি এর জন্য নিজে আত্মত্যাগ করবে?

শহরের উপর অন্ধকার ঝাঁপিয়ে পড়ছে, আর আকাশ জুড়ে বাতাসে ভেসে আসে এক অদ্ভুত গর্জন—মাঙ্কুর ভয়ঙ্কর শক্তির প্রতিধ্বনি।

অধ্যায় 53 : বিজ্ঞানীদের মরিয়া চেষ্টা

বিনির মাথা ভারি। শহরের বিশৃঙ্খলার ছবি এখনও তার চোখের সামনে ভাসছে—মাঙ্কুর একটানা আক্রমণ, রাস্তায় ছড়িয়ে থাকা ধ্বংস, এবং মানুষের আতঙ্ক। কিন্তু এই ধ্বংসযজ্ঞ থামানোর জন্য কোনো সময় নেই।

একান্তে একটি ছোট ঘরে ট্যালি দলের সদস্যদের নিয়ে বসে আলোচনা শুরু করে। টেবিলে ছড়িয়ে আছে কাগজপত্র, মানচিত্র, এবং কিছু ল্যাব নোট। ট্যালি নিজের শান্ত কিন্তু দৃঢ় কণ্ঠে বলে—"আমরা যা দেখছি, তা শুধু একটা ঘটনা নয়। এটা একটি পরিকল্পিত আক্রমণ, যার পিছনে রয়েছে জেনেটিক অস্ত্র তৈরির একটি আন্তর্জাতিক ষড়যন্ত্র। আমাদের কাছে সময় নেই। আমাদের ব্যবস্থা নিতে হবে।"

বিমল ভীমদ্রুত নোট তুলে ধরে বলে—"আমরা কি মাঙ্কুর উৎস সনাক্ত করতে পারব? যদি আমরা তাকে নিয়ন্ত্রণের বাইরে যেতে দিতে থাকি, পুরো শহর—and সম্ভবত বিশ্বের অনেক অঞ্চল—ধ্বংস হয়ে যাবে।"

জয়ন্তা টেবিলের ওপরে হাত রাখে, বলল—"আমরা একসাথে কাজ করতে পারি। কিন্তু এর জন্য আমাদের সম্পূর্ণ গোপনীয়তা বজায় রাখতে হবে। একবার এই খবর বাইরে গেলে, আমরা আর পরিকল্পনা চালাতে পারব না।"

ট্যালি সিদ্ধান্ত নিয়ে ঘোষণা করে—"আমাদের একটি টাস্ক ফোর্স তৈরি করতে হবে। বিনি, তুমি মাঙ্কুর জিনোম বিশ্লেষণ করবে। বিমল, তুমি নিরাপত্তা ও যোগাযোগের দায়িত্ব নেবে। জয়ন্তা, তুমি আমাদের অনুসন্ধান দল পরিচালনা করবে।"

বিনির চোখে মিশে যায় আতঙ্ক ও দৃঢ়তার মিশ্রণ। সে জানে—এটি শুধু একটি বৈজ্ঞানিক গবেষণা নয়, এটি একটি জীবন-মৃত্যুর যুদ্ধের প্রস্তুতি।

বৈজ্ঞানিক নোটবুকের উপর একটি নতুন অধ্যায় শুরু হয়—শহরকে রক্ষা করার জন্য একটি গোপন, বিপজ্জনক অভিযান।

ট্যালির পরিকল্পনা অনুযায়ী, দল ছড়িয়ে পড়ে তাদের নিজ নিজ কাজে। বিনি তার ল্যাবের দরজা বন্ধ করে দেয়; সেখানে ল্যাবটেবিলে ছড়িয়ে আছে মাঙ্কুর জিনোমের নমুনা, মাইক্রোস্কোপের নিচে ডিএনএ সিকোয়েন্স, এবং একাধিক জটিল হিসাব নোট।

বিনি জানে—মাঙ্কুর এই অচেনা শক্তি থামানোর একমাত্র উপায় হলো একটি প্রতিষেধক তৈরি করা। কিন্তু এই প্রতিষেধক তৈরির কাজ সাধারণ কোনো পরীক্ষা নয়; এটি জিনগত স্তরে কাজ করা একটি বিপজ্জনক প্রচেষ্টা।

বিমল নিরাপত্তা ব্যবস্থা পরীক্ষা করছে—গোপন ল্যাবের চারপাশে শক্তিশালী বায়ো-সিকিউরিটি জোন তৈরি হচ্ছে। জয়ন্তা তথ্য সংগ্রহ করছে—মাঙ্কুর গত চলাফেরার ধারা, তার আক্রমণের ধরন, এবং তার প্রতিরোধক্ষমতার মানচিত্র।

বিনি গভীর মনোযোগে পরীক্ষা শুরু করে। প্রতিটি কোষ বিশ্লেষণ, প্রতিটি জিন পর্বের পরীক্ষা তাকে এক ধরণের রহস্যময় সত্যের দিকে নিয়ে যায়—মাঙ্কুর জিনোম এমনভাবে পরিবর্তিত হয়েছে যা আগে কখনো দেখা যায়নি। বিনির মনে একটা ভয় জাগে—"যদি আমরা সফল হই, আমরা ইতিহাস রচনা করব। আর যদি আমরা ব্যর্থ হই, তাহলে সম্ভবত মানবতা বিলীন হয়ে যাবে।"

দল জেনে যায়—এই প্রতিষেধক শুধু একটি জৈবিক সমাধান নয়, এটি একটি রেস, সময়ের সাথে যুদ্ধ।

তাদের প্রতি মিনিটে আক্রমণের ভয়, কিন্তু বিজ্ঞানী বিনির মধ্যে এক অদম্য জেদ জন্ম নেয়—একটি প্রতিষেধক তৈরি করে মাঙ্কুর থামানো।

বিনি নোটবুকে লিখে রাখে—

"জীবন বিপদের মুখে, বিজ্ঞানই মানবতার শেষ আশ্রয়।"

ল্যাবটি ছিল উত্তেজনা আর অন্ধকারের মিশ্রণ—প্রতিটি কোণ থেকে মৃদু যান্ত্রিক শব্দ, কখনো কখনো মাঙ্কুর গর্জন যেন ভেসে আসে দূর থেকে। বিনির চোখ ক্লান্ত, কিন্তু মন স্থির। প্রতিষেধকের জন্য প্রয়োজনীয় উপাদান, সঠিক জিন-প্যাটার্ন, এবং ন্যানো-অণুস্তরীয় মিশ্রণ প্রস্তুত করার কাজ চলছিল অবিরাম।

বিমল নিরাপত্তা ব্যবস্থায় দায়সারা নজর রাখছিল। জয়ন্তা বারবার সময়ের হিসাব নিয়েছিল—"বিনি, আমাদের হাতে আর দুই ঘন্টা নেই," সে বলল। মাঙ্কুর শক্তি প্রতিনিয়ত বৃদ্ধি

পাচ্ছিল, এবং শহরের বাইরে ভয়াবহ সংঘর্ষের খবর দ্রুত পৌঁছাচ্ছিল।

বিনি ল্যাবের মধ্যে বসে পরীক্ষাগুলো চালিয়ে যাচ্ছিল—জিনোম অ্যানালাইসিস, অণুজীব পরীক্ষণ, এবং জৈব-রাসায়নিক সমীকরণের সমাধান। প্রতিটি ধাপ তাকে এক ধরণের সীমারেখার কাছে নিয়ে যাচ্ছিল। ভুল এক ধাপ—পুরো পরিকল্পনা ধ্বংস হয়ে যাবে।

ঘড়ির কাঁটা অমানবিক গতিতে এগোচ্ছে—প্রতিটি মিনিট যেন এক ঘণ্টার সমান। বিনি জানে, তারা সময়ের বিরুদ্ধে লড়াই করছে। যদি এই প্রতিষেধক তৈরি করতে ব্যর্থ হয়, মাঙ্কুর শক্তি শুধু মহাদেশ নয়, সমগ্র পৃথিবী গ্রাস করবে।

বিনি নিজের নোটবুকে লিখল—

"বিজ্ঞান কখনো থামে না, কিন্তু সময় থামে। আর আমরা, সময়কে হারাতে পারি না।"

ল্যাবের দরজা হঠাৎ কাঁপতে শুরু করল—বহিরাগত আক্রমণের আওয়াজ স্পষ্ট। সময় শুধু তাদের শত্রু নয়, এটি তাদের চূড়ান্ত প্রতিদ্বন্দ্বী হয়ে দাঁড়িয়েছে।

অধ্যায় 54 : বিমলের ত্যাগ

বৃষ্টি মাখা অন্ধকার রাতে শহর ছিল এক বিশৃঙ্খলার দোলাচলে। মাঙ্কু—অদ্ভুত, ভয়ঙ্কর, অপ্রতিরোধ্য—তার প্রতিটি শ্বাসে বাতাস কেঁপে উঠছিল। তার পায়ে জ্বালাময় শক্তি, চোখে অচেনা দীপ্তি, আর গর্জনে যেন আগুন জ্বালিয়ে দেওয়া যন্ত্রের শব্দ।

বিনি, বিমল ও জয়ন্তা—তিনজনেই জানে, এই লড়াই শুধু একটি পরীক্ষাগারের মধ্যে সীমাবদ্ধ নয়; এটি মানবতার ভবিষ্যতের সঙ্গে লড়াই। বিনির হাতে প্রতিষেধকের শলাকা, কিন্তু তৈরি হয়নি সম্পূর্ণ। সময় নেই—প্রতিটি মুহূর্তে মাঙ্কুর শক্তি বেড়ে চলেছে।

"এখনই," বিনি কণ্ঠে স্থির সংকল্প নিয়ে বলল।

বিমল মাথা নাড়ল, কিন্তু সঙ্গ দিতে প্রস্তুত। জয়ন্তা তার পেছনে দাঁড়িয়ে চূড়ান্ত সিদ্ধান্তে পৌঁছালো—"আমরা পিছিয়ে থাকতে পারি না।"

তারা তিনজনই একসাথে ঝাঁপিয়ে পড়ল—মাঙ্কুর দিকে। বিনির হৃদয় কেঁপে উঠল, কারণ সে জানে, এই ঝাঁপ মানে নিজের জীবনকে ঝুঁকিতে ফেলা। কিন্তু সেই ঝুঁকি ছাড়া মানবজাতি বাঁচবে না।

মাঙ্কুর চোখে অচেনা রাগ, আর তার গর্জনে যেন ভূমিকম্পের ঝঞ্ঝা লুকিয়ে আছে। লড়াই শুরু হলো—একটি লড়াই যা শুধু শক্তির নয়, সাহস, জ্ঞান ও নৈতিকতার লড়াই।

বৃষ্টি আর বজ্রপাতের মধ্যে, তিনজন বিজ্ঞানী মাঙ্কুর বিরুদ্ধে দাঁড়িয়ে যায়—সময় ও মানবতার জন্য।

বৃষ্টি থামছিল না। মেঘের ঘনত্ব, বজ্রপাতের গর্জন, আর বাতাসের তীব্র ঝোঁকা—সবকিছু যেন মাঙ্কুর শক্তিকে আরও প্ররোচিত করছিল। বিনি, বিমল ও জয়ন্তা জানত, সময় তাদের বিরুদ্ধে কাজ করছে। প্রতিষেধক এখনো অসম্পূর্ণ, কিন্তু প্রয়োগ ছাড়া মাঙ্কুর থামানো অসম্ভব।

বিনি হাতে শক্ত করে ধরে রাখল স্প্রে-পাত্র। "এখনই," সে নিজের কণ্ঠে দৃঢ়তায় বলল। বিমল মাঙ্কুর দিকে এগিয়ে গিয়ে হাতের গ্লাভস খুলল, আর জয়ন্তা তাদের পেছনে চুপচাপ সমর্থন দিল।

মাঙ্কু তাঁদের দিকে এগিয়ে এলো—প্রত্যেক পদক্ষেপে ভূমিকম্পের মতো দাপট। তার দেহ থেকে অদ্ভুত ঝাঁকুনি, চমকানো শক্তি বের হচ্ছিল। বিনি এক ঝাঁকে স্প্রে ছুঁড়ে দিল, প্রতিষেধক মিশ্রিত তরল মাঙ্কুর ত্বকে ছড়িয়ে পড়ল।

প্রথম ছোঁয়ায় মাঙ্কু চিৎকার করতে লাগল, কিন্তু থামল না। তার গর্জন আরও ভয়ঙ্কর হয়ে উঠল। জয়ন্তা, বিমল, আর বিনি একসাথে আক্রমণ চালাল—চোখে নির্দিষ্ট এক সংকল্প, মনে এক অদম্য আশা।

বিমল আহত হয়ে পড়ে গেল, কিন্তু লড়াই থামল না। বিনি নিজের শরীরের সমস্ত শক্তি নিয়ে প্রতিষেধকের ছিটানো চালিয়ে গেল। একপর্যায়ে মাঙ্কুর পদচারণা ধীর হয়ে এল, চোখে বেদনাবিহীন এক নির্জীব প্রকাশ ফুটে উঠল।

তার চিৎকারে মিশে গেল বৃষ্টির শব্দ, বজ্রপাতের গর্জন, আর মানুষের সাহসের করুণ রাগ। মাঙ্কু ধীরে ধীরে থেমে গেল—শেষ নিঃশ্বাস পর্যন্ত লড়াই করে।

শহর নীরব হয়ে গেল। বাতাস থেমে গেল, আর বৃষ্টি যেন কান্না থামিয়ে নিয়েছিল। বিনি মেঘলা আকাশের দিকে তাকাল, থরথর করে বলল, "আমরা জিতেছি... কিন্তু কত বড় মূল্য দিয়ে।"

মাঙ্কু থেমে গেছে, কিন্তু তার গর্জন যেন এখনও বাতাসে প্রতিধ্বনিত হচ্ছিল। বৃষ্টি থামল, তবে আকাশে কালো মেঘের ভিড় ছিল যেন আরও গাঢ় হয়ে উঠেছে। ধীরে ধীরে তিন বন্ধু—বিনি, বিমল, জয়ন্তা—মেঠো পথে দাঁড়িয়ে রক্তের চিহ্ন আর ধ্বংসের নিঃশব্দতা অনুভব করছিল।

বিমল কাতর কণ্ঠে বলল, "বিনি... তুমি তাকে থামালে, কিন্তু তার বদলে তুমি..." কথা শেষ করতে পারল না।

বিনি তার বন্ধুদের দিকে তাকাল, চোখে অশ্রু, কিন্তু মুখে শক্তি ধরে রাখা হাসি। সে নিজেও জানত—বিমল তার নিজের জীবন দিয়েই এই যুদ্ধে সঙ্গ দেয়েছিল। বিমলের গায়ে রক্ত ঢেউ খেলছিল।

জয়ন্তা দ্রুত বিমলের দিকে ছুটে গেল, সে তার কাঁধে হাত রেখে বলল, "তুমি আমাদের বাঁচিয়েছো... আমরা তোমাকে ভুলব না।"

বিমল কেবল মৃদু হাসল, হাত দিয়ে বিনি ও জয়ন্তার হাত স্পর্শ করল। "আমাদের গবেষণা... আমাদের সত্য... তোমরা এগিয়ে নিয়ে যাবে।"

বিমল তার চোখ বন্ধ করল, আর সেই মুহূর্তে বিনি চোখের কোণে অচেতন অশ্রু ধরে রাখতে পারল না। সে বিমলের হাত শক্ত করে ধরে বলল, "তোমার জন্য... আমি থামব না।"

জয়ন্তা মৃদু কণ্ঠে বলল, "বিমল শুধু একজন বন্ধু ছিল না... সে আমাদের সাহস।"

বৃষ্টি থেমে গেল। চারপাশে নীরবতা নেমে এলো, যেন শহর itself এক মুহূর্তের জন্য শোকাহত। বন্ধুর জন্য অশ্রু—এটি

শুধু বিনির নয়, তাদের সবার। এক অমোঘ স্মৃতি হয়ে রইল, যা তাদের জীবনের প্রতিটি অধ্যায়ে প্রতিফলিত হবে।

এই মুহূর্তে তারা বুঝল—যুদ্ধ শেষ হয়নি, বরং এখন নতুন এক অধ্যায় শুরু হচ্ছে।

অধ্যায় 55 : জয়ন্তর সাহসী পদক্ষেপ

মুড়িয়ে নেমে আসা ধোঁয়া আর ধ্বংসস্তূপের মাঝ থেকে বিনি যখন সামলানোর চেষ্টা করছিল, তখন হঠাৎ একটি ঝাঁপানো ছায়া তার দিকে আক্রমণ করল। সে reflex হিসেবে পেছনে লাফ দিল, কিন্তু আক্রমণকারীর শক্তি এতটাই ভয়ঙ্কর ছিল যে সে পড়ে গেল।

আক্রমণকারীর হাত থেকে বেরিয়ে আসা অদ্ভুত জ্বালাময় শক্তি বিনিকে মাটিতে আটকে দিল। বৃষ্টি-ভেজা বাতাসে ধাতব গন্ধ মিলিয়ে যাচ্ছিল। বিনি জানল—এটি কোনো সাধারণ শত্রু নয়, এটি এমন একটি শক্তি যা মাঙ্কুর মতোই বিপজ্জনক।

ঠিক সেই মুহূর্তে, জয়ন্তা পিছন থেকে ঝাঁপ দিয়ে বিনিকে তার শক্ত হাতে আঁকড়ে ধরল। "ছাড়তে পারব না!"—জয়ন্তার চিৎকার বাতাসের মতো ছড়িয়ে পড়ল। সে শক্তভাবে আক্রমণকারীর সঙ্গে লড়াই শুরু করল।

বিমলের মৃত্যু বিনিকে একটি গভীর শোক আর এক নতুন সংকল্পে আবদ্ধ করেছিল। সে জানত, এই মুহূর্তে নিজের জীবনও বিপন্ন হতে পারে, কিন্তু বন্ধুদের রক্ষা তার অঙ্গীকারের অংশ।

জয়ন্তা আক্রমণকারীর দিকে আরও এক ধাপ এগিয়ে গিয়ে বলল, "তুমি বিনিকে নিলে আমাদের শেষ আশা কেড়ে নেবে!"—তার চোখে অগ্নি, আর কণ্ঠে অব্যক্ত সাহস।

আক্রমণকারীর আক্রমণ থেমে গেল, কিন্তু বিনির বুকের গভীরে একটি ভয়ঙ্কর সতর্কবার্তা বেজে উঠল—যুদ্ধ এখনও শেষ হয়নি, বরং এখন তা আরও ভয়ঙ্কর হয়ে উঠছে।

জয়ন্তা বিনিকে আঁকড়ে ধরে লড়াই চালিয়ে যাচ্ছিল, কিন্তু আক্রমণকারীর শক্তি যেন থামবার নাম নিচ্ছিল না। হঠাৎ, তার পকেটে থাকা ছোট্ট একটি যন্ত্রের দিকে চোখ পড়ল—একটি গোপন যন্ত্র যা সে বহুদিন ধরে লুকিয়ে রেখেছিল।

যন্ত্রটি একেবারে ছোট, কাঁচের মতো চকচকে একটি গোলাকার পাত্রে বন্দি। এতে ঝলমল করে অজানা রঙের আলো ছড়িয়ে পড়ছিল। জয়ন্তা বুঝল—এটি একটি পরীক্ষামূলক জিন নিয়ন্ত্রণ যন্ত্র, যা বিনির গবেষণার অংশ ছিল। কিন্তু এত দিন পর্যন্ত তা কখনো ব্যবহার হয়নি।

জয়ন্তা দ্বিধায় পড়ল—যন্ত্রটি ব্যবহার করলে তাদের কাছে বিজয় আসতে পারে, কিন্তু এর পার্শ্বপ্রতিক্রিয়া অজানা। বিনির দিকে তাকিয়ে সে মৃদু হাসল—যেন তাকে অনুপ্রাণিত করছে—"আমরা আর সময় হারাতে পারি না।"

হঠাৎ জয়ন্তা যন্ত্রটি সক্রিয় করল। একটি নীরব গুঞ্জন কানে বাজতে লাগল, যন্ত্র থেকে লাল-নীল আলো ঝলমল করতে লাগল। মাঙ্কুর শক্তি যেন মুহূর্তের মধ্যে স্তব্ধ হয়ে গেল, আর আক্রমণকারীর হাত পিচ্ছিল হয়ে গেল।

বৃষ্টি ঝরে পড়া রাতে সেই যন্ত্রের আলো যেন এক আশার সঞ্চার করল। বিনি কণ্ঠে ফিসফিস করল—"এই যন্ত্র, এটি আমাদের একমাত্র সুযোগ।"

কিন্তু জয়ন্তা জানত, যন্ত্রটি ব্যবহার করা মানে এক অজানা পথে পা দেওয়া—যেখানে বিজয় ও বিপর্যয়ের সীমা মিলেমিশে যাবে।

যন্ত্রটি সক্রিয় হওয়ার পর মাঙ্কুর শক্তি সম্পূর্ণ স্থবির হয়ে গেল। কিন্তু বিজয়ের সেই ক্ষণিকের প্রশান্তি দীর্ঘস্থায়ী হয়নি। মাঙ্কুর বিশাল শক্তি আবারও বিক্ষিপ্ত হয়ে তার চারপাশে ঝড় তুলতে শুরু করল। জয়ন্তা বুঝল—যন্ত্রটি দীর্ঘ সময় ধরে চালু রাখা সম্ভব নয়, আর ততক্ষণে তারা দুজনই বিপদের মুখে পড়বে।

বিনি ছুটে গিয়ে জয়ন্তার হাত ধরল—"তুমি এটা বন্ধ করো, আমি মাঙ্কুকে ধরে রাখব।" জয়ন্তা চোখে অশ্রু নিয়ে কাঁপতে লাগল, "না, এটা তোমার কাজ নয়।" কিন্তু বিনি মাথা নেড়ে বলল—"আমার ছাড়া কেউ পারবে না।"

বৃষ্টি আর বজ্রপাতের শব্দে আবৃত সেই জায়গায়, বিনি ধীরে ধীরে মাঙ্কুর দিকে এগিয়ে গেল। হাতের ভিতর থাকা যন্ত্রটি শক্তভাবে আঁকড়ে ধরে সে বলল—"যদি আমি না থামাই, তোমরা বেঁচে থাকতে পারবে না।"

মাঙ্কুর দিকে এগিয়ে যাওয়ার সাথে সাথে বিনির শরীরের চারপাশে এক অদ্ভুত শক্তি গড়ে উঠল। সে নিজের শরীরকে ঢেকে দিল এক অদৃশ্য বলয় দিয়ে, যেন নিজের প্রাণ দিয়েই যন্ত্রটির শক্তিকে স্থিতিশীল করছে।

জয়ন্তা কাঁদতে কাঁদতে পিছিয়ে গেল, “বিনি, না!”

বিনির শুধু একটি হাসি—যা ভরা আতঙ্কের মাঝে অদ্ভুত সাহসের পরিচায়ক—তার ঠোঁটে ফুটল। তারপর সে যন্ত্রটি ধরে নিজেকে মাঙ্কুর দিকে ফেলে দিল। এক বিশাল আলো আর চরম বিস্ফোরণ—সব কিছু অচেনা অন্ধকারে ঢেকে গেল।

জয়ন্তা পড়ে রইল, হাত মুঠিয়ে কেঁদে—তার বন্ধু, তার গবেষণার প্রাণ, নিজের জীবন দান করে মানবতার জন্য একটি অনন্ত যুদ্ধ থামিয়ে দিয়েছে।

বৃষ্টি থেমে গেল, কিন্তু সেই রাতে বিনির আত্মত্যাগের গল্প হয়ে উঠল এক অমর কিংবদন্তি।

অধ্যায় 56 : আসল ট্যালির প্রকাশ্য বক্তব্য

বিনির আত্মত্যাগের খবর এক রাতে সারা বিশ্বের সংবাদমাধ্যমে ছড়িয়ে পড়ল। প্রথমে এটি কেবল বিজ্ঞানের এক ভয়ঙ্কর ঘটনা হিসেবে দেখা গেল, কিন্তু ধীরে ধীরে তা মানবজাতির ভবিষ্যতের এক ভয়াবহ সতর্কবার্তা হিসেবে রূপ নিল।

জাতিসংঘের বিশেষ অধিবেশনে, বিজ্ঞানী ও নীতি নির্ধারকরা একত্রিত হলেন। সবার নজর ছিল কেবল এক বিষয়—মাঙ্কু ও তার শক্তি। জার্মানি থেকে শুরু করে আমেরিকা, জাপান, এবং ভারত—সব দেশের প্রতিনিধিরা বিনির গবেষণার ভয়ঙ্কর দিক নিয়ে আলোচনা করতে লাগল।

এক কণ্ঠে শোনা গেল:

"আমরা এমন একটি যুগে প্রবেশ করেছি যেখানে আমাদের হাতে এমন শক্তি এসেছে যা আমাদের নিয়ন্ত্রণের বাইরে। এই শক্তি শুধুমাত্র বিজ্ঞানের জয় নয়, বরং এক বিপদের আগুন। আজ আমরা যদি এর নৈতিকতা ও ব্যবহার নিয়ন্ত্রণ করতে ব্যর্থ হই, তবে মানবসভ্যতা নিজেই তার বিনাশ ডেকে আনবে।"

বিশ্বমঞ্চে এক মুহূর্ত নীরবতা ছিল। তারপর নীরবতা ভেঙে ওঠে—ছোট ছোট দেশের প্রতিনিধি একে একে সতর্কবার্তা জানাতে লাগলেন। তারা বললেন—"বিজ্ঞান শুধু জ্ঞানের জন্য নয়, নৈতিকতার জন্যও দায়বদ্ধ।"

একজন জ্যেষ্ঠ বিজ্ঞানী তার বক্তব্যের শেষে বললেন—

"বিনির ত্যাগ আমাদের স্মরণ করিয়ে দিয়েছে যে বিজ্ঞানের সীমা শুধুমাত্র আমাদের জ্ঞানের নয়—মানবতারও। আজ আমরা এখানে এক নতুন অধ্যায়ের মুখোমুখি।"

প্লাজায় থাকা সাংবাদিকরা এবং লাইভ সম্প্রচারের দর্শকরা একবারে বুঝতে পারলেন—বিনির গল্প শুধু একটি ঘটনার কাহিনী নয়, এটি একটি সতর্কবার্তা, যা ভবিষ্যতের জন্য লেখা হবে ইতিহাসের পাতায়।

জাতিসংঘের সেই ঐতিহাসিক অধিবেশনে এক গভীর উদ্বেগের ছায়া নেমে আসে। বিনির সতর্কবার্তার পর সভা সরাসরি 'জেনেটিক বিপর্যয়ের সম্ভাবনা' নিয়ে উত্তপ্ত বিতর্কে রূপ নিল।

প্রথমেই একজন জাতীয় প্রতিনিধি বলেন—

"আমরা একটি নতুন যুগে প্রবেশ করেছি, যেখানে জেনেটিক গবেষণা শুধুমাত্র চিকিৎসা বা উন্নতির জন্য নয়, বরং অস্ত্র নির্মাণে ব্যবহৃত হতে পারে। মাঙ্কুর মতো এক প্রাণ সৃষ্টি আমাদের নিয়ন্ত্রণের বাইরে চলে যেতে পারে।"

জাপানের প্রতিনিধি সতর্ক করে বলেন—

"জেনেটিক প্রক্রিয়ায় সীমাহীন শক্তি অন্তর্ভুক্ত হলে, আমাদের সামনে একটি ভয়াবহ বিপর্যয়ের পথ খুলে যেতে পারে— একটি বিশ্ব যেখানে মানুষের নিয়ন্ত্রণ থাকবে না।"

এক বিজ্ঞানী অধ্যাপক যোগ করেন—

"এখন সময় এসেছে আন্তর্জাতিক নীতি তৈরি করার, যেখানে জেনেটিক পরিবর্তন শুধুমাত্র নৈতিক ও নিরাপদ সীমার মধ্যে সীমাবদ্ধ থাকবে। অন্যথায়, আগামী প্রজন্মের জন্য আমরা এমন এক ভয়াবহ উত্তরাধিকার রেখে যাচ্ছি যা পুনরুদ্ধারযোগ্য নয়।"

সভায় অনেকের বক্তব্যে উঠে আসে—জেনেটিক প্রযুক্তির দ্রুত বিকাশ একদিকে যেমন সম্ভাবনা আনছে, তেমনি অন্যদিকে তা মানবতার জন্য এক অভূতপূর্ব ঝুঁকি তৈরি করছে। বিশেষ করে এমন এক যুগে যেখানে বায়োইঞ্জিনিয়ারিং ও সেন্সর প্রযুক্তি একত্রিত হচ্ছে, সেখানে নিয়ন্ত্রণ হারানোর সম্ভাবনা অনেক গুণ বেড়ে যাচ্ছে।

এক প্রতিবেদক প্রশ্ন করেন—

"বিনির ঘটনা কি শুধু একটি একক ঘটনা, নাকি এটি ভবিষ্যতের জেনেটিক বিপর্যয়ের প্রারম্ভ?"

উত্তরে বিজ্ঞানী বলেন—

“আমরা এখন এমন এক রাস্তার মোড়ে দাঁড়িয়ে আছি যেখানে প্রতিটি সিদ্ধান্ত মানবজাতির ভাগ্য নির্ধারণ করবে। এই পথ ভুল হলে আমরা এক ভয়াবহ জেনেটিক বিপর্যয়ের মুখোমুখি হব।”

সভায় একটি যৌথ সিদ্ধান্ত আসে—একটি আন্তর্জাতিক ‘জেনেটিক নিয়ন্ত্রণ সনদ’ তৈরি করতে হবে, যা সব দেশের জন্য বাধ্যতামূলক হবে। কিন্তু এই সিদ্ধান্ত বাস্তবায়ন কতটা সম্ভব হবে, তা এক বিশাল প্রশ্নের মতো মিষ্টি ছায়া ফেলল সভায়।

জাতিসংঘের মহাসভায় ভিড় জমে যায়। সব দেশের প্রতিনিধি, বিজ্ঞানী, সাংবাদিক এবং মানবাধিকার রক্ষাকারী সংস্থাগুলো উত্তেজনা আর উদ্বেগের মিশ্রণ নিয়ে মঞ্চে উপস্থিত। বিনি ধীরে ধীরে মঞ্চের দিকে এগিয়ে আসে, চোখে দৃঢ়তা, কণ্ঠে একটি গভীর আহ্বান।

তিনি বলেন—

“বিজ্ঞানীরা, আজ আমরা ইতিহাসের এক সংকটময় মুহূর্তে দাঁড়িয়ে আছি। আমাদের হাতে রয়েছে এমন ক্ষমতা যা কখনো ভাবা যায়নি — জীবন সৃষ্টি করার ক্ষমতা। কিন্তু এ ক্ষমতা শুধু সৃষ্টি নয়, বিধ্বংসীরও পথ খুলে দিতে পারে। মাঙ্কু শুধু এক বিজ্ঞানী হিসেবে আমার সাফল্য নয়; এটি আমার নৈতিক দায়িত্বের পরীক্ষা। আমরা যদি সীমা না স্থাপন করি, আগামী প্রজন্মের জন্য আমরা এমন এক ধ্বংসাবশেষ রেখে যাব যা পুনরুদ্ধারযোগ্য হবে না।”

তিনি আরও যোগ করেন—

"বিজ্ঞানীরা, আমাদেরকে শুধু জ্ঞান সৃষ্টি করতে হবে না, আমাদেরকে সেই জ্ঞানের জন্য দায়িত্ব নিতে হবে। আমাদের নৈতিকতা হতে হবে প্রযুক্তির পথপ্রদর্শক, আর আমাদের দায়িত্ব হতে হবে তা নিয়ন্ত্রণ করা যাতে আমরা মানবতার চরম ক্ষতি থেকে বাঁচতে পারি।"

এক প্রতিবেদন তৈরি হয়, যেখানে বিশ্বজুড়ে বিজ্ঞানীদের জন্য একটি 'নেতৃত্বের সনদ' প্রস্তাব করা হয় —

১. জেনেটিক গবেষণায় নৈতিক সীমারেখা নির্ধারণ।

২. আন্তর্জাতিক পর্যায়ে জেনেটিক পরিবর্তনের স্বচ্ছতা ও নিয়ন্ত্রণ।

৩. মানবজাতির সুরক্ষায় গবেষণার সীমাবদ্ধতা নিশ্চিত করা।

সভা শেষ হওয়ার আগে বিনি নিজের গলার স্বরে বলেন—

"আজ আমরা শুধু একটি বৈজ্ঞানিক সিদ্ধান্ত নিচ্ছি না, আমরা একটি মানবতার প্রতিশ্রুতি নিচ্ছি। এই প্রতিশ্রুতি হলো—জীবনকে শ্রদ্ধা করা, নৈতিকতার সীমা মানা, এবং প্রযুক্তিকে মানবতার সেবা করতে উৎসর্গ করা।"

সভায় এক দীর্ঘ নীরবতা পরে—এরপর শক্তিশালী হাততালি উঠে। পৃথিবীর এক নতুন অধ্যায় আজ থেকে শুরু হচ্ছে, যেখানে বিজ্ঞান আর নৈতিকতার সেতুবন্ধন স্থাপিত হবে—অথবা মানবতা হারিয়ে যাবে জেনেটিক বিপর্যয়ের অন্ধকারে।

অধ্যায় 57 : বিনির চূড়ান্ত পরীক্ষা

বিনি গোপনে নিজের ল্যাবটিতে প্রবেশ করে। চারপাশে ব্যস্ততার শব্দ—বিজ্ঞানীদের আলোচনা, নিরাপত্তা দলের পদক্ষেপ, দূরে শহরের বিশৃঙ্খলার আওয়াজ—সবই যেন এক বিশাল চাপ সৃষ্টি করছে তার কাঁধে।

তার চোখে রয়েছে এক অদম্য সংকল্প। মাঙ্কুর বিস্তৃত হিংস্রতা থামানোর একমাত্র উপায় হলো তার তৈরি প্রতিষেধক। কিন্তু এটি ব্যবহারের আগে নিজের জীবন ঝুঁকিতে ফেলার ভয় তাকে ভেতর থেকে ঝাঁঝালো করে তুলছে।

বিনি ধীরে ধীরে প্রতিষেধকটির ছোট ফ্লাস্ক হাতে নেন। এটি ছিল তার মাসের পর মাসের গবেষণার ফল, জেনেটিক কোডের একটি জটিল সমন্বয়, যা মাঙ্কুর কোষকে স্থিতিশীল করে দিতে সক্ষম—তাকে “মানব” ফিরিয়ে আনার একমাত্র সম্ভাবনা।

এক মুহূর্তের জন্য সে থেমে যায়—চোখ বন্ধ করে নিজের মনে প্রশ্ন জিজ্ঞেস করে:

“আমি কি প্রস্তুত? যদি আমি ব্যর্থ হই, মাঙ্কু শুধু ধ্বংসই নয়, পুরো মানবজাতি বিলীন করে দিতে পারে।”

কিন্তু বিনির মন জোরালো: “অন্য কোনো পথ নেই। যদি আমি এগুলো থামাই না, কোনো এক সময় পৃথিবী আর মানবতা থাকবে না।”

সে একটি সূক্ষ্ম সিরিঞ্জ হাতে নেয়, এবং মাঙ্কুর নড়াচড়া শোনার সঙ্গে সঙ্গে দ্রুত এগিয়ে যায়। মাঙ্কুর চোখে ক্ষণিকের

বিভ্রান্তি—তারপরই সে বদ্ধ গলায় গর্জন শুরু করে। বিনি স্থিরভাবে সিরিঞ্জে থাকা প্রতিষেধক মাঙ্কুর শরীরে প্রবেশ করায়।

এক মুহূর্তের নীরবতা—তারপরই মাঙ্কুর শরীর কাঁপতে থাকে। বিশাল শক্তির ধ্বনি যেন ল্যাবটিকে কেঁপে দেয়। তার শ্বাস কমে আসে, গর্জন ম্লান হয়ে যায়, এবং ধীরে ধীরে মাঙ্কুর চোখের রং বদলায়—হিংস্রতার লালাভ নুয়ে পড়ে শান্তির নীলাভ স্বরে।

বিনি নিঃশ্বাস ফেলে, হাত কাঁপছে—তবে তার চোখে একটি হালকা হাসি ফুটে ওঠে।

"হয়তো আমরা আজ রক্ষা পেলাম," সে মনে মনে বলে, যদিও জানে—এটি শুধু এক যুদ্ধের শেষ, যুদ্ধ নয়, শেষ যুদ্ধের শুরু।

বিনি ধীরে ধীরে সিঁড়ি নামতে নামতে তার মনে এক অদ্ভুত প্রশান্তি অনুভব করে। ল্যাবের আলো ফিকে হয়ে গেছে, কিন্তু তার হৃদয়ে এক অজানা আশার আলো জ্বলে উঠছে। মাঙ্কুর শরীর এখন শান্ত—প্রতিষেধকের কাজ শুরু করেছে বলে মনে হচ্ছে।

তবে বিনির মনে সংশয়ও জাগছে। এই প্রতিষেধক কি সত্যিই সম্পূর্ণ সফল হবে? মাঙ্কুর জেনেটিক পরিবর্তন এত জটিল, এত গভীর—এক ফ্লাস্কের মধ্যে তৈরি হওয়া এ প্রতিষেধক কি পুরোপুরি কাজ করতে পারবে? বিজ্ঞান তার সীমা অতিক্রম করেছে, কিন্তু মানুষের সীমাবদ্ধতা এখনো অটুট।

বিনি তার নোটবুকে দ্রুত কিছু অঙ্ক ও পর্যবেক্ষণ লিখে ফেলল। পরীক্ষার ফলাফল ইতিমধ্যে প্রমাণ করছে—মাঙ্কুর কোষের অস্বাভাবিক কার্যক্রম প্রতিষেধকের প্রভাবে স্থিতিশীল হচ্ছে। এটি একটি বিজয়—একটি সম্ভাবনার দ্বার।

কিন্তু বিজয়ের সঙ্গে ভয় মিশে যাচ্ছে। মাঙ্কুর পরিবর্তন স্থায়ী হবে কি না, তা এখনও জানা যায়নি। যদি এটি শুধুমাত্র সাময়িক হয়, তবে বিপদ আবার ফিরে আসবে—এবং এবার আরও ভয়ঙ্কর।

বিনি নিজেকে বিশ্বাস করার চেষ্টা করে। "যদি এটি কাজ করে," সে ভাবে, "তাহলে আমি শুধু মাঙ্কুকে নয়, পৃথিবীকেই রক্ষা করব।"

সে জানে—এখন সময় প্রমাণের। পরীক্ষার ফলাফল হাতে নিয়ে, সে প্রস্তুত—একটি নতুন অধ্যায় শুরু করার জন্য। এই অধ্যায়ে রয়েছে বিজ্ঞান, নৈতিকতা, এবং মানবতার ভাগ্য।

বিনির চোখে ঝলমল করছে এক অদৃশ্য আলোর সম্ভাবনা—সফলতার সম্ভাবনা।

বিনির হাত কাঁপছে, তবে চোখে দৃঢ়তা আছে। মাঙ্কুর নিঃশ্বাস ধীরে ধীরে ঠিক হয়ে আসছে, কিন্তু তার শরীর এখনো অচল, অদ্ভুতভাবে কুঁকড়ে আছে। প্রতিষেধকের কাজ শুরু হয়েছে, কিন্তু বিনি জানে—এটি শুধুমাত্র একটি পরীক্ষা। সম্পূর্ণ সাফল্য এখনও অজানা।

ল্যাবের চারপাশে চুপচাপ নীরবতা বিরাজ করছে। বিমল, জয়ন্ত, আর ট্যালি—সবাই বিনির দিকে তাকিয়ে আছে, যেন একটি উত্তর খুঁজে বের করার চেষ্টা করছে। বিনির মনে

একটাই প্রশ্ন ঘুরপাক খাচ্ছে—"আমি কি সঠিক কাজ করেছি?"

বিনি জানে, এই মুহূর্তে তার নেওয়া প্রতিটি সিদ্ধান্ত বিপদের সীমানায় দাঁড়িয়ে আছে। যদি প্রতিষেধক ব্যর্থ হয়, তবে মাঙ্কু শুধু ধ্বংসের এক নতুন মাত্রা আনবে—যা শুধুমাত্র এই শহর নয়, সমগ্র মানবজাতিকে গ্রাস করবে। আর যদি সফল হয়, তবে এটি হবে বৈজ্ঞানিক ইতিহাসের এক নতুন মাইলফলক—একটি আশার আলো।

কিন্তু এমন একটি সাফল্যের পথও শূন্য নয় ঝুঁকি দিয়ে। মাঙ্কুর জিন পরিবর্তনের গভীরতা এমন যে, এর দীর্ঘমেয়াদি প্রভাব কেউ জানে না। বিজ্ঞানীর নৈতিকতা, মানবতার ভবিষ্যত, আর নিজের আত্মবিশ্বাস—সবকিছু এখন বিনির হাতে নির্ভর করছে।

বিনি ধীরে ধীরে ল্যাবের জানালা দিয়ে বাইরে তাকাল। বাইরে অন্ধকার ঘনিয়ে আসছে, ঝড়ের হাওয়া আসছে—একটি অজানা বিপর্যের পূর্বাভাস বয়ে নিয়ে। কিন্তু তার হৃদয়ে এখনও আছে এক অদম্য বিশ্বাস।

"যে ঝুঁকি নিয়ে আমি এগিয়েছি," বিনি চুপচাপ বলে, "সে ঝুঁকি হয়তো আমাদের শেষ আশাও হতে পারে।"

অধ্যায় 58 : মাঙ্কুর পরিণতি

ল্যাবের বাতাস ভারী হয়ে উঠেছিল—এক ধরনের অদ্ভুত চুপচাপ, যেন প্রতিটি কণা বিনির সিদ্ধান্তের প্রতিফলন নিয়ে শ্বাস নিচ্ছে। মাঙ্কুর শরীর এখনো অচল, কিন্তু তার নিঃশ্বাসের

মধ্যে আস্তে আস্তে একটা পরিবর্তন দেখা যাচ্ছে। ছোট ছোট স্পন্দন শুরু হল, কোষের গভীরে যেন এক অচেনা জাগরণ হচ্ছে।

বিনির চোখে চকচকে ঘাম, তিনি ধীরে ধীরে প্রতিষেধকের প্রভাব পর্যবেক্ষণ করছেন। একটি মনস্তাত্ত্বিক চাপ তার কণ্ঠকে কুঁকড়িয়ে তুলছে—"এটা কি সত্যিই কাজ করছে?" তিনি নিজেও জানেন না।

জয়ন্ত ও বিমল দূর থেকে তাকিয়ে আছে, তাদের মুখে আতঙ্ক আর কৌতূহলের মিশ্রণ। বিমল চুপচাপ এক কোণ থেকে নোট নিচ্ছে, জয়ন্ত বার বার ঘড়ির দিকে তাকাচ্ছে, যেন সময়কে ধরে রাখতে চাচ্ছে।

মাঙ্কুর দেহে ছোট ছোট ঝাঁকুনি ছড়িয়ে পড়ে। প্রথমে অস্বস্তিকর—একটি ভয়ঙ্কর অজানা শক্তি তার ভিতরে ঘুরছে। তারপর সেই স্পন্দন ধীরে ধীরে মৃদু হয়ে আসে, যেন একটি গভীর ঘুমের আগে শরীর শান্ত হচ্ছে।

বিনির মনে ভেসে ওঠে এক অজানা আতঙ্ক—যে প্রতিষেধক হয়তো শুধু অস্থায়ী প্রভাব ফেলছে, এবং যে প্রকৃত বিপদ এখনো অদৃশ্য। তিনি জানেন, এর পরের কয়েক মিনিট মানবজাতির ভবিষ্যতের জন্য এক নতুন রূপ দিতে পারে।

এমন সময়, মাঙ্কুর চোখ হঠাৎ খোলা গেল। তার দৃষ্টি খুব জোরালো, অস্বাভাবিকভাবে মানুষের মতো, কিন্তু সেই চোখে ছিল গভীর কোনো অন্যরকম সচেতনতা—যা এই ল্যাবের চুপচাপকে আরও ভয়ঙ্কর করে তুলল।

বিনি চুপচাপ মৃদু আওয়াজে বলল, “এটা শুধু শুরু... আমরা এখন সত্যিই প্রান্তে দাঁড়িয়ে আছি।”

প্রতিষেধকের প্রভাবের ধীরে ধীরে ছোঁয়া ল্যাবের পরিবেশে বিরামহীন একটা শান্তি নিয়ে আসল। মাঙ্কুর দেহের স্পন্দন যেমন আগে ভয়ঙ্করভাবে শক্তিশালী ছিল, এখন তেমনই স্তব্ধ হয়ে আসছে—প্রতিটি আন্দোলন যেন ম্লান হয়ে যাচ্ছে।

বিনির চোখে এক ধরনের অচেনা উদ্বেগ—তার হাতে থাকা নোটবুকে লেখা সব পরিসংখ্যান যেন অর্থহীন হয়ে যাচ্ছে।

জয়ন্ত ও বিমল চুপচাপ, নিঃশব্দে মাঙ্কুর দিকে তাকিয়ে আছে, যেন প্রত্যেকে নিজের মনে ভাবছে, “এখন কি সত্যিই শেষ?”

মাঙ্কুর দেহে ছোট ছোট নড়াচড়া থেমে যাচ্ছে। প্রথমে নড়াচড়া ধীরে ধীরে কমে, তারপর সম্পূর্ণ স্তব্ধ হয়ে যায়। বিনি শ্বাস আটকে তাকিয়ে রইল—এমন অবস্থা যেন একটি নতুন দ্বন্দ্বের সূচনা।

বিমল খুঁ quietly করে বলল, “এটা... কি মারা গেল?”

জয়ন্ত মাথা নাড়ল, কিন্তু তার চোখে ভয় আর সন্দেহের মিশ্রণ স্পষ্ট।

বিনির মনে প্রশ্ন জাগে—প্রতিষেধক কি মাঙ্কুর জীবন শেষ করল, নাকি শুধু তার শক্তি দমন করল? এবং সবচেয়ে ভীতিকর প্রশ্ন—“এখন আমাদের কি করতে হবে?”

ল্যাবের চারপাশে অদ্ভুত নীরবতা নেমে আসে। একটি গভীর বিরতির মতো—যেখানে সময় থেমে গেছে, এবং প্রতিটি নিশ্বাস একটি গুরুত্বপূর্ণ সিদ্ধান্তের অপেক্ষা করছে।

বিনির হাত ধীরে ধীরে নেমে যায়, কিন্তু তার চোখে এখনও আগের মতো দৃঢ়তা নেই। যেন জানে, এই স্তব্ধতা একটি নতুন অধ্যায়ের শুরু।

ল্যাবের নিস্তব্ধতা কেটে যায় ধীরে ধীরে—কিন্তু সেই নিস্তব্ধতার মধ্যে একটি গভীর কষ্টের শব্দ জন্ম নেয় বিনির মনের অন্তরালে। মাঙ্কুর নিঃশ্বাস থেমে যাওয়ার পর, বিনি বুঝতে পারল—তার দীর্ঘদিনের গবেষণা, তার অক্লান্ত চেষ্টা, এমনকি তার জীবনভর ঝুঁকি, এক মুহূর্তে বদলে গেছে।

বিনির চোখে অশ্রু জমে যায়। শুধু কারণ মাঙ্কুর শক্তি থেমে গেছে নয়—কারণ সে বুঝতে পারল, এই জিনবিজ্ঞানের পরীক্ষা শুধুমাত্র একটি বৈজ্ঞানিক সাফল্য ছিল না। এটা ছিল একটি প্রাণের কাহিনি। একটি প্রাণ যে বিনির হাতে বিশ্বাস রেখেছিল, তার শক্তির রহস্যের মধ্যে তার জীবন বিনিয়ে ছিল।

জয়ন্ত নিঃশব্দে পেছনে দাঁড়িয়ে আছে, আর বিমল মাথা নিচু করে নিজের দিকে তাকিয়ে। কেউ কারও দিকে চোখ রাখতে সাহস পাচ্ছে না।

বিনি ধীরে ধীরে মাঙ্কুর দেহের কাছে যায়। হাত ছুঁয়ে সে অনুভব করে—প্রাণ যেন চিরতরে থেমে গেছে। তার হৃদয়ে এক অচিন্তিত ব্যথা কাজ করছে। যেন তার নিজের কোনো অংশ হারিয়ে গেছে।

“আমি... আমি কি সত্যিই করলাম?” বিনির কণ্ঠে কম্পমান এক প্রশ্ন বের হয়। সে জানে, এই সিদ্ধান্তের মূল্য শুধু মাঙ্কুর

মৃত্যু নয়—এটি তার নিজের নৈতিকতার প্রশ্ন, তার জীবনের চূড়ান্ত পরীক্ষা।

ল্যাবের চারপাশে সমস্ত আলো যেন ম্লান হয়ে আসে। বিনির মন এক ভয়ঙ্কর স্থিরতায় আটকে যায়—জীবনের সবচেয়ে কঠিন সত্যের মুখোমুখি হয়ে। সে বুঝতে পারে, যে দিনটি এসেছে, সেই দিনটি তার জীবনের সবচেয়ে হৃদয়বিদারক মুহূর্ত হয়ে থাকবে।

অধ্যায় 59 : মানবজাতির জন্য শিক্ষা

মাঙ্কুর নিঃশ্বাস থেমে যাওয়ার পর ল্যাব একটি অদ্ভুত নীরবতায় নিমজ্জিত হয়ে যায়। বিনির মনে এক প্রশ্ন গাঢ় হয়ে ওঠে—বিজ্ঞান কি সত্যিই তার সীমা অতিক্রম করতে পারে?

বিনির চোখে এখন শুধুই মেঘাচ্ছন্ন উদ্বেগ। যেই প্রজন্ম তার কাজের ফলাফলের স্বপ্ন দেখেছিল, সেই প্রজন্মের সামনে এখন একটি কঠিন বাস্তবতা দাঁড়িয়ে আছে—জীবন এবং মৃত্যু, নৈতিকতা এবং প্রগতি, সীমারেখা এবং সম্ভাবনা, সবই যেন একটানা প্রশ্ন হয়ে দাঁড়িয়েছে।

বিনি নিজেকে স্মরণ করিয়ে নেয়—তার জীবনের সমস্ত গবেষণা, ত্যাগ, এবং ঝুঁকি শুধু একটি উদ্দেশ্যে: জ্ঞান অর্জন। কিন্তু আজ, মাঙ্কুর মৃত্যু তাকে দেখিয়ে দিয়েছে যে বিজ্ঞানের সীমা শুধু প্রযুক্তির নয়—এটি নৈতিকতারও।

জয়ন্ত ও বিমল দূর থেকে বিনিকে চুপচাপ দেখছে। বিনি ল্যাবের সাদা বোর্ডের দিকে তাকিয়ে কিছু লিখতে শুরু করে—

"বিজ্ঞান কখনো স্থির থাকে না, তবে এর পথচলায় নৈতিকতার সীমারেখা থাকা উচিত। নইলে, আমরা নিজের সৃষ্টি থেকে ভয়ঙ্কর শাস্তি পাব।"

বহির্বিশ্বের বিশাল রহস্য এখন বিনির কাছে আর শুধু এক বৈজ্ঞানিক চ্যালেঞ্জ নয়—এটি একটি নৈতিক লড়াই। সে জানে, এই সীমারেখা ঠিক করতে হবে, না হলে তার তৈরি আবিষ্কার মানবজাতিকে অনিশ্চিত ভবিষ্যতের দিকে ঠেলে দিতে পারে।

বিনির মনের মধ্যে নতুন অঙ্গীকার জন্ম নেয়—বিজ্ঞান ও নৈতিকতার মধ্যে সেতু গড়ে তোলা। কিন্তু প্রশ্ন থেকে যায়: সে কি এই অঙ্গীকার পূরণ করতে পারবে?

বিনির মনে একটি জ্বলন্ত প্রশ্ন ঘুরপাক খাচ্ছে—বিজ্ঞান শুধু জ্ঞানের অনুসন্ধান নয়, এটি কি নৈতিক দায়িত্বও বহন করে? মাঙ্কুর ঘটনাটি তাকে জানিয়ে দিয়েছে যে সীমাহীন প্রগতি কখনোই শুধুমাত্র প্রযুক্তির সীমায় সীমাবদ্ধ থাকে না; এর সাথে জড়িত থাকে গভীর নৈতিক প্রশ্ন।

ল্যাবে নিশ্বাস থেমে আছে। জয়ন্ত চুপচাপ একটি কোণে দাঁড়িয়ে আছে, আর বিমল নিজের নোটবুক খুলে কিছু লিখছে—যেন ইতিহাসের একটি অধ্যায় রচনা হচ্ছে। বিনি বোঝে যে মাঙ্কুর ঘটনা শুধু একটি বৈজ্ঞানিক পরীক্ষা নয়; এটি মানবজাতির জন্য এক সতর্কবার্তা।

বিনি ধীরে ধীরে বোর্ডে লিখে যাচ্ছে—

"বিজ্ঞান যেখানে মানুষের সীমা অতিক্রম করে, সেখানে নৈতিকতার গুরুত্ব দ্বিগুণ হয়ে যায়। আমরা যদি আমাদের

সীমারেখা ভুলে যাই, আমরা শুধু অজানা বিপদের মুখে পড়ব না, আমরা নিজের সৃষ্টি থেকেই বিধ্বস্ত হব।"

তার এই ভাবনা শুধু গবেষণার ক্ষেত্রেই নয়, সমাজের প্রতিটি স্তরে প্রভাব ফেলবে—শিক্ষা, নীতি, আইন, মানবাধিকার। বিনি উপলব্ধি করে যে, তার কাজের পরিণাম শুধুমাত্র ল্যাবের চার দেয়ালের মধ্যে সীমাবদ্ধ নয়; এর প্রভাব ছড়িয়ে পড়বে বিশ্বজুড়ে।

জয়ন্ত আর বিমল বিনির দিকে তাকিয়ে আছে—তাদের চোখে মিশ্র অনুভূতি, বিশ্বাস আর ভয়ের ছায়া। বিনি বুঝতে পারে যে, এখন শুধু বিজ্ঞান নয়, তার নৈতিক দিকনির্দেশই ভবিষ্যতের পথ নির্ধারণ করবে।

সে গভীরভাবে জানে—নৈতিকতার গুরুত্ব শুধুমাত্র তাত্ত্বিক নয়, এটি মানবতার একটি অবিচ্ছেদ্য দায়িত্ব।

বৃষ্টি হালকা বৃষ্টি থেকে ভারী ঝড়ে রূপান্তরিত হয়েছে। ল্যাবের বাইরে অন্ধকার, ভিতরে কিন্তু চুপচাপ এক উত্তেজনা বিরাজ করছে। বিনি জানে—এই মুহূর্তে তার হাতে আছে এমন একটি ক্ষমতা, যা শুধুমাত্র বিজ্ঞান নয়, মানবতার ভবিষ্যতকেও গড়ে দিতে পারে। কিন্তু একই সাথে তার মনে ভীতির ছায়া।

জয়ন্ত এবং বিমল পাশে দাঁড়িয়ে আছে—তাদের চোখে ভয়, বিস্ময় আর গভীর শ্রদ্ধা মিশ্রিত। বিনি বোঝে, তিনি শুধু এক বৈজ্ঞানিক নন, তিনি এখন এক দায়বদ্ধ নেতা। নিজের সমস্ত গবেষণা, সমস্ত চেষ্টা, সমস্ত স্বপ্ন—সব কিছু তার নৈতিক সিদ্ধান্তের উপর নির্ভর করছে।

বিনি ধীরে ধীরে তার হাত তুলে আকাশের দিকে ইঙ্গিত করে—এক অদৃশ্য চুক্তির মতো। তার গলায় কম্পমান কণ্ঠে একবারে বের হলো—

"আমি স্বীকার করি—আমার সৃষ্টি যদি ভয় সৃষ্টি করে, মানবজাতির ক্ষতি করে, তবে আমি তার নায়ক নই। আমি আমার সীমারেখা মানছি। আমি আত্মসমর্পণ করছি।"

তারা বুঝতে পারে বিনির এই আত্মসমর্পণ শুধু একটি ব্যক্তিগত সিদ্ধান্ত নয়, এটি একটি বৈজ্ঞানিক বিপ্লবের শেষ অধ্যায়। বিনি ল্যাবের প্রধান কন্ট্রোল প্যানেলে গিয়ে এক বোতাম চেপে দেয়—যা মাঙ্কুর চেতনা ও শক্তিকে বন্ধ করে দেবে।

মাঙ্কু ধীরে ধীরে স্তব্ধ হয়ে যায়, যেন সে জানে যে তার যুদ্ধ শেষ হয়ে গেছে। বিনির চোখে জল, তবে সেটি ভয় নয়—সেটি শান্তির অশ্রু।

জয়ন্ত চুপ করে কানে বলে—*"তুমি শুধুমাত্র নিজেরই নয়, আমাদের সকলের সীমারেখা রক্ষা করেছো।"*

বিনি মাথা নত করে একনিষ্ঠভাবে এক অদৃশ্য প্রতিজ্ঞা করে—

"বিজ্ঞান হবে মানবতার সেবা, কখনো বিপদের হাতিয়ার নয়।"

এভাবেই বিনির আত্মসমর্পণ হয়ে ওঠে শুধু একটি সিদ্ধান্ত নয়, এটি হয়ে ওঠে এক যুগান্তকারী নৈতিক ঘোষণা—যা বিজ্ঞানীদের জন্য অনন্তকালীন প্রেরণা হবে।

অধ্যায় 60 : শেষ কথা—বিজ্ঞান ও নৈতিকতার সীমারেখা

প্রকাশনা হলে জার্মানির আন্তর্জাতিক বিজ্ঞান সম্মেলনটি যেন এক মহাসম্মিলনের মঞ্চ হয়ে ওঠে। দর্শকরা, বিজ্ঞানীরা, সাংবাদিকরা—সবাই অপেক্ষা করছে সেই মুহূর্তের জন্য যখন অর্ণব বিনি মঞ্চে উঠে কথা বলবে। তিনি এখন শুধুমাত্র এক বিজ্ঞানী নন—তিনি এক নৈতিক দৃষ্টান্ত, এক যুগের গৌরব।

মঞ্চে উঠে অর্ণব ধীরে ধীরে অন্ধকার বাতাসের মধ্যে তাকিয়ে বলে—

"বিজ্ঞান আমাদের হাতে অনেক শক্তি দিয়েছে—যা কল্পনার বাইরে। কিন্তু শক্তি যদি নৈতিকতার সাথে না মিশে, তবে তা হয়ে ওঠে বিপদ। আমার গবেষণা আমাকে দেখিয়েছে যে, সৃষ্টি এবং ধ্বংসের মধ্যে একটি সূক্ষ্ম রেখা রয়েছে। আমরা চাইলে সেই রেখাকে অতিক্রম করতে পারি, কিন্তু সেই অতিক্রমের ফলাফল সবসময় নিয়ন্ত্রণের বাইরে চলে যায়।"

তার চোখে কাঁদের রেখা ঝলসে উঠেছে, তবে কণ্ঠে দৃঢ়তা।

"আজ আমি এখানে শুধু একটি সফল গবেষণার কথা বলছি না। আমি বলছি—জীবনের সীমারেখা, নৈতিক দায়িত্ব, এবং মানবতার প্রতি দায়বদ্ধতার কথা। বিজ্ঞান শুধু আমাদের ক্ষমতা নয়, এটি আমাদের দায়িত্বও।"

তিনি থামেন, মঞ্চে নীরবতা বিরাজ করে। তারপর তিনি সারা বিশ্বকে লক্ষ্য করে বলেন—

"আমাদের সময় এসেছে এমন একটি বিজ্ঞান নির্মাণের—যেখানে নৈতিকতা হবে শক্তির পথপ্রদর্শক। আমি স্বীকার করছি, আমার এই আত্মসমর্পণ শুধু আমার নয়—এটি আমাদের সবার। আসুন আমরা একসাথে প্রতিজ্ঞা করি: আমরা আমাদের সীমারেখা মানব, আমরা বিজ্ঞানকে মানবতার সেবা করব, কখনোই ভয় বা ক্ষমতার জন্য নয়।"

বিনির এই বক্তব্য শোনার পর পুরো হল আবছা শোনার নীরবতায় ভরে ওঠে, তারপর এক দীর্ঘতম উল্লাসে রূপান্তরিত হয়—যা শুধু সম্মেলনকেই নয়, পুরো মানবজাতিকে নৈতিকতার নতুন এক সূচনা দেয়।

সম্মেলন মঞ্চ থেকে নামার পর বিনি বেরিয়ে এসে জানালার পাশে দাঁড়িয়ে থাকে। বাইরে, আলো ঝলমল করে, মানুষের ভিড় হঠাৎ থমকে যায় যেন তার শব্দ শুনছে। সে জানে, তার বক্তব্য শুধু আজকের জন্য নয়—এটি সময়ের পরিমণ্ডলে এক সতর্কবার্তা হয়ে যাবে।

তার চোখ horizon-এ, দূর ভবিষ্যতের দিকে তাকিয়ে থাকে, মনে হয় সে দেখতে পাচ্ছে পৃথিবীর সেই দিনটি যখন বিজ্ঞান ও নৈতিকতার ভারসাম্য হারিয়ে যাবে। ধীরে ধীরে সে বলে—

"আমি বলছি শুধুমাত্র বিজ্ঞানকে নয়, আমি বলছি মানবজাতিকে। ভবিষ্যতের বিজ্ঞানীরা—তোমরা আমাদের পরবর্তী প্রজন্ম। তোমরা তোমার হাতে এমন শক্তি পাবে যা আজ আমরা কল্পনাও করতে পারি না। কিন্তু সেই শক্তি যদি নৈতিকতার পথে পরিচালিত না হয়, তবে তা কেবল ধ্বংসের পথ দেখাবে।"

"তোমাদেরকে বলতে চাই—গবেষণা করো, আবিষ্কার করো, সীমা ছাড়াও, তবে কখনো নৈতিকতার সীমা ছাড়িও না। তোমাদের কাজ হবে না শুধুমাত্র ক্ষমতা অর্জন, বরং সেই ক্ষমতার ব্যবহার মানুষের কল্যাণে নিশ্চিত করা।"

অর্ণবের কণ্ঠে এক গভীর বিশ্বাস, এক ভারী প্রতিশ্রুতি—যা সমস্ত ভবিষ্যতের বিজ্ঞানীদের কানে গেঁথে যাবে। সে শেষ করে বলে—

"আমাদের উত্তরাধিকার শুধু জ্ঞান নয়—এটি দায়বদ্ধতা। আমি তোমাদের এই দায়বদ্ধতার প্রদীপ হাতে তুলে দিচ্ছি। জেনে রেখো—প্রতিটি আবিষ্কার মানুষের ভবিষ্যৎ গড়তে পারে, তবে সেই ভবিষ্যৎ নিরাপদ ও সুন্দর রাখতে হবে নৈতিকতার আলোয়।"

জানালার বাইরে দূর আকাশে এক অচেনা আলো ঝলমল করে—অর্ণবের এই সতর্কবার্তা যেন সেই আলোকে প্রতিফলিত করছে।

ঘটনার পর, বছর গড়িয়ে যায়। অর্ণবের (বিনির) নাম ইতিহাসের পাতায় লেখা হয়ে যায়—তবে শুধু এক বিজ্ঞানীর নাম নয়, বরং এক শিক্ষা ও সতর্কবার্তার প্রতীক হিসেবে। তার গবেষণা, তার বক্তৃতা, তার সংগ্রাম এবং তার আত্মত্যাগ ইতিহাসে এক অধ্যায় হয়ে দাঁড়ায়—যা ভবিষ্যৎ প্রজন্মের জন্য এক শক্তিশালী নীলনকশা।

বিশ্বজুড়ে বিজ্ঞানী, গবেষক ও নীতিনির্ধারকরা তার কথা স্মরণ করে—"বিজ্ঞান আমাদের ক্ষমতা দেয়, নৈতিকতা আমাদের পথ দেখায়।" বিশ্ববিদ্যালয়ে তার বক্তৃতার ভিডিও ক্লিপগুলো

শিক্ষার্থীদের ক্লাসরুমে প্রদর্শিত হয়, গবেষণা কেন্দ্রগুলোতে তার নামের উপর নীতি প্রণয়ন হয়, আর জেনেটিক্সের ইতিহাসে তার অধ্যায়টি লেখা থাকে—"বিনির অধ্যায়: ক্ষমতা ও নৈতিকতার সীমানা।"

এক অধ্যাপক বলেছিলেন—

"বিনির গল্প আমাদের শেখায় যে প্রতিটি আবিষ্কার শুধু জ্ঞান নয়, এটি দায়বদ্ধতা নিয়ে আসে। দায়িত্ববোধ ছাড়া বিজ্ঞান শুধু ধ্বংসের হাতিয়ার।"

শহর, দেশ, এবং পৃথিবী এক নতুন অধ্যায় শুরু করে। মানুষের মনে বেঁচে থাকে বিনির বার্তা—একটি বার্তা যা ইতিহাসে লিপিবদ্ধ হয়ে যায়, যেন চিরকাল অনুপ্রেরণা, সতর্কতা এবং নৈতিকতার প্রতীক।

অন্তে, পৃথিবী বুঝে—যদি বিজ্ঞান নৈতিকতার পথে পরিচালিত হয়, তবে মানুষ সত্যিই তার সীমাহীন সম্ভাবনা ব্যবহার করতে পারে; আর যদি না হয়, তবে ইতিহাস নিজেই তা পুনরাবৃত্তি করবে—এক ভয়ঙ্কর শিক্ষার মাধ্যমে।

সমাপ্তি সংকলন – ইতিহাসে লিপিবদ্ধ এক শিক্ষা

পৃথিবী বদলে গেছে। বিজ্ঞান ও প্রযুক্তি আর কখনও আগের মতো নিরপেক্ষ নয়। অর্ণবের (বিনির) গল্প শুধু একটি বিজ্ঞান কল্পকাহিনী নয় – এটি হয়ে উঠেছে নৈতিকতার প্রতীক, দায়িত্ববোধের নক্ষত্র। তার জীবন, তার গবেষণা, তার সংগ্রাম

আর তার আত্মত্যাগ ইতিহাসের পাতায় লেখা হয়ে গেছে, যেন ভবিষ্যৎ প্রজন্মের জন্য এক চিরস্থায়ী সতর্কবার্তা।

বছরের পর বছর কেটে যায়। বিশ্ববিদ্যালয়গুলোতে তার নাম উচ্চারণ করা হয় সম্মানের সাথে। বৈজ্ঞানিক কনফারেন্সে তার বক্তব্যের উদ্ধৃতি দেওয়া হয় – *"বিজ্ঞান আমাদের ক্ষমতা দেয়, নৈতিকতা আমাদের পথ দেখায়।"* গবেষণা কেন্দ্রগুলোতে তার নামের উপর নীতি প্রণয়ন হয়। জেনেটিক্সের ইতিহাসে তার অধ্যায় লেখা থাকে – **"বিনির অধ্যায়: ক্ষমতা ও নৈতিকতার সীমানা"**।

বিনির সংগ্রামের গল্প একাধিক ভাষায় অনূদিত হয়ে যায়। ছোট শিক্ষার্থীরা শোনে তার গল্প ক্লাসরুমে, এবং বিজ্ঞানীরা তা আলোচনা করে আন্তর্জাতিক সেমিনারে। তার নাম হয়ে ওঠে এক সতর্কবার্তা – যে কোনো আবিষ্কার যখন সীমাহীন ক্ষমতা দেয়, তখন তার সাথে আসে অপরিসীম দায়িত্ব।

একজন প্রফেসর ঘোষণা করেছিলেন–

"বিনির গল্প আমাদের শেখায় যে প্রতিটি আবিষ্কার শুধু জ্ঞান নয়, এটি দায়বদ্ধতা নিয়ে আসে। দায়িত্ববোধ ছাড়া বিজ্ঞান শুধু ধ্বংসের হাতিয়ার।"

বহু শহর, দেশ, আর মহাদেশ এই শিক্ষাকে মেনে নেয়। বিজ্ঞানীরাই প্রতিজ্ঞা করে যে, তারা অর্ণবের স্বপ্নকে জীবন্ত রাখবে–যে স্বপ্ন বলেছিল, বিজ্ঞানকে নৈতিকতার সাথে মেলাতে হবে।

অন্তত এক জেনেটিক বিপর্যয়ের পর, পৃথিবী নতুন করে দাঁড়ায়। মানুষের মনে বেঁচে থাকে বিনির বার্তা, যা ইতিহাসে

লিপিবদ্ধ হয়ে যায় — এক বার্তা যে চিরকাল অনুপ্রেরণা, সতর্কতা, এবং নৈতিকতার প্রতীক।

শহর, দেশ, মানবজাতি বুঝতে শিখে যে—

"যদি বিজ্ঞান নৈতিকতার পথে পরিচালিত হয়, তবে মানুষ সত্যিই তার সীমাহীন সম্ভাবনা ব্যবহার করতে পারে। আর যদি না হয়, তবে ইতিহাস পুনরাবৃত্তি করবে এক ভয়ঙ্কর শিক্ষার মাধ্যমে।"

বিনির কথাগুলো হয়ে যায় যুগের প্রতিজ্ঞা—একটি উত্তরাধিকার যা কখনও মুছে যাবে না:

"বিজ্ঞান শক্তি, নৈতিকতা পথ। শক্তি ছাড়া পথ হারায়, পথ ছাড়া শক্তি ধ্বংস হয়।"

www.ingramcontent.com/pod-product-compliance
Lightning Source LLC
LaVergne TN
LVHW040425051026
849517LV00002B/467
9798232970420